Angelika Aliti

Lumpenpack

© 2011 EditionSchlangenberg, Jagerberg (A)

Titelgestaltung und Buchsatz: Grafikwerkstatt Styria (A)

Gedruckt in Tschechien

ISBN 978-3-9502033-2-5

Angelika Aliti

Lumpenpack

Schlangenberg Krimi

Edition Schlangenberg ℚ

Hauptpersonen:

ANTONIA AZURRA – Schriftstellerin in ihren späten Fünfzigern, wohnt in luftiger Höhe, sperrt seit zwanzig Jahren zum ersten Mal wieder ihre Eingangstüren ab.

LOIS PAMMER – Revierinspektor in St. Peter am Ottersbach, begegnet unter anderem seinem Schicksal und gerät oft außer Atem.

GERALD SCHIFFKOWITZ – Vorgesetzter von Lois Pammer und zu dessen Glück nachgiebig.

FRANZ JOSEF – Yorkshireterrier, macht seiner Größe alle Ehre, frisst gezwungernermaßen Salami von Pizzen

RENATE – Wirtin im Wirtshaus von Bierbaum am Auersbach

JOSEF HÜTTER – auch Hütter Joschi genannt, Polizeikommandant in St. Stefan

BARBARA HOHENFELS-STRANELLI – spielt ihre Rollen ausgezeichnet und steckt voller Überraschungen.

HUBERTUS HOHENFELS – auf den ersten Blick klein und unscheinbar, hat keine Freunde und kann sehr unangenehm werden

PETER PUNTIGAM – Landesrat, übt diese Funktion zweifach aus, liebt Rotwein.

SEPP SCHRECKSKÖTTER – Bürgermeister von Feldbach, kreativ beim Erfinden von Konzeptnamen.

RUPERT REINISCH – Bürgermeister von Fehring

FRANZ REINISCH genannt Bumsti – sein Neffe

SCHWESTER EDELTRAUD – Äbtissin

Außerdem:

JOSIE SCHRECKSKÖTTER – Frau von Sepp Schreckskötter

MANFRED GROSSSCHÄDL – Steuerberater von Antonia Azurra

PETER MINDNER – Filialleiter der Arbeiterbank

MAIERHOFER – Filialleiter der Bauernbank in Fehring

HÖDL – Jäger, erstattet Anzeige, weil Antonia Azurra ihren Hund frei laufen lässt.

DER DICKE DIETER VOM LAGERHAUS – scheint ein sehr neugieriger Mitmensch zu sein.

BRUNO – Wirt von „Da Bruno" in Gnas

PRAUNSTEINER – beschwert sich über den Gestank der Zuchtsauenanlage in Perbersdorf

FRAU SIEBENKNECHT – Leiterin des Pflegeheimes in St. Peter und Frau des Bürgermeisters von St. Peter

SIEBENKNECHT JUNIOR –von Beruf Sohn, Präsident des Biker-Clubs, bedroht Praunsteiner

DER ALTE LEBER – Bauer, dessen Acker vom Frau Siebenknecht um ein paar Euro gekauft wird, sitzt oft in Renates Gasthaus.

LYDIA – Wirtin im Rosen-Gasthof St. Peter

ALFRED SAUER – kronenloser Kaiser des Dorfes Bierbaum, wäre so gern Bürgermeister, aber keiner wählt ihn.

Die **INSASSEN** sowie das **PFLEGEPERSONAL** des Pflegeheimes St. Peter.

FRAU PAMMER SEN. - Mutter von Lois Pammer

Die österreichischen Ausdrücke werden im Glossar auf S. 262 erklärt.

Er stieg aus den Stiefeln, warf die Dienstkappe auf den Tisch. Dann öffnete er die Knöpfe der dunkelblauen Jacke und wuchtete den schweren Leib auf das Sofa.

Er atmete ganz tief, die Augen geschlossen. Fünfzehn Jahre. Fünfzehn Jahre lang stieg er jeden Abend aus seinen Stiefeln. Urlaube und dienstfreie Tage ausgenommen, dafür gab es aber immer wieder auch einen Sondereinsatz oder Dienst an Feiertagen und in der Nacht.

Ihm fehlte nichts. Aber nun war er müde. Feierabend. Verdienter Feierabend.

Er nahm sich ein Bier aus dem Sechsertragerl, das auf dem niedrigen Couchtisch vor ihm stand, öffnete die Flasche und trank einen Schluck.

Dann nahm er sich die Gratiszeitung, die er mitgebracht hatte und starrte auf den Titel. Festivalintendant untergetaucht. Wo sind die Millionen?

Wo werden sie schon sein?, dachte er. Da, wo der Intendant ist. In Liechtenstein. Monaco. Rio. Drei Millionen Euro. Der hat halt ausgesorgt.

„Der hat halt ausgesorgt", sagte er laut.

Was täte ich mit drei Millionen?, überlegte er. Der Mama einen Butler mieten. Oder lieber drei Pflegerinnen. Ich würde sie zurückholen. Auf jeden Fall würde ich weiterarbeiten. Aber ich würde mir einen Pool leisten. Hinten im Garten. Eine schöne Reise machen. Blödsinn. Reise. Wohin denn? So schön wie daheim ist es doch nirgends. Ich tät es anlegen und dann von den Zinsen leben. Aber arbeiten würde ich trotzdem.

„Arbeiten täte ich trotzdem", sagte er laut. „So ein Pool macht doch nur Arbeit."

Seine Stimme klang echolos, ohne Widerhall. Sie war an niemanden gerichtet. Lois Pammer lebte allein, und das schon einige Zeit. Seit er seine Mutter in ein Pflegeheim geben musste. Die Mama war ein Pflegefall geworden, die den eigenen Sohn nicht mehr erkannte

Lange hatte er mit sich gerungen. Als sie in einer mondlosen Winternacht, nur mit dem Nachthemd bekleidet, barfuß von Haus zu Haus gerannt war, um die Leute vor den russischen Streitkräften zu warnen, gab es keine Möglichkeit mehr, die Entscheidung hinauszuzögern.

Die Traurigkeit darüber versteckte Lois irgendwo in seinem großen schweren Körper, so wie alle Gefühle. Ein Polizist darf kein Gefühl zeigen, hatte sein Vater immer gesagt, der auch schon Polizist werden wollte, aber doch nur Kleinbauer sein durfte. Lois hielt sich dran.

„War eh nur ein Schmarrn, das ganze Festival", stellte er fest. „Unnötig. Das braucht keiner. Sollen halt in Graz bleiben, diese Künstler. Oder wo sie sonst herkommen. Diese Künstler, unnötige, die."

Er stand auf und ging zum Kühlschrank.

Die Küche war groß, kahl und ohne Seele. Vor zehn Jahren hatte Lois der Mama diese Küche gekauft. Kunststoff-Eiche-Imitat. Dazu die Eckbank. Darüber das Kruzifix. Auf der Ablage im Eck, unterhalb der wie zum Flug über die kahle Küche ansetzenden Christusfigur am Kreuz, einem Werk des benachbarten Holzschnitzers und Fassbinders Lux, stand ein Tonkrug mit künstlichem Efeu.

Wie der Zwei-Meter-Mann in die Hocke ging, um einen Blick in den leeren Kühlschrank zu werfen, glaubte er, draußen einen Hund bellen zu hören.

Das ist an sich nichts Besonderes, wenn man in einem Dorf wohnt, wo jeder zweite Hausbesitzer einen Hund hält. Aber sein Ohr, das sich an den altvertrauten Außengeräuschen orientierte wie sein Auge an den Wänden seines kleinen Häuschens, registrierte auf eine unbestimmte Weise, dass dieses Hundegebell ein ungewöhnliches, ein nicht den Nachbarshunden zuzuordnendes war.

Aber es interessierte ihn nicht.

Lois Pammer interessierte sich nicht für Hunde. Er interessierte sich nicht für Außergewöhnliches. Oder doch nur soweit, wie es als Störung abzustellen war, um das Gewöhnliche wieder herzustellen.

Es war schwer einzuschätzen, wofür er sich eigentlich überhaupt interessierte. Natürlich war er bei der Freiwilligen Feuerwehr. Er hatte sogar einmal versucht, im Bierbaumer Chor mitzusingen. Der Mama zuliebe. Die vom Chor waren dann aber doch recht froh gewesen, als er nach als der nach drei Wochen nicht mehr zu den Proben erschien erschienen ist.

Bei der örtlichen Laientheatergruppe mitzuspielen, hatte er lieber gar nicht erst in Erwägung gezogen.

Lois erhob sich aus der Hocke mit einer für seine Statur erstaunlichen Leichtigkeit. Dann ging er zur Haustür, griff sich im Vorbeigehen seine alte Lederjacke und stieg in seine Schlapfen. Er hatte dienstfrei. Und er hatte Hunger. Er ging ein paar Schritte ins Wirtshaus schräg gegenüber. Genau genommen war alles in Bierbaum mit ein paar Schritten zu erreichen. Gerade einmal fünfhundert Einwohner hatte die Gemeinde, wovon höchstens hundert direkt im Dorf wohnten. Der Rest war über die Hügel verstreut, wie es in diesem Teil Österreichs die bevorzugte Lebensart war. Lois jedoch wohnte im Zentrum, direkt an der Kreuzung zwischen Feuerwehr, Kirche, Kaufhaus Prisching und dem Wirtshaus. Das Wirtshaus in Bierbaum am Auersbach hatte keine Chance, jemals zur Attraktion für die mit den Jahren zahlreicher gewordenen Radtouristen in der Region zu werden. Genau genommen hatte es keine Chance, jemals von anderen als den Bierbaumern als Wirtshaus bezeichnet zu werden. Renate servierte Pizza oder Baguette. Und fertig. Beide fischte sie industriegefertigt aus der Kühltruhe und erhitzte sie tellerfertig in der Mikrowelle. Bierbaumer Mägen waren offenbar robust genug, diese Form von Essen zu verkraften. Falls Bierbaumer Mägen überhaupt den Weg in Renates Wirtshaus fanden.

„Grüß dich", sagte Renate.

„Servus", grüßte Lois.

„Pizza?"

„Mh."

„Bier?"

„Nein, lieber Mischung."

Renate griff nach einem Weinkrügerl, füllte es zur Hälfte mit Weißwein, goss mit Mineralwasser auf und stellte es vor Lois hin, während sie sich die kurzen rotgefärbten Haare aus der Stirn strich.

„Ist das deiner?", fragte sie und deutete zur offen stehenden Eingangstür.

„Meiner?", fragte Lois verständnislos zurück und drehte sich um.

In der Eingangstür saß ein Yorkshireterrier und starrte in die Gaststube.

„Was ist das denn?" Lois interessierte sich nicht für Hunde. „Nein, sicher nicht meiner."

„Er schaut dich aber an, als ob er dich kennt", entgegnete Renate.

„Blödsinn", brummte Lois. „Wo gehört der denn hin?"

„Bei uns hat keiner einen Yorkshire", sagte Renate. „Das wüsste ich."

Lois drehte sich noch einmal um und musterte den nach wie vor in der Tür sitzenden Hund. „Zu mir gehört er jedenfalls auch nicht." Kopfschüttelnd nahm er einen Schluck.

Der Yorkshire bellte auffordernd.

„Na, der scheint jedenfalls dich zu kennen", meinte Renate und verschwand in Richtung Tiefkühltruhe in die Küche.

Lois drehte sich ein drittes Mal um. Der Yorkshire saß nicht mehr in der Tür.

Na bitte, dachte Lois, wird mit dem Frauli mitgegangen sein. Oder wird sich heimgetrollt haben. Alles in Ordnung.

Er griff wieder nach seinem Glas und nahm in hoffnungsvoller Erwartung der Pizza einen weiteren Schluck.

Nun bellte es zwischen seinen Schuhen.

Lois schaute nach unten.

Der Yorkshire schaute hinauf.

„Bitte nicht", flehte Lois.

Der Yorkshire antwortete mit einem kleinen, kieksenden Beller.

„Was willst du?", fragte Lois. „Geh heim!"

Kieksender Beller.

„Heimgehen sollst!"

Kieks.

„Zifix", fluchte Lois. „Warum ich?"

Der Yorkshire wedelte mit dem Schwanz.

Renate kam mit der Fertigpizza aus der Küche und stellte den Teller vor Lois auf die Schank. „Vorsicht heiß!", mahnte sie.

Erneuter Beller zwischen Lois' Füßen.

„Der ist ja noch immer da!", rief Renate. „Gehört er also doch zu dir."

„Nix", wehrte Lois ab und griff nach dem Besteck.

„Dann bring ihn ins Tierschutzhaus", schlug Renate vor. „Keiner bei uns hat einen Yorkshire. Du bist bei der Polizei. Musst halt amtshandeln."

Lois schaute zwischen seine Füße.

Der Yorkshire wedelte erwartungsvoll mit dem Schwanz.

„Ich glaub's nicht", brummte Lois und schob sich ein großes Stück Pizza in den Mund. „Wieso ich?"

Der Yorkshire setzte sich auf seine Hinterbeine und hob die Vorderpfötchen zu einer Bitte.

Lois starrte ihn an. Lois Pammer, sechsundvierzig Jahre alt, Polizeibeamter, genaugenommen Revierinspektor, seit fünfzehn Jahren Dienstnehmer des Landes Steiermark, seit acht Jahren auf dem Polizeiposten St. Peter am Otterbach im fernsten südöstlichen Zipfel der Steiermark stationiert, seit zwei Jahren allein lebender Sohn einer dementen Mutter. Lois Pammer, der immer nur ein geruhsames Leben führen wollte, der niemals jemandem sein Herz geschenkt hatte, zwei Meter groß, hundertfünfzehn Kilo schwer, begegnete an diesem frühen Donnerstagabend im Oktober des Jahres 2008 seinem Schicksal. Es hob bittend die Vorderpfoten und wedelte mit dem Schwanz.

„Schleich dich", sagte Lois zu seinem Schicksal.

Aber es dachte nicht daran.

Man kennt das vom Schicksal. Ist es mal da, wird man es nicht mehr los.

„Vielleicht hat er Hunger?", lautete Renates Lösungsvorschlag für diese seltsame Situation.

Lois reichte ein Stück Pizza nach unten.

Der Yorkshire fraß in Windeseile die darauf vorhandene Salami und wedelte wieder mit dem Schwanz.

„Und jetzt geh heim, ich kann dich nicht brauchen", forderte Lois den Hund auf.

Erwartungsgemäß machte auch dieser Satz wenig Eindruck auf den kleinen Kerl.

Lois reichte ein weiteres Stück Pizza nach unten.

*

„Wir werden ihn schon noch erwischen", stellte der Postenkommandant fest. „Leute verschwinden nicht spurlos. Und wo das Geld hingeflossen ist, lässt sich doch auch feststellen. Man braucht der Spur nur zu folgen. Er wird es ja nicht in einem großen Sack weggeschleppt haben. Die Leute werden nicht gescheiter. Wegen drei Millionen riskiert der Kerl Gefängnis." Er schüttelte den Kopf.

„Wenn ihn wer erwischt, dann sind es die Kollegen aus Graz, Gerald", erwiderte Lois. „Wir kümmern uns um Pendler, die es beim Heimfahren zu eilig haben."

Man sah ihm an, dass er darüber froh war.

„Und um entlaufene Hunde?", fragte der Postenkommandant süffisant. „Wann bringst du ihn endlich ins Tierschutzhaus?"

„Gleich nachher."

„Geh, das sagst du schon seit drei Wochen."

„Ich bring's nicht übers Herz", erklärte Lois. „Schau ihn dir doch an, den kleinen Kerl."

„Dies ist ein Polizeiposten, Lois. Und der da kein Diensthund. So etwas haben Friseurinnen. Oder Kosmetikerinnen. Aber kein Polizist."

„Daheim kann ich ihn nicht lassen. Er kann nicht den ganzen Tag allein bleiben. Es ist doch niemand mehr da", lamentierte Lois.

„Dann heirate!", donnerte sein Chef. „Es wird sich doch wohl noch eine finden, die dich Bräutigam will. Du brauchst doch zum Fensterln nicht einmal eine Leiter."

Er lachte über seinen Witz, als ob er der letzte seines Lebens wäre.

Lois schaute ihn an, als wünschte er sich, dass es der letzte Witz seines Chefs wäre.

Was wisst ihr denn schon, dachte er. Man verschenkt sein Herz nur einmal.

„Komm, Franz Josef", sagte er. „Wir gehen."

„Dageblieben!", befahl ihm der Postenkommandant. „Wir fahren gleich nach Feldbach."

„Nach Feldbach? Warum?"

„Weil der Bürgermeister uns angefordert hat."

„Warum?"

„Frag nicht. Wir fahren."

„In Ordnung. Komm, Franz Josef. Wir fahren nach Feldbach."

„Der Hund bleibt hier!", ordnete der Postenkommandant an.

„Chef, ich kann den Hund nicht allein lassen."

„Der Hund bleibt hier! Glaubst du, ich will mich blamieren? Und außerdem ist das gar kein Hund."

„Ach ja?", widersprach Lois. „Der kann alles, was andere Hunde können. Er ist nur ein bisschen klein."

„Also meinetwegen", seufzte Schiffkowitz. „Ich und mein weiches Herz. Aber auf keinen Fall lässt du ihn im Auto auf deinen Knien sitzen."

„Chef, er ist doch so klein", bat Lois.

„Wenn das der Bürgermeister sieht", gab der Postenkommandant zu bedenken. „Gib den Hund in den Kofferraum. Da gehört er hin."

„Der Schreckskötter ist doch eigentlich gar nicht für uns zuständig", erklärte Lois. „Wir gehören zu Radkersburg. Ein Feldbacher hat uns gar nichts zu sagen."

„Derzeit leider doch. Es geht um die verschwundenen Millionen", erklärte der Postenkommandant.

„Ich dachte, es geht um den verschwundenen Intendanten?", fragte Lois.

„Das auch", antwortete der Postenkommandant.

„Wir haben es so schön ruhig hier gehabt", murrte Lois. „Warum können die in Graz sich nicht mit sich

selbst beschäftigen? Aber nein, da muss ein Kulturfestival daherkommen. Ausgerechnet zu uns. Wir
haben den Kameradschaftsbund. Wir haben jede
Menge Vereine. Wir haben Blaskapellen. Wir haben
die Feuerwehr. Wir haben sogar ein Kulturfestival,
an dem die Bäuerinnen zeigen, was sie backen und
sticken können. Und Dietlinde zeigt, was sie getöp-
fert hat. Aber den Herren von der Landesregierung
ist das wohl nicht modern genug. Nein, da müssen
die Spinner von diesem Festival in Graz daher. Wie
heißt es doch gleich? Steirischer Herbst, glaube ich.
Kunst. Natürlich. Kunst. Wenn ich das schon höre.
Kunst. Und dann schleppen sie so einen Wurschtl
aus Wien daher, nennen ihn Intendant und stopfen
ihn mit einem dicken Gehalt, aber offenbar nicht dick
genug ...“

„Bist du fertig?“, fragte der Postenkommandant.
„Wir müssen los.“

„Gerald, es ist unerträglich. Die da in Graz halten
uns für die Volltrottel. Und jetzt haben wir den
Scherm auf.“

„Du redest dich noch um Kopf und Kragen“,
erwiderte Lois' Chef und setzte sich die Dienstkappe
auf.

Postenkommandant Gerald Schiffkowitz war kein
kleiner Mann. Aber neben Lois wirkte er beinahe
zierlich. Er warf einen kontrollierenden Blick in den
Spiegel, der über dem Waschbecken an der Wand
hing, rückte die makellos sitzende Krawatte zurecht
und öffnete die Tür.

Franz Josef rannte bellend voraus. Ein kleiner Yorkshireterrier, die Zierde einer jeden Friseurin, ideal für
die Empfangsbudel eines Sonnenstudios. Ihm folgten
die beiden stattlichen, uniformierten Sicherheitsorgane aus St. Peter. Auf der Hauptstraße war außer
ihnen niemand zu sehen. Wie so oft.

Vor Bloebs Trafik gegenüber hing ein Schild:
Heute: Euro-Millionenspiel.

*

Der Hauptplatz von Feldbach war voll von
geparkten Autos. Er hatte die letzte öffentliche
Verschönerungsattacke überstanden und war dadurch
in eine bestürzende Profillosigkeit hinein gestaltet.
Ein Platz, der auch in Feldkirch in Vorarlberg hätte
sein können. Oder in Fellberg in Deutschland. Oder
in Flensburg an der dänischen Grenze. Über allem
der Kirchturm in bunter Hässlichkeit, als hätte ein
pubertierender Sprayer alle Farbdosen aus dem Baumarkt über Nacht in einer beispiellosen Freeclimbing-
Aktion versprüht.

Zwischen den Autos wuselten Menschen umher,
bepackt mit Einkaufssackerln, Eis essend. Am obligatorischen Brunnen standen und saßen einige Jugend-
liche, die eigentlich um diese Tageszeit in der Schule
hätten sein müssen. Bierflaschen in den Händen.

Über dem Platz lag eine drückende Hitze.

„Da ist ein Parkplatz!", rief der Postenkommandant.
„Was fährst du denn weiter!"

„Dort steht der Wagen in der prallen Sonne", erwiderte Lois. „Soll Franz Josef an einem Hitzschlag ster-
ben?"

Er kurvte weiter um den Platz herum und bog am
neuen Kreisverkehr in eine Seitenstraße mit alten
Bäumen ein.

„Ich fasse es nicht!", brüllte Schiffkowitz. „Sollen
wir jetzt quer über den ganzen großen Platz gehen?"

„Naja, fliegen kannst du ja nicht", erwiderte Lois.
„Franz Josef braucht einen Schattenplatz. Oder willst
du, dass wir morgen in der Zeitung stehen?"

Er bugsierte das Polizeiauto unter eine große Platane und stellte den Motor ab.

„Lass das Fenster ein wenig offen stehen", ermahnte er seinen Chef. „Aber nicht zu weit. Dass mir keiner hineinlangt und meinen Franz Josef stibitzt."

„Dann lass ich das Fenster gleich ganz offen", konterte Lois' Chef und schickte seiner schwindenden Autorität ein paar wehmütige Gedanken hinterher. „Ich wäre froh, wenn ihn einer mitnähmen tät."

„Du bist grausam!" Lois Pammer tat empört.

Nebeneinander gingen sie über den Hauptplatz. Ein ungleiches Paar.

Gerald Schiffkowitz, gepflegt, elegant, der gern ein Mann von Welt geworden wäre, mit wachem Blick und einem nicht unerotischen, leichten Hüftschwung; ein Mann, dem nicht anzusehen war, dass daheim eine genervte Gattin und fünf Kinder täglich auf ihn warteten.

Daneben: Lois Pammer, der in seiner Uniform wie verkleidet aussah. Ein großer, schwerknochiger Bauernsohn, leicht verschwitzt und von einer melancholischen Aura umgeben, für den die die kleine Bezirkshauptstadt Feldbach seiner Vorstellung von New York schon sehr nahe kam.

Sie gingen durch den Torbogen des Feldbacher Rathauses, stiegen die Treppen in den ersten Stock hinauf und standen vor dem Schreibtisch der Bürgermeisterssekretärin wie zwei Schulbuben, die für den jährlichen Schulbasar sammeln wollten.

„Grüüüß Gottttt", sagte die üppige Blondine, ohne von ihrem Computer aufzusehen.

Die so Gegrüßten räusperten sich. Sie hob ihren Blick und schaute die beiden an wie eine Krankheit bringende Insekten. „Bidde?", fragte sie sie in einem Ton, der erkennen ließ, dass die Stadt Feldbach ihren Bediensteten bisher noch kein Seminar für den verbindlichen und freundlichen Umgang mit ihren Bürgern spendiert hatte. Die Sekretärin war sozusagen noch von naturbelassener Mentalität.

„Äh ja", räusperte sich der Postenkommandant. „Wir sind nach Feldbach beordert worden."

„Da her?", fragte die Blondine. „Zu mir? Das wüsste ich." Sie schnaubte verächtlich. „Der Bürgermeister gibt eine Pressekonferenz. Drüben im neuen Kulturzentrum. Wahrscheinlich sind Sie dorthin bestellt zum Personenschutz."

Sie musterte die beiden von oben bis unten.

Fehlt noch der Kaugummi, dachte Lois.

„Personenschutz. Aha", wiederholte, der Postenkommandant, eigentlich der kleine Gerald, denn er fühlte sich in der Tat wie ein Schulbub. „Ja dann, also, dann gehen wir halt."

„Melden Sie sich beim Hütter Joschi!", rief die Blondine noch hinter ihnen her, als sie die Stiegen wieder hinuntergingen.

„Ausgerechnet der Hütter Joschi", murrte Lois. „Wenn ich einen nicht ausstehen kann, dann den Hütter Joschi. Geschwätziger Saufkopf. Wichtigtuer."

„Der Kollege Hütter tut auch nur seinen Dienst", wies ihn sein Chef zurecht.

„Ich schau mal rasch nach Franz Josef", sagte Lois.

„Da bleibst!", befahl sein Chef. „Wir haben den Bürgermeister zu schützen."

„Kannst du mir bitte sagen, was es da zu schützen gibt?", fragte Lois. „Sind wir hier Chicago? Nicht einmal Graz sind wir. Was soll dem Trottel denn schon passieren? Dass der Intendant nicht genug hat mit seinen drei gefladerten Millionen und ihn hier vor den Augen seiner braven Bürger entführt, um weitere Gelder zu erpressen?"

„Wär eigentlich nicht schlecht", meinte der Postenkommandant nach kurzem Nachdenken. „Ein Politiker weniger ist kein Grund zum Trauern. Man müsste halt sicher sein können, dass der Entführer den Bürgermeister nicht wieder zurückbringt."

„Dann kommt der nächste. Und der wäre auch nicht besser", gab Lois grinsend zu bedenken.

„Hast auch wieder recht", lenkte Schiffkowitz ein. „Und im Übrigen ist es nicht an uns, eine Meinung über diese Dinge zu haben."

„Ich habe noch nie gewählt", betonte Lois. „Keinen Bundeskanzler. Und keinen Bürgermeister."

Vor dem Eingang zum Kulturzentrum standen bereits zwei Kollegen aus St. Stefan.

„Geht's gleich zum Hütter Joschi!", wurde ihnen beschieden. Sie betraten das Kulturzentrum auf der Suche nach dem Kollegen Josef Hütter.

*

Der Bürgermeister von Feldbach war bekannt dafür, ein Gespür für große Auftritte zu haben. Man sagte ihm eine nicht unerhebliche Leidenschaft für die Inszenierung von Großartigkeit nach. Psychologen würden das in Verbindung zu seiner eigenen eher bescheidenen Körpergröße setzen. Aber auch eine Bürgermeisterseele ist komplizierter als sich der durchschnittliche Psychologe diese vorstellen mag. Und so schlummerte wohl auch in der Feldbacher Bürgermeisterseele die Denkbarkeit von echter Größe. Das demokratische System basiert darauf, dass diese Denkbarkeit in jedem Einzelnen schlummern kann und lebt von der Hoffnung der Wähler auf eben diesen Glücksfall.

Sepp Schreckskötter holte noch einmal tief Luft, bevor er mit strahlend weißen Grinsezähnen bewaffnet auf die Bühne marschierte, als gelte es, die Wahl zum Bundeskanzler anzunehmen. Neben ihm Frau

Schreckskötter im elegante Chanelkostüm, ganz die tapfere Präsidentengattin, genau wie seinerzeit Jackie Kennedy.

„Renn nicht so, dumme Kuh!", zischte der Bürgermeister zwischen seinen Grinsezähnen hervor. „Bist hier nicht die Hauptperson."

Die so Bezeichnete antwortete nicht. Das tat sie selten. Anzunehmen, dass sie die Hauptperson sei, lag ihr so fern wie dem Bürgermeister die Liebe zu ihr. Aber er liebte es dennoch, sie immer wieder zu demütigen. Es erfrischte ihn.

Der Saal war voll besetzt. Der Fall des verschwundenen Intendanten, der es geschafft hatte, den gesamten Etat des Kulturfestivals in dunkle Kanäle umzuleiten und so offenbar in die eigene Tasche zu wirtschaften, war eine Sensation, die man nicht versäumen durfte. Ganz Südoststeiermark war auf den Beinen.

Sepp Schreckskötter grüßte nach allen Seiten und trat ans Rednerpult, während Frau Schreckskötter sich zu den Landtagsabgeordneten beider Reichshälften gesellte, die es ebenfalls nicht versäumen wollten, bei so einem großen Ereignis ihre Präsenz zu dokumentieren.

Dann hielt er eine lange Rede, in der es um die politischen Erfolge seiner Partei seit Bestehen der Republik ging. Anschließend wurde er nicht müde, auf sämtliche Erfolge hinzuweisen, für die er seiner Ansicht nach persönlich verantwortlich zeichnete, seit er den Bürgermeistersessel erklommen hatte, um dann auf das einmalige, die Bevölkerung geradezu aufgerüttelt habende Kulturfestival zu kommen, das ohne seinen eigenen, aufopfernden Einsatz und seinem untrüglichen Gespür für kulturell wertvolle Konzepte niemals in die Region gekommen wäre.

Eine halbe Stunde später endete er in Erwartung eines lang anhaltenden Applauses, der jedoch ausblieb. Mit Ausnahme einiger halbherziger Beifallsversuche seitens Angehöriger seiner Partei, die er unter den Zuschauern platziert hatte.

„Wo ist das Geld!", rief eine Frau im Publikum.

„Meine Damen und Herren", hob Schreckskötter an, der auf keinen Fall dulden wollte, dass die schöne Stimmung sich verflüchtigte.

„Das Geld!", wiederholte die Frau.

In Schreckskötter stieg Wut auf. Dies war seine Stadt. Und nur seine Stadt.

„Unser Steuergeld!", setzte die Frau fort.

Schreckskötter präsentierte weiter seine Grinsezähne.

„Ihr Lumpen!", brüllte die Frau weiter. „Ihr Lumpenpack! Bande grauslige! Ihr führt die Leute an der Nase herum. Aber ich lass nicht locker, Schreckskötter, verlass dich drauf. Wo ist das Geld?"

Schreckskötter starrte die wütende Frau an. Sie war eine wilde Erscheinung, ganz in Schwarz gekleidet, hatte ungebändigte Haare und ihr Blick, streitbar und durchdringend, war ihm ausgesprochen unangenehm.

„Die schon wieder", murmelte er. Hörbar für alle Anwesenden. Er selbst hatte darauf bestanden, dass die Tonanlage in dem ein Jahr zuvor gebauten Kulturzentrum vom Allerfeinsten ist.

Seine Gattin saß auf dem Podium ein Stück hinter Schreckskötter.

Er wandte sich kurz zu ihr um, in der Hoffnung auf einen ermutigenden Blick, auf eine kleine, ihn unterstützende Geste. Aber Frau Schreckskötter schien diese stumme Chance auf eine kleine Rache nicht ungenutzt vorbeigehen lassen zu wollen und starrte auf ihre Schuhe.

Als der Bürgermeister wieder ins Publikum blickte, hatte die Frau den Saal verlassen.

Die Tür schwang noch von dem Tempo ihres Auszugs nach.

Im Saal herrschte gespannte Stille.

„Meine Damen und Herren!", rief er. „Feldbach ist stolz auf sein Kulturfestival. Die Provinziale hat mit ihrem Thema ‚Dissonanzen als Impuls zur Kongruenz in Theorie und Praxis' genau den Nerv der Bevölkerung getroffen. Ich meine natürlich, die Herzen erobert."

Die Bevölkerung nahm das auf ihren Sitzen im Kulturzentrum ohne Reaktion zur Kenntnis. Ein nicht informierter Beobachter hätte meinen können, dass der Nerv zwar getroffen, wohl aber vorher schon getötet worden war. Jedenfalls schien die Bevölkerung keine Schmerzen zu verspüren.

Der Bürgermeister beendete die Lobeshymne auf sich selbst, ohne weiter auf den Vorfall von vorhin einzugehen. Irgendwie war ihm die Lust auf einen großen Auftritt vergangen. Als er von der Bühne eilte, sah er erschöpft aus, aber auch ein wenig gehetzt; eher wie ein Nervtöter als ein Drachentöter. Er war nun fünfzehn Jahre im Amt.

*

Lois Pammer sah Antonia Azurra aus dem Gebäude stürmen. Schau an, dachte er. Die Azurra, bekannt wie ein bunter Hund. Hab sie noch nie leibhaftig gesehen. Sie sieht genau so aus wie auf den Fotos in der Zeitung. So schaut sie also in echt aus. Bisserl seltsam. Diese Haare. Mei, ist die wütend. Stapft auf ihren Stöckelschuhen, dass man sie als Rasenbelüfter einsetzen könnte. Man könnte meinen, sie hat drinnen jemanden umgenietet. Rennt wie mit rauchendem Colt davon.

Er sah sie in ein altes Auto, das unschwer als ehemaliges Taxi zu erkennen war, steigen und davonbrausen.

„Die hat es aber eilig", sagte er zu seinem Vorgesetzten.

„Wer?", fragte Schiffkowitz, der wie in sich versunken ins Nichts gestarrt hatte.

„Na, die Azurra, hast du sie nicht erkannt?"

„Ach die! Die hat es immer eilig."

„Du hast sie nicht erkannt", beharrte Lois. „Du hast ja nicht einmal hingeschaut. Schöner Bodyguard bist du. Da könnte einer mit dem Bürgermeister über der Schulter aus dem Haus kommen und du hättest es gar nicht bemerkt."

„Was heißt nicht erkannt?", fragte Schiffkowitz. „Ich habe sie halt länger nicht gesehen. Vielleicht fährt sie mittlerweile vernünftiger. Früher habe ich sie öfter mit dem Radar erwischt. Gott sei Dank stehe ich ja kaum noch selbst auf der Straße. Die redet einen in Grund und Boden. Und am Ende kann man noch froh sein, dass man nicht versehentlich ihr ein Geld zahlt."

„Ich habe sie noch nie erwischt", meinte Lois.

„Du erwischt überhaupt recht wenige, finde ich. Die Azurra", der Postenkommandant schüttelte den Kopf, „also, die Azurra rast nicht nur herum, sie hat auch eine sehr eigenwillige Art ihr Auto zu parken. Vor ein paar Jahren in St. Peter, da hat sie ihren Wagen direkt an der Kreuzung zum Rosenhof abgestellt. Ich habe sie dann darauf aufmerksam gemacht. ‚Frau Azurra', habe ich gesagt, ‚dies ist eine Kreuzung und kein Parkplatz'." Sinnierend schaute er wieder ins Nichts. „Aber die hat nur gelacht. Naja, das war vor deiner Zeit."

„Ich habe sie noch nie leibhaftig gesehen", sagte Lois. „Aber ich kenne alle ihre Bücher. Aus ihren Krimis habe ich mehr über unsere Leute hier gelernt als auf der Polizeischule."

„Musst nicht alles glauben, was die schreibt", widersprach sein Chef.

„Eh nicht. Aber sie kennt sich schon ein bisserl aus, glaube ich."

„Geh!" Gerald Schiffkowitz machte eine wegwerfende Handbewegung. „Die ist nicht einmal von da. Eine Zugereiste. Eine Einig'schmeckte Sie soll ja aus dem Süden sein. Kroatin vielleicht oder auch Schwedin. Jedenfalls nicht von da, da sind sich die Leute einig. Die kann sich gar nicht auskennen bei uns."

Eine halbe Stunde später wurde der Einsatz für beendet erklärt. Lois Pammer und Gerald Schiffkowitz durften abrücken. Franz Josef wurde noch ein wenig an der Raab entlang spazieren geführt, bevor die beiden Polizisten sich wieder auf ihren Posten in St. Peter zurückzogen.

Auf Lois' Schreibtisch warteten zwei Anzeigen darauf, von ihm bearbeitet zu werden. Eine wegen Geruchsbelästigung durch einen Zuchtsauen-Massenbetrieb und eine, weil Antonia Azurra ihren Hund streunen ließ.

Schon wieder die Azurra, dachte er. Wer zeigt die denn an?

Er schaute die Papiere durch. Ach, der Hödl, der B'suff. Haben wir den nicht erst peinlich befragen müssen, weil er seine Alte verprügelt hat? Was hat der denn gegen Azurras Hund?

„Gerald!", rief er. „Hast du die Anzeige hier aufgenommen?"

„Welche?", fragte sein Chef von seinem Schreibtisch aus zurück.

„Na, die gegen die Azurra."

„Ja."

„Und?"

„Was und? Keine Ahnung, warum die Azurra ihren Hund nicht einsperrt."

„Weil der ab und an einen Auslauf braucht", erwiderte Lois. „Ein Hund braucht Bewegung. Wenn ich den Franz Josef nicht manchmal einfach losziehen lasse, dann ist er ganz schlecht gelaunt."

Der Postenkommandant betrachtete seinen Untergebenen Lois Pammer mit zweifelndem Blick.

„Lois, bist du wo ang'rennt?", fragte er nach einer Pause. „Du hast keine Ahnung von Hunden, Gerald", antwortete der Untergebene. „Franz Josef reißt keine Rehe."

„Azzurras Hund aber schon. Zumindest behauptet das der Hödl. Und der ist immerhin Jäger."

„Ein B'suff ist er", widersprach Lois.

„Das hat dich nicht zu kümmern, Lois Pammer", wies ihn sein Chef zurecht.

„Oh doch", widersprach Lois Pammer. „Trunksucht ist eine häufige Ursache für zahlreiche Straftaten. Der Hödl ist bei uns kein Unbekannter. Und wenn es um Hunde geht, dann bin ich empfindlich."

„Seit wann?", hakte der in einem eher sarkastischen Ton.

„Immer schon", behauptete Lois.

„Seit drei Wochen", entgegnete Schiffkowitz. „Bevor dieser Hundeersatz in dein Leben trat, hattest du es nicht so mit den Caniden."

„In deinen Augen erfüllt ein Yorkie anscheinend nicht den Tatbestand eines Hundes. Aber schau ihn dir an." Lois wies mit einer zärtlichen Geste zum gepolsterten Minikörbchen, im dem Franz Josef zusammengerollt lag. „Halte dich nicht mit den Äußerlichkeiten auf, Gerald. Wenn ich ihn mir so ansehe, glaube ich doch, dass er ein Reh reißen könnte."

„Ich kann das Thema Hund nicht mehr hören", warnte ihn sein Chef. „Bring ihn ins Tierschutzhaus, damit er bald in freundliche Hände kommt."

Lois Pammer starrte auf seine großen Bauernpranken.

*

Antonia Azurra stand vor ihrem Haus und sah gedankenverloren in die Ferne. Die sanft geschwungenen Linien der Hügel verschwammen zu einer zarten japanischen Tuschezeichnung. In den Tälern lag Nebel wie kleine Seen. Die Grillen übertönten alle anderen Geräusche. In der Ferne war die Koralpe zu sehen und die Weinreben ihres Nachbarn, die nach Osten Richtung Ungarn wiesen, wuchsen einem weiteren guten Jahrgang entgegen. Sie hielt ein Glas Sekt in der Hand und summte vor sich hin.

Ich liebe diese Stimmung am frühen Abend, dachte sie. Es gibt nichts zu tun. Niemand ruft an. Alle Termine erledigt. Nur ich, ein Glas Sekt und dieser weite Blick über das Tal. Stille. Ruhe.

Sie steckte in einem langen, bequem geschnittenen Kleid, barfuß, die Haare zusammengebunden. Antonia Azurra privat. Genießend nahm sie einen Schluck.

Ihr großer schwarzer Hund saß ihr zu Füßen.

„Junger Mann", sagte Antonia, „ich schätze es sehr, wenn Männer mir zu Füßen liegen, aber du bist ein Hund. Geh spielen, grabe Mäuse aus, jage Eichhörnchen, tu etwas, was Hunde tun."

Sully wedelte und schaute sie hingerissen an. Seit sie ihn vor vielen Jahren aus einem Zwinger befreit hatte, in dem er jahrelang vor sich hinvegetiert war, war sie seine Heldin. Er folgte ihr auf Schritt und Tritt.

Ich sollte eine Geschichte über ihn schreiben, überlegte sie. Wenn es nicht so kitschig wäre, würde ich eine Geschichte über diesen verrückten Hund schreiben. Aber nicht heute Abend. Heute Abend habe ich frei. Nur ich und ein Glas Sekt. Und mein Hund zu meinen Füßen. Ganz ohne Geschichte. Ist ja auch Unsinn. Wir beide kennen die Geschichte bereits. Und wer will schon Geschichten über Hundezwinger lesen? Geschichten mit happy end, wo der Hund glücklich gerettet wird und seine neue Besitzerin sich keinen besseren Begleiter wünschen könnte,

Voller Genugtuung dachte sie an ihren stürmischen Auftritt am Vormittag in der Feldbacher Kulturhalle. Dieser Schreckskötter. Hat schon lang die Bodenhaftung verloren. Der entkommt mir nicht. Sie grinste. „Ich krieg dich, Schreckskötter. Verlass dich drauf. Du hast etwas damit zu tun, ich könnte es schwören. Warte nur", sagte sie zu sich selbst und nahm noch einen Schluck.

Plötzlich sprang Sully auf und raste den Berg hinunter.

Erstaunt schaute Antonia Azurra ihm hinterher. Vielleicht wird Sully doch langsam selbstständig, hoffte sie.

Sie sah, wie der Hund auf halber Strecke stehenblieb und heftig wedelte.

„Da bin ich aber jetzt neugierig, wen du dermaßen begeistert begrüßt, mein Sully."

Sie starrte hinunter, ohne jedoch das Objekt seiner Freude erkennen zu können.

Sie sah auch dann noch immer nichts, als Sully wieder heraufkam, obwohl sein Verhalten darauf hindeutete, dass er etwas oder jemanden begleitete.

„Was hat er denn da nur erobert?", murmelte sie und kniff die Augen zusammen.

„Komm her, Sully!", rief sie. „Nicht, dass der Hödl uns wieder anzeigt."

Dann lächelte sie.

„Langsam werde ich alt. Jetzt rede ich schon mit meinem Hund, als ob der eine Vorstellung davon hat, wie sehr mir der Hödl auf den Wecker geht."

Sie schüttelte den Kopf.

„Dummes altes Weib. Ich brauche noch einen Sekt."

Mit einem kleinen Sprung nach links wich sie auf dem Weg zur Terrasse ihrem Kater Miroslav aus. Im Gehen meinte sie, aus den Augenwinkeln eine menschliche Gestalt wahrzunehmen. Diese Fähigkeit, jede kleinste Bewegung auch in größerer Entfernung wie beiläufig zu registrieren, hatte sich in ihrem langen Leben in der Einsamkeit und Stille auf den südoststeirischen Hügeln entwickelt. Es schien ihr, als sei durch dieses für die menschlichen Sinne reizarmes Leben, ohne den Blick auf Autoverkehr und Menschenmengen, das Können von steinzeitlichen Jägern in ihr wiedererwacht.

Sie blieb stehen und schaute in die Richtung, in die Sully gelaufen war.

„Da kommt also doch jemand", stellte sie erstaunt fest. „Der Sully ist ein schlaues Kerlchen, dem entgeht nichts. Es ist irgendetwas Blaues", erkannte sie und vergaß ihren zweiten Sekt.

Sie hatte den Eindruck, als würde ihr das Blaue zuwinken.

„Die Polizei? Was will die denn?"

Das Blaue kam näher und winkte immer schneller.

„Vielleicht gar der Hödl? Will der mich schon wieder anzeigen?" Ihr Ton wurde kampfbereit. „Was kann ich tun, damit der Kerl mich in Ruhe lässt?"

„Frau Azurra!", rief das Blaue nun und schien recht außer Atem zu sein. „Frau Azurra, bitte einen Moment."

„Die Polizei, also doch. Was gibt's? Ich habe nicht viel Zeit. Muss gleich fort. Ein Termin in der Stadt", erwiderte Antonia Azurra schroff.

Lois war nicht in der Lage zu antworten. Schwer atmend, nach Luft förmlich ringend, versuchte er, sich zu beruhigen.

„Guter Mann", sagte Antonia Azurra mit eisigem Blick, „warum fahren Sie nicht in einem eurer bequemen Polizeiautos direkt vor mein Tor? Dann müssten Sie jetzt nicht solche Erstickungsanfälle erleiden."

„Ich wollte dem Franz Josef einen Spaziergang gönnen. Er hat so wenig Gelegenheit, sich richtig auszulaufen." Antonia schaute sich um, konnte aber den von Lois erwähnten Franz Josef nirgends entdecken.

„Aha", stellte sie trocken fest, „ausgerechnet bei mir."

Lois rang nach Luft.

„Ich nehme an, dieser Franz Josef ist Ihr Diensthund."

Lois rang nach Luft.

„Und den lassen Sie einfach so bei mir laufen?", schnaubte sie. „Wissen Sie eigentlich, welche unglaublichen und ausgesprochen überflüssigen Probleme ich seit einigen Jahren mit meinem Nachbarn habe?"

Sie lief sich langsam verbal warm. „Und alles wegen meinem Sully, einem Hund, der nie streunt. Nie. Der ist immer an meiner Seite. Aber nein, mein Nachbar will ihn an allen möglichen Orten gesehen haben. Mit und ohne gerissenem Reh."

Lois wollte etwas einwenden – vergeblich.

„Und da kommen Sie auch noch und lassen Ihren Diensthund hier bei mir herumstreunen ..."

Schließlich gelang es Lois, die aufgebrachte Frau zu unterbrechen. „Jetzt müssen Sie nur noch erwähnen, dass das alles mit Ihrem Steuergeld finanziert wird." Sein Atem begann sich langsam wieder zu beruhigen.

Antonia Azurra hielt inne und lachte hell auf. „Genau das wollte ich jetzt sagen."

„Ich dachte es mir", sagte Lois.

„Ein witziger Polizist", staunte Antonia Azurra und in ihrer Stimme lag Anerkennung.

Lois ging auf die Bemerkung nicht ein. „Frau Azurra, uns liegt eine Anzeige vor."

„Also doch." In Antonia Azurras Stimme lag nun Mordlust. „Von wem?"

„Das darf ich nicht sagen. Es ist wegen dem Hund."

„Der Hödl."

„Ich weiß ja auch, dass er ein B'suff ist, ein unguter. Aber was soll ich machen, wir müssen der Anzeige nachgehen."

„Wollen Sie ein Glas Sekt?", fragte Antonia Azurra. „Witzigen Polizisten biete ich gern ein Glas an."

„Danke nein", lehnte Lois ab. „Aber wenn ich mich kurz setzen dürfte. Ich muss ja auch noch den Franz Josef suchen."

„Und dafür müssen Sie nüchtern sein? Ich dachte immer, Diensthunde sind gut abgerichtet und hören aufs Wort."

„Der Franz Josef hört auf überhaupt kein Wort. Und er ist auch kein Diensthund", antwortete Lois und ließ sich ächzend auf einer Rattanliege auf der Terrasse nieder.

Er schlug die Beine übereinander. Die Schuhe drückten. Er dachte daran, dass er jetzt eigentlich Feierabend hatte. Dachte an sein Bier daheim. An die Schlapfen. An seine Füße. Den ganzen Tag auf den Beinen

Antonia Azurra wippte auf und ab.

„Also was jetzt?", fragte sie. „Schlückchen Sekt? Dann können Sie mich doch gleich viel entspannter befragen, junger Mann."

Sie sah sein Zögern und schlug sich mit der flachen Hand an die Stirn.

„Ach, ich Schussel. Ein Mann und Sekt. So ein Unsinn. Sie bekommen ein Bier."

„Ich muss nach Franz Josef schauen", lehnte Lois das verlockende Angebot ab.

Sie starrte ihn an. Der da ist nicht mein Gast. Das ist ein Sicherheitsorgan, sagte sie sich. Was führe ich mich denn so auf? Egal, er bekommt jetzt ein Bier, das wird ihn milde stimmen. Vielleicht lässt er die Anzeige fallen.

Sie ging über die kühlen Terrassen-Fliesen ins Haus.

„Kalt oder Zimmertemperatur?", fragte sie nach draußen.

„Franz Josef!", brüllte Lois. „Hierher. Bleib stehen. Zifix. Franz Josef!"

„Danke für die Auskunft", murmelte Antonia Azurra und hoffte, dass Franz Josef den Anweisungen seines Herrchens Folge leistete.

„Also Zimmertemperatur", entschied sie, griff sich eine Flasche Bier aus dem Küchenregal und hebelte mit einem Messer den Kronkorken herunter. „Glas lasse ich weg", murmelte sie. „Glaube mich zu erinnern, dass Männer gern aus der Flasche trinken."

„Ich nehme an, Sie trinken aus der Flasche", sagte sie und trat hinaus auf die Terrasse. Und blieb schlagartig stehen. „Was ist das denn!", rief sie aus. Und dann erlebte Antonia Azurra einen ihrer seltenen Momente der Sprachlosigkeit.

Auf den Oberschenkeln des auf der Rattanliege ruhenden Sicherheitsorgans hockte Franz Josef. Sully saß in noch immer während er Freude ob seines neuen Freundes neben dem Sicherheitsorgan und strahlte den Yorkshire an, als ob er aus Schokolade sei. Vollmilch.

Franz Josef war eindeutig seine Lieblingssorte.

„Tschuldigung", sagte Lois. „Er hat Angst vor Ihrem Hund."

„Du liebe Güte", war alles, was Antonia Azurra antworten konnte.

„Ja, er ist ein wenig klein. Es ist ein Yorkshireterrier", erklärte Lois.

„Das sehe ich. Und so etwas haben die bei der Polizei?"

„Nein, nein, er ist kein Diensthund, ich sagte es ja schon."

„Ja, aber Sie sind in Uniform"

„Ich bin alleinerziehend." Lois kraulte hinter den Ohren. „Ich habe niemanden, der auf ihn aufpasst, wenn ich in der Arbeit bin."

„Aha", staunte Antonia.

„Haben Sie vielleicht ein wenig Wasser für Franz Josef?", bat Lois.

Sie hatte. Sie hatte Bier für Lois. Sie hatte Wasser für Franz Josef. Und sie hatte Fragen.

„Sie sind aus Bierbaum?"

Lois nickte.

„Hab Sie noch nie gesehen."

„Bin nicht viel daheim", antwortete Lois.

„Aha."

Antonia Azurra musterte den riesigen Polizistenlümmel, der auf ihrer Rattanliege lag.

„Der Jäger liegt wie hingegossen", stellte sie fest.

„Bitte?" Lois war sich nicht sicher, ob es sich bei der Bemerkung vielleicht um einen Scherz handelte, den er nicht verstand.

„Ist eine Arie", bemerkte sie. „Von Schubert. Aus einer seiner Opern. Einer unvollendeten", setzte sie nach.

Lois nickte mit einem Blick leichter Ratlosigkeit.

„War nur ein Scherz", sagte sie.

Also doch.

„Hab Sie heute beim Schreckskötter gesehen", wechselte Lois das Thema.

„Ha, der Schreckskötter", erwiderte Antonia Azurra. „Auf der Suche nach dem verschwundenen Intendanten. Verrückte Sache, was?"

„Keine Ahnung. Ich kümmere mich mehr um andere Dinge."

„Um was denn für Dinge?"

„Na, wie diese Anzeige gegen Sie."

„Jetzt müsste ich wieder mein Steuergeld ins Spiel bringen."

„Ich mache nur meinen Dienst."

„Um diese Zeit?"

„Eigentlich habe ich schon Feierabend."

„Trinken Sie Ihr Bier aus. Gehen Sie heim. Ihre Frau wird warten. Vergessen Sie die Anzeige. Und vergessen Sie nicht, Franz Josef mitzunehmen."

„Hab keine Frau", sagte er.

„Auch das noch." Sie warf die Arme in die Höhe.

Lois betrachtete sie verstohlen aus den Augenwinkeln, während sich ihr Blick an den Wellenlinien des Horizonts verlor.

Er sah eine ungewöhnliche Frau in ihren Endfünfzigern. Eine gewisse müde Melancholie umgab sie, die im krassen Gegensatz zu ihrem wildschnaubenden Auftritt am Vormittag stand.

„Ich habe alle Ihre Bücher gelesen."

„Schön."

„Ich bin praktisch ein Fan von Ihnen."

„Wollen Sie ein Autogramm?", fragte sie süffisant.

„Das sagen wahrscheinlich alle zu Ihnen." Es klang entschuldigend.

„Stimmt", bestätigte sie. „Entweder man behauptet, alle meine Bücher gelesen zu haben und will ein Autogramm. Oder man kommt wegen einer Anzeige, die jemand erstattet hat. Oder man will, dass ich eine Lesung in einer Zwergenschule halte, möglichst um Mitternacht, weil die Zweitklässler Lesenacht haben. Ich aber schreibe für Erwachsene. Oder man fragt mich im Supermarkt in der Wurstabteilung, ob ich noch etwas brauche. Aber niemand spricht einfach nur mit mir."

Lois schwieg verlegen.

Franz Josef fing an, sich sein Genital zu putzen.

Sully fing ebenfalls an, sich sein Genital zu putzen.

„Übersprungshandlungen", erklärte Antonia Azurra.

Lois schwieg vorsichtshalber auch weiterhin.

„Mein Leben ist nicht so glanzvoll, wie Sie sich das vielleicht vorstellen", setzte sie fort.

Lois hatte in der Tat Vorstellungen in dieser Richtung.

„Da ist viel öffentliches Blabla, aber sonst nichts", sagte sie.

„Haben Sie denn keine Freunde?", fragte er.

„Nein Eine Schriftstellerin kann keine Freunde haben. Sie müssten Angst haben, als Figur in einem meiner nächsten Bücher zu erscheinen."

„Über mich können Sie gern schreiben", bot Lois sich an.

Sie musterte ihn und lächelte.

„Sie bieten mir Ihre Freundschaft an?"

Er zuckte mit den Schultern. „Sie sind ein seltsamer Polizist", stellte sie fest.

Er lachte.

„Warum haben Sie den Schreckskötter so ange-
griffen?", fragte er.

„Oho, jetzt interessiert es Sie also doch. Ich glaube,
dass er etwas mit dem verschwundenen Geld zu tun
hat", antwortete Antonia Azurra. „Aber vielleicht
sollte ich meine Nase nicht in diese Angelegenheiten
stecken. Politiker ärgert man nicht ungestraft. Schon
gar nicht den Schreckskötter."

„Ist das nicht eigentlich die Grundlage unserer
Demokratie?"

„Den Schreckskötter zu ärgern?"

„Ich meine, Politikern auf die Finger zu schauen."

„Träumen Sie weiter", antwortete Antonia Azurra.
„Das ist ein Sumpf, aus dem die Gase der Fäulnis ständig aufsteigen."

Lois setzte Franz Josef auf den Boden und stand
auf.

„Ich glaube, ich muss." Er wandte sich zum Gehen.

„Sie haben mich noch gar nicht wegen der Anzeige
einvernommen."

„Ich schreibe einfach, Sie bestreiten die Angelegenheit."

„Passt."

*

Die Sonne senkte sich rasch über der Bergsil-
houette der Koralpe und färbte den Himmel mit ihren
Strahlen zu einem grandiosen Epos in Rot, Gelb und
Orange. Danach fiel die Dunkelheit schnell und ohne
großes Aufhebens über die Weinberge herab. Die
Luft war mild und weich. Antonia ging ins Haus und
schloss die Tür.

Auf ihrem Schreibtisch herrschte das übliche
Chaos an Notizen, geöffneten Briefen, ausgedruckten
Manuskripten, Büchern und Aktenordnern, das sich

immer verbreitete, wenn sie nicht an einem Roman schrieb. Sie setzte sich und nahm einige Briefe in die Hand.

Auf einmal schien das Leben schwer auf ihr zu lasten. Ihre Schultern waren gebeugt. Ihr Gesicht ernst und traurig. Mit einem Seufzer griff sie nach einem Bauplan und faltete ihn auseinander.

„Du bist perfekt", sagte sie. „Deine alten Gemäuer sind perfekt für mein Theater. Ich werde es schon schaffen. In einem Jahr haben wir die erste Premiere. Ganz bestimmt."

Sorgfältig faltete sie den Plan der alten Burg zusammen und legte ihn in die oberste Schublade ihres Schreibtisches. Dann löschte sie die Lichter und ging schlafen.

*

Die Sonne ging langsam über den Hügeln der Südoststeiermark auf. Es war, als griffe sie mit ihren Strahlen nach der Welt. Sie schickte ihr Licht, das sich von Zartrosa über Tiefrot und Orange in ein strahlendes Gelb wandelte, über die Weinberge, die Maisfelder, die Kürbisfelder, auf denen das zukünftige schwarze Kernöl wuchs, und beleuchtete die weit verstreuten Hausdächer. Luttenbergers Katzen kehrten in Bierbaum von einer Nacht, die voll reicher Mäusebeute war, müde und hungrig nach Katzenfutter heim. Der Wagen des Bäckers fuhr beim Supermarkt vor.

Lois Pammer schlief und wusste nichts von der Unruhe Antonia Azurras, die sie zwang, sich schlaflos dem Schauspiel der aufgehenden Morgensonne hinzugeben. Während sie Kaffee schlürfend und barfuß im Gras stehend über Bierbaum blickte, lag Lois der Länge nach ausgestreckt, Franz Josef im Arm haltend, traumlos und schwer im Ehebett der Eltern, nur von einem Kunstdruck der Maria mit der Mondsichel bewacht.

Als er drei Stunden später an seinem Schreibtisch saß, war Antonia Azurra in ihrem neuen Roman verschwunden.

„Gerald!" Lois betrachtete die Anzeige wegen Geruchsbelästigung durch die Zuchtsauenanlage. „Was machen wir in dieser Sache?"

„Nix", antwortete sein Chef.

„Geh, die Anzeige hat der Praunsteiner gemacht."

„Na und? Was heißt das?"

„Der ist mein alter Schuldirektor", erwiderte Lois. „Aus der Volksschule. Typ hart, aber gerecht."

„Ich kenn ihn auch."

„Eh", erwiderte Lois. „Und was machen wir jetzt?"

„Ist ein Querulant, wenn du mich fragst."

„Er hat eine Bürgerinitiative gegründet", sagte Lois. „Das ist heutzutage ganz normal. Mit Querulantentum hat das jedenfalls nichts zu tun."

„Der spinnt doch", brummte Schiffkowitz. „Soll froh sein, wenn endlich einmal etwas Geld in unsere Region fließt."

„Weißt du, wie viele Arbeitsplätze der Saustall gebracht hat?", fragte Lois.

„Sicher viele. Der Bürgermeister hat damals gesagt, dass wir jede Menge Tourismus bekommen. Ganze Busse werden kommen, weil die Leute sehen wollen, wie so ein vorbildlicher Massenzuchtstall funktioniert."

Lois drehte sich zu seinem Chef um und musterte ihn eingehend.

„Was?", fragte dieser.

„Das hast du jetzt nicht als Scherz gemeint, oder? Busse? Wegen einem Saustall?"

„Hat er gesagt, der Bürgermeister."

Lois grinste.

„Klingt deppert, gell?", fragte Schiffkowitz.

Lois grinste.

„Ich geb zu, ich hab's bis eben geglaubt." Gerald Schiffkowitz wirkte fast verlegen.

„Drei", sagte Lois.

„Drei was?"

„Drei Arbeitsplätze. Der Stall ist voll automatisiert. Computergesteuert."

„Na super."

„Der Praunsteiner gibt an, dass es bis zu ihm heraufstinkt", hielt Lois fest.

„Glaubst du das?"

„Geh halt hin und schnupper selbst", schlug Schiffkowitz vor.

Lois klappte die Akte zu und stand auf.

„Ich war gestern bei der Azurra", sagte er. „Hab sie wegen der Anzeige befragt."

„Gell, und sie war's nicht", stellte sein Chef trocken fest.

„Genau", bestätigte Lois. „Hab den Bericht schon fertig."

„Hättest sie gleich auch noch nach dem Saustall befragen können."

„Was hat sie damit zu tun?"

„Sie hat ihn verhext", antwortete Schiffkowitz mit süffisantem Grinsen.

„Sie hat ihn verhext?", wiederholte Lois.

„Genau." Sie ist an Walpurgis, kurz vor Inbetriebnahme der Anlage, mit ein paar Weibern aufgekreuzt und dann haben sie gesungen und ein Wasser verschüttet."

„Walpurgis? Wann ist das denn? Hab die Feiertage nicht so parat".

„Walpurgis ist die Nacht vor dem 1. Mai. Da sind alle Hexen los." Gerald wusste Bescheid.

„Was du alles weißt"

„Warte mal, wo hab ich's. Es war irgendein besonderes Wasser." Gerald Schiffkowitz griff sich einen Ordner und fing darin blätternd an zu suchen. „Da ist es! Hier. Ein Wasser gegen ...", er beugte sich näher über das Schriftstück und las jeden einzelnen Buchstaben betonend, "... S e l b s t ü b e r s c h ä t z u n g."

„Kann nie schaden", bemerkte Lois. „Sie hat gestern eigentlich einen ganz normalen Eindruck auf mich gemacht. Wir haben noch recht nett geplaudert. Glaubst du, sie ist irgendwie – ... "

„Bissl." Gerald Schiffkowitz zuckte mit den Schultern. „Frauen halt."

„Vielleicht gehe ich heute Abend noch einmal zu ihr und befrage sie mal wegen dem Saustall."

„Wozu?"

„Kann nicht schaden", meinte Lois.

Als er aus dem Fenster schaute, sah er Antonia Azurra gerade in Begleitung ihres schwarzen Hundes die Straße überqueren. Als ob sie sich beobachtet fühlte, drehte sie sich um und schaute nach oben. Wie sie Lois am Fenster des Polizeipostens im ersten Stock des Gemeindeamtes stehen sah, winkte sie lächelnd.

Zart winkte er zurück.

„Wem winkst du?", fragte Schiffkowitz.

„Dem dicken Dieter vom Lagerhaus", erwiderte Lois. „Er geht grad in die Trafik."

Aus Richtung Wittmannsdorf sah er ein Motorrad mit hoher Geschwindigkeit herankommen. Und dann ging alles ganz schnell. Das Motorrad hielt auf Antonia Azurra zu, die die Straße noch nicht ganz überquert hatte, und wohl auch durch ihren Blick zu Lois abgelenkt war. Aber im letzten Augenblick schien sie die Gefahr zu bemerken, vielleicht ließ ein Schutzengel sie diese im Rücken spüren, jedenfalls brachte sie sich mit einem Sprung auf das Trottoir in Sicherheit. Ihr Hund und eine sich unsicher auf ihrem Fahrrad bewegende alte Bäuerin wurden jedoch erfasst und durch die Luft geschleudert.

Lois stand wie gelähmt am Fenster und starrte nach unten.

Der Motorradfahrer kam ins Schlittern, schleuderte kurz, fing die Maschine jedoch auf, gab Gas und entschwand in Richtung Entschendorf.

„Gerald, ruf die Rettung!", schrie Lois und löste sich aus der Erstarrung.

Er rannte zur Tür. Franz Josef war ihm knapp auf den Fersen.

Eine dunkle Wolke schob sich vor die Sonne und warf einen finsteren Schatten über den kleinen Ort. Es fing an zu regnen. Aus heiterem Himmel fing es an zu regnen.

Antonia Azurras Schmerzensschrei war weit zu hören. Sie hielt ihren toten Hund in den Armen, während die Sanitäter des Roten Kreuzes ihre Bemühungen um die alte Bäuerin aufgeben mussten. Die Frau starb noch an der Unfallstelle. Ihr altes Herz hörte auf zu schlagen. Der Pfarrer eilte aus dem Pfarrhaus nebenan herbei und spendete ihr die Letzte Ölung.

*

„Jemand wollte mich umbringen", stammelte Antonia Azurra. „Ganz gewiss. Der ist direkt auf mich zugefahren. Dabei verstehe ich das nicht. Ich tu doch nichts. Lebe hier friedlich in der Einöde und schreibe meine Bücher."

„Sie bezeichnen Bürgermeister öffentlich als Lumpen und verhexen fremde Massenställe für Schweine.

Das ist damals in allen Zeitungen gestanden", erwiderte Lois.

„Ja, schon", brummte Antonia, „aber das heißt doch nichts. Das ist hier nicht der Wilde Westen, sondern der gemütliche Süden", widersprach sie. „Und ich lasse meinen Hund streunen", fügte sie nach einigen Augenblicken hinzu. Erschrocken hielt sie inne und zog die Atemluft scharf ein. Tränen traten ihr in die Augen. „Aber zumindest das kann ja jetzt nicht mehr passieren", flüsterte sie und bedeckte ihr Gesicht mit beiden Händen.

„Es ist ja gar nicht gesagt, dass es ein Mordversuch war", sagte der Postenkommandant, dem emotionale Ausbrüche immer verlegen machten.

„Mord, Gerald. Es war Mord. Nicht ein Versuch. Die alte Frau Neubauer ist tot", erwiderte Lois. Er reichte Antonia ein Papiertaschentuch. Es schwebte, von ihr unbemerkt, fast in der Luft, nur an der äußersten Ecke von seinen großen Fingern gehalten.

Sie hielt das Gesicht noch immer unter ihren Händen verborgen.

Er schob das Taschentuch bis an die Rückseite ihrer Hände, so dass sie es spüren konnte.

Aber sie nahm die Hände nicht vom Gesicht. Sie hasste es zu weinen. Noch mehr hasste sie es, wenn jemand Zeuge einer solchen Schwäche wurde.

Tränen quollen zwischen ihren Fingern hervor und liefen den Handrücken hinab. Mit einer Zartheit, die nicht einmal er selbst sich zugetraut hätte, tupfte Lois die Tränen ab.

Abrupt wandte sie sich ab.

„Das sollen die Gerichte entscheiden, wenn wir den Täter gefasst haben", sagte sein Chef.

„Wirklich sehr einfühlsam, Gerald." Lois schüttelte den Kopf. „Die Frau Azurra hat einen Schock. Jemand wollte sie umbringen. Ihr Hund ist tot."

Er schaute sich nach ihr um. „Frau Neubauer ist tot. Und du spielst hier die ganze Angelegenheit herunter.“

„Falls Sie ihn fassen“, warf Antonia ein und stand auf. „Kann ich bitte das Protokoll unterzeichnen? Ich will heim.“

Sie nahm Lois Pammers Papiertaschentuch und schnäuzte sich hinein.

„Der Kollege Pammer wird sie heimfahren“, bot der Postenkommandant an.

„Ist nicht nötig“, lehnte Antonia Azurra ab. „Mein armer Sully ist in meinem Auto. Ich kann das Auto nicht hier stehen lassen.“

Verwirrt und fahrig unterschrieb sie das Protokoll, das ihr die Polizisten hinhielten, und verließ den Polizeiposten.

„Wo ist eigentlich der dicke Dieter vom Lagerhaus geblieben?“, fragte Schiffkowitz.

„Keine Ahnung“, antwortete Lois.

„Das verstehe ich nicht. Sonst ist der doch immer die Neugier in Person. Vielleicht ist er ein wichtiger Zeuge?“ Der Postenkommandant trat ans Fenster und sah Antonia Azurra in der Sparkasse gegenüber verschwinden. Das neu errichtete Pflegeheim direkt daneben lag wie ausgestorben. Wie immer.

Nicht einmal der tödliche Unfall hatte jemanden aus dem Haus gelockt.

Auf der Straße waren noch die Kreideumrisse der alten Frau Neubauer und von Sully zu sehen.

„Ein Unfall. Ausgerechnet bei uns. Direkt vor unserer Nase.“ Gerald Schiffkowitz schüttelte den Kopf.

„Das war kein Unfall“, widersprach Lois. „Ich habe es doch gesehen. Der ist direkt und ungebremst ganz gezielt auf die Azurra zugefahren.“

„Du siehst zu viele Krimis", lächelte sein Chef müde.

„Wenn ich es doch sage", beharrte Lois. „Ich habe es doch selbst mit angesehen."

„Gib Ruh! Das gibt sonst nur Ärger."

„Ich gebe ganz gewiss keine Ruh", hörte Lois sich sagen.

Verwundert lauschte er seiner eigenen Kühnheit hinterher.

„Ich gebe ganz gewiss keine Ruh", wiederholte er leise.

*

Schreckskötters Haus war auf dem Weg, eine Villa zu werden, ungefähr auf der Hälfte steckengeblieben und hatte es nur bis zum Bungalow gebracht. Die Auffahrt war dicht gesäumt von allen Gipsfiguren, die ein durchschnittlicher Baumarkt in seiner Gartenabteilung zu bieten hatte. Kleine pausbackige Engelchen, Elfen, wie unabsichtlich umgefallene Blumentöpfe, Terrakotta-Lausbuben, Steinschnecken, Tonkugeln. Die Pflastersteine so sauber, dass sich jeder Besucher dort problemlos am offenen Herzen hätte operieren lassen können.

Lois läutete und trat dann zwei Schritte zurück.

Neugierig musterte er die grellgelb gestrichene Fassade.

„Bitte?", fragte Frau Schreckskötter hinter der Tür, die sie nur einen Spalt geöffnet hatte.

„Ich möchte bitte den Herrn Bürgermeister sprechen", sagte Lois.

„Ist etwas passiert?"

„Nein, nein", beruhigte Lois sie. „Ich habe nur einige Fragen in der Angelegenheit mit dem verschwundenen Intendanten des Festivals."

„Um diese Zeit? Moment." Die Gattin des wichtigsten Mannes von Feldbach schloss die Tür wieder.

Lois wartete.

„Was gibt's?", fragte Schreckskötter, als die Tür sich wieder öffnete.

Er trug seinen grauen Dreiteiler, als sei er noch im Dienst. Auf der rotweiß gestreiften Krawatte glänzte ein frischer gelber Fleck. Vielleicht Eigelb? Oder Farbe? Lois starrte wie gebannt auf die bürgermeisterliche Brust.

„Bitte entschuldigen Sie die Störung, Herr Bürgermeister." Lois nahm seine Dienstkappe ab. „Ich habe da ein paar Fragen wegen dem Intendanten, also wegen dem verschwundenen Intendanten von diesem Festival und wollte fragen, ob ich Sie fragen könnte ..." Verlegen drehte er die Dienstkappe in den Händen.

Schreckskötter musterte ihn mit einer aus dem Herzen kommenden Verachtung.

„Wer sind Sie?", fragte er.

Lois rasselte Namen, Dienstgrad und alle anderen Amtsangaben zu seiner Person herunter.

„Und wieso ermitteln Sie in dieser Angelegenheit?", setzte Schreckskötter nach.

Lois hatte sich das einfacher vorgestellt. Er hatte gedacht, dass der Feldbacher Bürgermeister, mit seinem Kollegen in Bierbaum vergleichbar, eher der Kumpeltyp war, einer, der mit sich reden lässt.

Ich Dummkopf, dachte er. Was tu ich hier?

Verlegen verlagerte er sein Körpergewicht auf den anderen Fuß. Und drehte die Kappe weiterhin in den Händen.

„Wir in St. Peter haben uns da einige Fragen gestellt. Also, gestern ist bei uns eine alte Frau zu Tode gekommen. Von einem Motorradfahrer überfahren. Und der Hund der Frau Azurra auch. Und beinahe wäre auch die Frau Azurra zu Tode gekommen. Und eigentlich glaube ich ja, dass der Motorradfahrer die Frau Azurra absichtlich hat überfahren wollen, nur ist sie so geistesgegenwärtig gewesen und auf den Gehsteig gesprungen."

„Und was hat das mit dem Intendanten der Provinziale zu tun?", fragte Schreckskötter. „Vielleicht nichts, vielleicht doch etwas. Denn die Frau Azurra ist die Zielscheibe von dem Motorradfahrer gewesen, ganz gewiss."

„Und Sie glauben, das war der verschwundene Intendant?"

Lois starrte den Bürgermeister an, der in seinem Dreiteiler wie in einem Schraubstock steckte. „Das weiß ich nicht", antwortete er. „Ich habe ihn nicht erkennen können, er hatte einen Helm mit dunklem Visier auf dem Kopf."

„Ach, Sie haben das mit angesehen?", fragte Schreckskötter.

Lois starrte ihn durchdringend an. „Ja, ich habe es mit angesehen. Ich stand am Fenster des Polizeipostens und habe es gesehen."

Nun starrte Schreckskötter ihn eindringlich an.

Die Zeit schien stillzustehen. Lois spürte, dass sich etwas Bedrohliches ankündigte. Ein Augenblick, der zitternd zwischen einer gemütlichen Vergangenheit und einer ungewissen Zukunft in der Luft hing.

„Verschwinden Sie", knurrte Schreckskötter. „Verschwinden Sie oder Sie handeln sich mächtigen Ärger ein. Sie belästigen mich. Sie sind nicht befugt zu ermitteln."

Die Tür knallte zu.

Lois rührte sich nicht vom Fleck. Er wusste, dass er Schreckskötter nicht hätte aufsuchen dürfen. Er ahnte, dass dieser Besuch ihm wahrscheinlich Schwierigkeiten einbringen würde. Sein Chef hatte ihn gewarnt. Lois hatte die Warnung nicht ernst genommen.

Probleme. Klar. Es würde Probleme geben. Aber die würde er wegstecken. Ich bin hart im Nehmen, dachte er.

Dachte er. Vielleicht hätte ihm ein gnädiger Gott verraten sollen, dass die meisten Katastrophen mit den Worten „Ich dachte ..." beginnen.

Langsam stieg er die Stufen hinunter und ging über die klinisch saubere Auffahrt. Er war froh, dass er Franz Josef im Auto gelassen hatte. Der war vorher durch eine Schlammpfütze getobt. Etwas, das echte Hunde zu tun pflegen.

„Was habe ich mir nur dabei gedacht?", brummte Lois, als er Gnas erreichte. Bei „Da Bruno" hielt er an und stieg aus.

Er bestellte einen Grappa.

„Ärger?", fragte Bruno und schenkte reichlich ein.

„Weiß noch nicht", sagte Lois düster.

„Du bist doch Polizist. Wie kannst du da Ärger haben? Entweder schmeißt du die Leute ins Gefängnis oder du lässt dich bezahlen."

Lois starrte ihn an.

„War ein Scherz", lachte Bruno.

„Glaubst du, ich bin bestechlich?", fragte Lois angriffslustig.

„War nur ein Scherz", wiederholte Bruno. „Wahrscheinlich ein ziemlich blöder."

„Allerdings." Lois kippte den Grappa hinunter. „Ihr Italiener glaubt vielleicht, dass es die Mafiamethoden überall gibt. Aber nicht bei uns! Bei uns geht es noch ruhig und anständig zu." Er schüttelte den Kopf.

„Noch einen? Geht aufs Haus."

„Ich muss noch fahren. Und außerdem bin ich nicht bestechlich."

„Ich werde nie, also nie, nie, niemals mehr so einen Witz machen. Was ist denn los mit dir?"

„Sag einmal", hob Los mit gedehnter Stimme an, „Du kennst doch so ziemlich alle Motorrad-Biker in der Gegend, oder?"

„Sogar viele fremde", antwortete Bruno stolz.

„Fährt bei uns eigentlich jemand eine Yamaha?"

„Ungefähr jeder Zweite. Wen suchst du denn?"

„Ach, eigentlich niemanden", sagte Lois. „Ist kürzlich ein Neuer zugezogen, ich meine, gibt es neue Gesichter in der Biker-Szene?"

Nachdenklich ließ Bruno den Putzlappen über den Schanktisch kreisen. Er schüttelte den Kopf. „Jemand Neuer? Nicht dass ich wüsste. Du spielst auf den Unfall in St. Peter an?"

Lois nickte.

„Das kann aber auch keiner von unseren Bikern gewesen sein." Bruno schüttelte den Kopf. „Wer dann?" fragte Lois. „Fremde sind nicht gesichtet worden. Und von den einheimischen Bikern war es auch keiner. Irgendjemand war es ja wohl."

„Kann ja ein durchfahrender Fremder gewesen sein", schlug Bruno vor.

„Das war kein Unfall, Bruno. Ich habe es gesehen. Da hat jemand versucht, die Azurra zu überfahren."

„Echt?" Bruno wirkte beinahe erfreut. „Wundern tät's mich nicht. Die alte Hex'."

„Halt die Pappn!", fuhr Lois Bruno an. „Das ist ein ganz feiner Mensch."

„Da habe ich aber ganz andere Geschichten gehört", wehrte Bruno ab. „Also, ich täte mich nicht hinauftrauen zu der."

„Du vielleicht nicht. Ich war schon oben. Ich sag dir, das ist ein ganz feiner Mensch." Er nickte wie zur Bestätigung. „Ein ganz feiner Mensch".

„Hab verstanden", brummte Bruno. „Man darf ihr halt nicht vor die Flinte geraten."

„Die ist doch kein Flintenweib!", protestierte Lois. „Die schreibt Bücher!"

„Ist schon recht." Gleichgültig war Bruno den Putzfetzen in den Aufwaschkübel.

„Zahlen!", rief Lois. „Und sag deinen Bikern, wenn es einer von ihnen gewesen ist, dass er sich stellen soll. Wegen der Strafmilderung."

„Von meinen Leuten war es keiner", wehrte Bruno ab. „Da bin ich mir ganz sicher."

„Da kann man sich nie sicher sein", gab Lois zu bedenken und wandte sich zur Tür. „Du kannst für niemanden die Hand ins Feuer legen."

Mit offenem Mund starrte er durch das Türglas. Draußen fuhr ein Biker auf einer Yamaha vor. Als er das Polizeiauto vor der Tür entdeckte, gab er Gas und verschwand um die Ecke in Richtung Straden.

Lois rannte mit einer Schnelligkeit nach draußen, die ihm Bruno nicht zugetraut hätte.

Er sprang in seinen Wagen und fuhr mit Sirene und eingeschaltetem Blaulicht hinterher. Der Biker war bereits so weit entfernt, dass Lois das Nummernschild nicht erkennen konnte. Er gab Gas und fuhr so schnell, wie es auf den kurvigen Straßen möglich war. Aber es war klar, dass sein Auto gegen eine Yamaha keine Chance hatte.

Wütend ging er vom Gas herunter, als er sich eingestehen musste, das Motorrad verloren zu haben.

„Verdammtes Auto!", schimpfte er. „Verdammte, langsame Ente!"

Franz Josef winselte auf dem Nebensitz.

„Wir haben ihn verloren, Franz Josef", sagte er. „Verdammte, langsame Ente!"

Franz Josef winselte.

„Mist. Ich habe vergessen, dich zu füttern."

Franz Josef fiepte leise und spitzte die Ohren.

„Pass auf, Franz Josef", schlug Lois vor, „wir nehmen hier die Abkürzung und sind schneller zuhause. Dann schauen wir bei Renate vorbei und du kriegst die Salami von der Pizza."

Er bog nach Perbersdorf ab und beschleunigte.

Als er an der Zuchtsauenanlage vorbeikam, vermeinte er, einen Schatten zu sehen, der auf die Zufahrt zur Anlage einbog. Mit berufsmäßiger Neugier verlangsamte er und spähte auf den Weg.

„Das gibt es doch nicht", murmelte er, „das ist doch ein Biker."

Er stieg auf die Bremse, wendete den Wagen und fuhr langsam ebenfalls in Richtung der Zuchtsauenanlage. Nach ungefähr hundert Meter blieb er im Scheinwerferlicht einer großen silberfarbenen Limousine, die die ganze Wegbreite einnahm, stehen. Der Fahrer stieg hastig ein und startete den Motor.

Lois schnappte sich seine Taschenlampe und stieg bedächtig und langsam aus.

„Guten Abend, Herr Bürgermeister", grüßte er gut gelaunt, nachdem er in die Limousine hineingeleuchtet und den Stadtchef von Fehring erkannt hatte. „Was machen denn Sie bei uns hier draußen?"

„Äh, ja", räusperte sich Rupert Reinisch. „War nur kurz austreten, wissen Sie. Komme gerade von einer Sitzung."

Lois sog die feuchter werdende Nachtluft ein. Doch er witterte noch mehr. Benzingeruch? Diesel riecht anders, überlegte er.

Vorsichtig sah er sich um. Die Zuchtsauenanlage war trüb beleuchtet. Außer der ungewöhnlichen Erscheinung in Gestalt des Fehringer Bürgermeisters in seinem Auto war nichts zu sehen.

Franz Josef bellte im Polizeiauto.

„Es wäre sehr freundlich, wenn ich wieder fahren könnte", machte sich Reinisch bemerkbar.

„Sicher", nickte Lois abwesend. „Sicher."

Langsam stapfte Lois zu seinem Dienstwagen zurück. Er stieg ein und fuhr den Wagen halb auf den Acker, um dem Fehringer Bürgermeister Platz zu machen.

Reinisch fuhr heran und ließ das Fenster herunter. „Wollen Sie nicht wenden und dann vorfahren?", fragte er „Ich komme nicht vorbei, glaube ich."

„Doch, doch. Nur Mut. Ihr Auto ist nicht so breit, wie Sie glauben."

„Es wäre mir mir lieber, wenn Sie vorfahren", beharrte Reinisch.

Jetzt witterte Lois mehr als nur Nachtluft und verdächtiges Benzin. Er war sich sicher, dass etwas nicht stimmte Er stellte den Motor wieder ab und stieg aus. Vorsichtshalber nahm er sein Alkotestgerät mit.

Nun fuhr Rupert Reinisch an und zog trotz seiner gerade noch angemeldeten Bedenken sehr zügig am Polizeiwagen vorbei. Als er auf die Straße bog, beschleunigte er so schnell, dass er in wenigen Sekunden aus Lois' Blickfeld verschwunden war.

Lois schaute ihm kopfschüttelnd hinterher.

Aus dem Schatten hinter dem trüben Licht der Zuchtsauenanlage schoss ein Motorrad hervor und raste an dem verblüfften Lois vorbei, der in seinen Wagen sprang und ihn hektisch wendete.

Schlitternd bog der Biker auf die Straße und verschwand in der steirischen Nacht.

Alles was Lois blieb, war die Nachtluft und der Geruch nach verbranntem Benzin.

„Wusst ich's doch", murmelte Lois wütend. „Ich kann mich noch immer auf meinen Instinkt verlassen. Und auf meine Nase. Was hat der Reinisch hier gesucht?"

Franz Josef bellte.

„Jessas, der Hund. Der Kleine hat Hunger. Jetzt aber schnell zu Renate, bevor das Gasthaus zusperrt."

Er wendete den Wagen.

*

„Können Sie mir Ihren plötzlichen Sinneswandel erklären?", fragte Antonia Azurra und musterte den Leiter der Sparkasse eindringlich.

„Liebe gnädige Frau", hob Peter Mindner an. Er fuhr sich in seinen Hemdkragen, der ihm zu eng zu sein schien. Schweiß stand ihm auf der Stirn. Fahrig schob er die zahlreichen Akten auf seinem Schreibtisch hin und her.

„Sparen Sie sich die Süßholzraspelei", unterbrach ihn Antonia Azurra. „Was ist los? Was ist passiert? Gestern sagten Sie mir, dass Sie keine Probleme bei der Finanzierung des Kaufes sehen und heute dann plötzlich doch?"

Mindner wand sich. „Ja, nein, schauen Sie, es ist so, dass wir mehr Sicherheiten benötigen, Sie verstehen, die Zeiten sind schwierig, uns sind die Hände gebunden, Basel II."

„Ach, gestern gab es Basel II noch nicht?", warf Antonia Azurra ein. „Soweit ich weiß, bestehen die neuen EU-Richtlinien doch schon seit längerer Zeit?"

Mindner lachte ein falsches Lachen.

Meine Güte, da sitzt einer, der seine Seele verkauft hat, wurde ihr plötzlich bewusst.

Mindner spielte mit seinem Handy, als hoffte er auf einen Anruf, der ihn aus der Situation erlösen würde. Die Schweißperlen auf seiner Stirn rollten nun die Schläfen hinunter.

„Also", setzte Antonia Azurra fort, „spucken Sie es aus. Welche zusätzlichen Sicherheiten wollen Sie?"

Sie kniff die Augen zusammen, als wollte sie mit einem Gewehr auf ihn zielen.

„Schauen Sie, Burg Bertholdstein ist ein schwieriges Objekt", erklärte Mindner.

„Das weiß ich selbst, dass die Burg ein sehr ehrgeiziges Unternehmen ist", unterbrach Antonia Azurra ihn. „Das war es gestern übrigens auch schon, als Sie mir noch sagten, dass die Finanzierung kein Problem darstelle und Sie sich freuen, das Projekt zu realisieren. Was genau sind Ihre Bedingungen?"

„Eine Million Euro", antwortete Mindner.

Für einen Moment verschlug es Antonia Azurra die Sprache.

„Eine Million Euro?", wiederholte sie.

„In bar", setzte Mindner nach. „Nicht als beleihbare Werte."

„Wo soll ich die hernehmen?"

Mindner zuckte mit den Schultern.

„Wenn ich die hätte, bräuchte ich keinen Kredit bei Ihnen".

Er zuckte mit den Schultern.

„Ist das verhandelbar?", fragte Antonia Azurra und wusste im selben Moment, dass Mindner verneinen würde.

„Leider nein", sagte Mindner.

Antonia Azurra war in diesem Augenblick mehr zornig als enttäuscht. Sie atmete ganz flach, um den Mann vor ihr nicht anzuschreien. Dann atmete sie tief aus.

Sie hatte begriffen, dass es keinen Sinn machte, noch weiter zu verhandeln. Die Million ist absolut unerreichbar für mich und das weiß dieser Mindner. Es geht also darum zu verhindern, dass ich die Burg kaufe. Warum sollte dieser fade Banktyp das verhindern wollen? Ich dachte immer, die Banker sind daran interessiert, Geld zu verdienen und nicht zu verhindern, Geld zu verdienen, grübelte sie.

„Sie müssen verstehen, Frau Azurra", versuchte der fade Banktyp zu erklären, „wir sind ziemlich skeptisch, dass Sie den Kredit bedienen können. Eigentlich sind wir sogar sicher, dass Sie das nicht können werden. Und diese Idee, dort ein Theater zu etablieren, also ich weiß nicht, ob das überhaupt gelingen kann."

„Es scheint, dass Sie mehr über mich wissen als ich selbst." Sie stand auf.

Auf dem Weg zur Tür ballte sie die Fäuste.

Als sie die Tür öffnete, schaute sie kurz zurück und sah Mindner mit einem Gesicht dastehen, als sei er beim Stehlen erwischt worden.

„Dachte ich's mir", murmelte sie. „Das stinkt doch zum Himmel. Was läuft hier eigentlich?" Sie verließ die Bank und trat auf die Straße.

St. Peter lag menschenleer wie immer.

Allein Frau Siebenknecht huschte ins Pflegeheim, als dürfe niemand wissen, dass sie das tat.

„Schau an, die Frau Bürgermeister betritt ihr neues Reich", sagte Antonia Azurra zu sich selbst und grüßte ebenso freundlich wie falsch.

Hätte ich einen Dorfkaiser geheiratet, hätte ich jetzt nicht meine Sorgen, dachte sie. Schau dir die Siebenknecht an, Antonia. Erst macht sie ihrem Mann die Strohfrau und kauft für ihn diesen wertlosen Acker für ein paar Euro vom Bauern Leber. Dann erklärt der Göttergatte den Acker zu Bauland, worauf sie das Land teuer an eine Gesellschaft verkauft, bei der er Geschäftsführer ist. Und dann baut die Gesellschaft mit EU-Millionen den Zuchtsauenstall. Und wie der Protest der St. Peterer immer größer wird und dadurch der erste Platz bei den Wahlen gefährdet ist, bauen ihm seine Parteifreunde von der Landesregierung schnell eine Riesenveranstaltungshalle und das Pflegeheim her. Und siehe da, die Wahlen waren gerettet. Wundersam geradezu. Und Frau Siebenknecht ist plötzlich Leiterin eines Pflegeheim, das aus dem Nichts mit staatlichen Geldern im Eilverfahren aufgebaut wurde. So kommt man zu etwas.

Vorsichtig blieb sie am Straßenrand stehen und schaute sich lange um. Der Schock des Unfalls saß ihr noch tief in den Knochen.

Schade, es wäre so schön gewesen, wenn ich die Burg hätte kaufen können. Ich wünsche mir dieses Theater schon so lange. Mein halbes Leben habe ich davon geträumt. Aber es geht auch ohne die Burg. Ich habe mein Haus und meinen Garten.

Sie hob die Schultern und schaute zum Fenster des Polizeipostens hinauf. Und viel Zeit zum Schreiben. Was der nette Polizist wohl macht?, fragte sie sich. Sie schaute sich noch einmal vorsichtig um. Dann überquerte sie die Straße.

Das Auto, das sich näherte, nachdem sie sicher die andere Straßenseite erreicht hatte, behielt sie genau im Auge. Während sie früher kaum darauf achtete, wer in welchem Auto saß, schaute sie hin und der Mund blieb ihr vor Verblüffung offen stehen. Am Steuer saß ein junger blonder Mann.

„Der Intendant", flüsterte sie. „Das war der Intendant."

„Hey!", schrie sie und fing an zu rennen. „Halt! Herr Navratil, halten Sie an. Sie werden gesucht!" Nach Luft ringend blieb sie nach wenigen hundert Metern stehen.

„Verdammt", schimpfte sie. „Ich werde alt. Früher wäre ich schneller gewesen."

Sie stemmte die Fäuste in die Hüften und sah sich ratlos um.

„Also gut, schauen wir wieder einmal bei der Polizei vorbei."

Sie drehte sich um und marschierte in Richtung Gemeindeamt zum Polizeiposten. Aus der Tür trat ihr Lois entgegen, Franz Josef rannte ihm zwischen den Füßen herum.

„So ein Zufall", grinste Antonia Azurra, „gerade wollte ich zu Ihnen."

„Wenden Sie sich an den Kollegen Schiffkowitz", erwiderte Lois und machte sich daran, zum Supermarkt zu gehen.

„Oh, schon Feierabend?

„Nein, beurlaubt. Habe die Ehre."

„Beurlaubt?", wiederholte Antonia Azurra.

„So ist es", antwortete Lois, ohne sich umzuschauen.

„Warum?"

Lois blieb stehen und wandte sich um. „Darf ich Ihnen nicht sagen."

„Sind denn hier alle verrückt geworden!"

Lois schaute sie fragend an.

„Tut mir leid, aber Polizei-Interna sind nun mal Polizei-Interna."

„Ach, das meine ich ja gar nicht", murmelte Antonia Azurra und fühlte sich, als ob der Boden unter ihren Füßen schwankte. „Mir gerät nur meine Welt aus den Fugen und ich weiß nicht, wie ich damit fertigwerden soll. Verzeihen Sie. Ist schon in Ordnung."

Sie wandte sich zum Gehen.

„Was ist denn passiert?", wollte Lois wissen.

Doch sie schüttelte nur den Kopf und ging weiter.

Jetzt war Lois' Neugierde geweckt.

„Was hat Sie denn so aufgebracht!", rief er. Sie ging weiter und winkte nur ab.

„Jetzt warten Sie doch!" Lois rannte hinter ihr her.

„Ach, lasst mich doch alle in Ruhe!" Antonia Azurra steuerte ihr Auto an.

„Können Sie uns mit nach Bierbaum nehmen?", fragte Lois.

Antonia Azurra blieb stehen und wandte sich um. „Was wollen Sie in Bierbaum?"

„Ich wohne dort", erklärte Lois. „Schon vergessen?"

„Aha."

„Können Sie uns nun mitnehmen oder nicht?"

„Wollten Sie zu Fuß heimgehen?", fragte sie.

Lois zuckte mit den Schultern.

„Ich darf meinen Dienstwagen nicht mehr benutzen. Bin sozusagen für die nächste Zeit nicht mehr im Dienst."

„Was haben Sie denn angestellt? Beschlagnahmtes Heroin weiterverkauft?"

„Heroin? So etwas gibt es doch gar nicht bei uns. Nein, ich habe meine Nase wohl zu tief in fremde Angelegenheiten gesteckt."

„Ist das nicht die Aufgabe der Polizei?"

„Aber diesmal habe ich mir wohl die falschen Ziele ausgesucht. Und weil ich dummerweise mehrere Dienstvorschriften verletzt habe, hat mich der Gerald beurlauben müssen. Er ist eh sauer. Muss jetzt die ganze Arbeit allein machen."

Antonia Azurra blickte den großen schweren Mann anerkennend an. „Schau an, die falschen Ziele. Meine Hochachtung Herr Pammer. Wer waren denn Ihre Ziele?"

„Der Schreckskötter", murmelte Lois.

„Ich glaub's nicht!", rief Antonia Azurra aufgeregt. „Ausgerechnet der? Wissen Sie, wen ich hier vor wenigen Minuten in einem Auto fahren gesehen habe?"

Lois schüttelte den Kopf.

„Der Navratil! Lebendig und bei bester Gesundheit offenbar."

„Wer soll das sein?", fragte Lois.

„Na, der verschwundene Intendant!", antwortete Antonia Azurra so laut, dass wahrscheinlich auch Frau Siebenknecht in ihrem schönen neuen Pflegeheimbüro sie gehört hatte. „Sie erinnern sich? Die Provinziale? Die verschwundenen Millionen? Der Kerl fuhr putzmunter in einem Auto hier die Straße Richtung Entschendorf entlang."

„Ach, der Intendant!" Lois begriff erst jetzt, wovon Antonia Azurra sprach. „Der Intendant? Der verschwundene Intendant?"

„Ja, genau der", antwortete sie mit einem leicht sarkastischen Unterton.

„Und Sie haben sich die Nummer gemerkt?" Lois war wieder ganz der aufmerksame Exekutivbedienstete.

„Ich bedaure. Zahlen sind nicht mein Talent."

„Sie sind sich ganz sicher?", insistierte Lois.

Sie nickte. „Hundertprozentig."

„Feldbacher Kennzeichen?"

Sie hob die Schultern.

„Radkersburger?"

„Keine Ahnung."

„War er allein?"

Sie nickte. „Wenn er nicht jemanden im Kofferraum versteckt hatte, war er allein im Auto."

„Zifix!", schimpfte Lois. „Und ausgerechnet jetzt kann ich nichts tun."

Antonia Azurra schaute ihn erstaunt an. „Na, dann eben Ihr Kollege", schlug sie vor. „Ist doch egal, wer die Meldung aufnimmt."

Lois Pammer war unschlüssig und trat von einem Bein auf das andere. „Kommen Sie, wir gehen auf ein Schnitzel in den Rosen-Gasthof. Lassen Sie uns in Ruhe darüber reden", schlug sie vor. „Haben Sie mit dem Schreckskötter gesprochen?".

Lois war noch immer unschlüssig.

„Na los", ermunterte sie ihn, „auf geht's. Ich lade Sie ein. Und Franz Josef muss sicherlich auch etwas essen."

„Bin noch nicht zum Einkaufen gekommen", brummte Lois.

„Der arme Hund!" Antonia Azurra war sichtlich empört. „Nun kommen Sie schon. Im Rosen-Gasthof gibt es sicher auch etwas für den Franz Josef."

*

Das Gasthaus war voller Menschen, als sie eintraten. Im Hinterzimmer tagte eine geschlossene Gesellschaft. Und an den Tischen im Schankraum saßen die Stammgäste. Die Lehrer der hiesigen Hauptschule, die Gattin des Installateurs, ein paar Bauern, der Maler, ein paar Langzeitarbeitslose.

Antonia Azurras und Lois Pammers Ankunft ließ alle Gespräche im Schankraum schlagartig verstummen.

Lois grüßte laut und vernehmlich.

Niemand grüßte zurück. Aber alle schauten, als hätten sie eine Erscheinung.

Die geschlossene Gesellschaft im Hinterzimmer lachte laut, jemand hatte offenbar einen Witz gemacht.

„Lasst euch nicht stören", beruhigte Lois die Anwesenden. „Ich bin nicht dienstlich da."

„Grüß dich, Lois", sagte die Wirtin.

„Grüß dich, Lydia. Hast du einen ruhigen Tisch für uns?"

Die Wirtin wies sie in das zweite, kleinere Hinterzimmer am anderen Ende des Schankraums.

Sie nahmen an einem Tisch Platz, der Lois einen Blick hinein in die Gaststube bot.

„Na, da sitzen wir nun, wir zwei Verlierer", sagte Antonia.

„Wenn ich drei Millionen verloren hätte, dann würde ich aber sofort zurücktreten", sagte jemand im Schankraum.

„Der Puntigam tritt nie zurück", antwortete eine andere Stimme. „Der ist noch fünf Jahre Landeskulturrat und dann genießt er seine fette Pension, der schiache Hund."

Antonia grinste.

„Unsere Steuergelder sind das. Dafür haben viele Menschen jahrelang gearbeitet", war jetzt eine dritte Stimme zu hören.

Lois seufzte.

„Volkes Stimme", kommentierte Antonia.

„Weißt du, wie lange du arbeiten musst, damit du drei Millionen verdient hast?", setzte die Stimme fort, die vorher vom Landeskulturrat als schiachen Hund gesprochen hatte.

„Und bei den nächsten Wahlen ist alles wieder vergessen", ergänzte Antonia. „Die Leute lernen es nimmer mehr. Und als Strafe für die Regierungsparteien fällt ihnen dann höchstens ein, die noch blödere Partei zu wählen."

Dann räumte sie ihre große Handtasche aus. Platzierte Autoschlüssel, Schminktäschchen, Papiertaschentücher, Notizbücher und zwanzig Bleistifte auf dem Sessel neben sich. Zuletzt faltete sie ihren Schal zusammen und legte ihn in die Tasche.

Lois sah ihr ebenso verständnislos wie neugierig zu.

Dann nahm sie Franz Josef und setzte ihn in die Handtasche. Sofort rollte er sich zusammen und schlief ein.

„Unglaublich", staunte Lois.

„Yorkshires brauchen solche Geborgenheit", sagte sie.

„Ich werde jetzt ganz sicher nicht mit einer Hundetasche herumgehen", verkündete Lois. „Es gibt Grenzen."

„Tun Sie, was Sie wollen, aber wenn ich anwesend bin, sorge ich dafür, dass der Hund bekommt, was er braucht. Dazu gehört Geborgenheit und regelmäßiges Essen."

„Bekommt er eh. Wir essen jeden Abend bei der Renate im Gasthof."

„Ach, die hat Hundefutter?"

„Nein. Ich esse die Pizza und Franz Josef bekommt die Salami."

„Der Hund braucht gutes Essen. Essen für Hunde. Ich werde Ihnen welches besorgen und dann haben Sie einen Vorrat daheim."

„Wir können uns schon selbst versorgen", wehrte Lois ab.

„Offenbar nicht", widersprach Antonia. „Jetzt lassen Sie sich doch helfen."

Lois schaute betreten.

„Ich bringe Ihnen morgen ein bisschen Hundefutter vorbei, dann haben Sie immer einen Vorrat im Haus", schlug Antonia vor.

„Ich kann schon selber für mich und Franz Josef sorgen", wiederholte Lois.

„Reden Sie keinen Unsinn", wies Antonia ihn zurecht.

Lois schwieg trotzig.

„Machen Sie mit Ihrem Leben, was sie wollen. Aber wenn es einem Tier nicht gut geht, mische ich mich ein."

„Wir brauchen niemanden", murrte Lois.

„Unsinn. Jeder braucht jemanden."

Die Wirtin trat mit routiniertem Lächeln an ihren Tisch. „Habt ihr schon gewählt?"

Sie bestellten zwei Schnitzel und zwei Bier und für Franz Josef kalte Frankfurter.

*

Antonias altes rostiges Auto kämpfte sich langsam die Serpentinen von Pertlstein hinauf zur Burg Bertholdstein. Sie hatte es einer alten Freundin abgekauft, die in Deutschland ein Taxiunternehmen betrieb und froh war, wenn sie hin und wieder einen ausgemusterten Wagen aus ihrer Flotte Antonia überlassen konnte. Die Werbung einer Fastfood-Kette an den Autotüren zeugte noch von dessen vergangener Tätigkeit. Die Sitze waren voller Brandlöcher. Ein leichter Geruch von kaltem Zigarettenrauch, der sich wohl mit den Jahren in die Polster gefressen hatte, lag im Wagen.

Sie war müde. Ihr war, als sei ihr ein wichtiger Faden aus der Hand geglitten. Der Verlust von Sully hatte sie seelisch aus der Bahn geworfen. Ihr war vollkommen klar, dass der vermeintliche Unfall mit dem Biker ein Anschlag auf sie gewesen war. Und wenn sie auch gemeinhin eine furchtlose Frau war, so war seither die Angst ihr Begleiter, denn sie hatte nicht die geringste Ahnung, wer es auf sie abgesehen haben könnte. Sie war froh, Lois Pammer als Beschützer an ihrer Seite zu wissen. Das gab ihr ein Gefühl der Sicherheit, auch wenn sie wusste, dass es möglicherweise eine Illusion war. Entstanden aus ihrer Bedürftigkeit und Einsamkeit. Mit ihm würde sie vielleicht das Rätsel um den verschwundenen Intendanten und die verschwundenen Kulturmillionen lösen. Und dieses Rätsel beschäftigte sie mehr denn je. Ihr Gerechtigkeitssinn trieb sie dazu.

Ein seltsamer Mann. Man muss sich um ihn kümmern, dachte sie. Er ist auch einsam. Auch das ist seltsam. Hier am Land ist doch niemand einsam, wenn er ein Einheimischer ist. Aber er ist so ein lonesome Cowboy. Irgendwie fühle ich mich für ihn verantwortlich. Auf jeden Fall aber für Franz Josef. Es lindert ein wenig den Schmerz über den Verlust meines armen Sully. Ihr Blick schweifte über das weite Raabtal mit seinen Maisfeldern, das sich am Horizont in den ungarischen Weiten verlor, während ihr Wagen sich weiter den Berg hinaufschraubte. Sie fuhr am Reiterhof vorbei und bog in einer engen Kehre auf den Weg zu Burg Bertholdstein.

Vor dem Gästehaus der Burg parkte sie den Wagen und machte sich langsam zu Fuß auf den Weg hinauf zur Burg. Ihr Sommertheater. Sie sah es förmlich vor sich. Sah die vielen Autos vorfahren und wähnte sich inmitten vieler festlich gekleideter Gäste, die sich mit ihr zusammen auf den Weg zum Burgtor machten. Wenn sie die Augen leicht zusammenkniff, dann schien es ihr, als würde sie Fackeln am Burgtor einladend brennen sehen und junge Leute in langen weinroten Schürzen die Gäste in Empfang nehmen.

Oben angekommen, blieb sie stehen und schaute die hohe, ockerfarbene Wand von Burg Bertholdstein hinauf. Sie seufzte tief. Ein sehnsuchtsvoller Blick auf ihr zukünftiges Zuhause.

„Zu wem wollen Sie?", fragte eine Nonne, die in einem Rosenbeet neben der Burgmauer werkelte.

Antonia drehte sich erschrocken um. „Ich habe Sie gar nicht bemerkt, Schwester", sagte sie. „Ich möchte zur Äbtissin."

„Waren Sie nicht schon zu Ostern da?", fragte die alte Nonne und musterte sie mit ablehnendem Blick.

Antonia nickte. „Ja, ich war in der Ostermesse. Die Äbtissin hatte mich eingeladen. Es war wirklich sehr schön. Sehr ergreifend."

„Ich weiß nicht, ob Schwester Edeltraud zu sprechen ist", sagte die Nonne.

„Ich glaube schon", erwiderte Antonia. „Schließlich wollen Schwester Edeltraud und ich ja jetzt dafür sorgen, dass es weitergeht mit der Burg, wenn Sie sich endlich auf Ihrem Alterssitz ausruhen dürfen. Ich bin vielleicht die neue Burgherrin. Und Ihr schönes neues Zuhause wartet ja doch auch schon auf Sie."

„Die Burg ist nicht zu verkaufen", zischte die Nonne feindselig.

„Ich glaube, das sieht der Bischof ganz anders", erwiderte Antonia.

„Wir weichen nicht!", gab ihr die Nonne mit einer fisteligen Altersstimme zu verstehen.

Antonia betrachtete die alte Frau voller Mitleid. Sie wusste, dass nur noch acht hochbetagte Nonnen in der Burg lebten. Und sie wusste, dass die zuständige Diözese den Verkauf der Burg schon vor Jahren beschlossen hatte, weil ihr Unterhalt unrentabel geworden war.

„Ja, die Frau Azurra", beendete die Stimme der Äbtissin die ausweglose Situation. „Grüß Sie Gott! So kommen Sie doch herein!"

Antonia wandte sich zum Burgtor und betrachtete die hagere Gestalt, die unter dem stoffreichen Habit fast verschwand.

„Ach es tut mir so unendlich leid. Jetzt hatte ich schon fest geglaubt, dass Sie die Burg übernehmen, aber nun – wie schade, dass nichts draus wird. Wirklich schade."

Antonia hielt für einen Augenblick den Atem an. „Liebe Schwester Edeltraud!", rief sie. „Ja woher wollen Sie denn das wissen?" Sie schaute forschend in das ausdruckslose Gesicht der Äbtissin, während sie langsam die letzten Schritte zum Burgtor gingen.

Die Äbtissin errötete leicht und suchte nach Worten, während sie die Tür im Burgtor unwillig öffnete. „Nun, ich hörte so. Ja. Also. Unten im Dorf. Der Bürgermeister sagte mir." Nun verstummte sie ganz.

Antonia hob die Brauen. „Unten im Dorf? Erstaunlich. Da wissen die unten im Dorf ja mehr als ich. Warum soll denn aus meinem Burgkauf nichts werden? Und was haben denn die Dorfbewohner damit zu tun?"

Schwester Edeltraud verbarg die Hände unter der Schürze. „Ich. Also. Ich. Der Bürgermeister."

„Bürgermeister? Welcher Bürgermeister?", hakte Antonia nach. „Der von Feldbach etwa?"

Schwester Edeltraud schüttelte überrascht den Kopf. „Nein, nein, der doch nicht. Der Fehringer Bürgermeister. Er war kurz hier heute Morgen und als ich gesagt habe, dass Sie vorhaben, ein großes Zentrum aus der Burg zu machen, da hat er gelacht und hat gesagt, sicher nicht, diese ..." Sie verstummte.

„Diese was", bohrte Antonia nach.

„Diese. Also", Schwester Edeltrauds Stimme erstarb beinahe, dann flüsterte sie, „diese Hochstaplerin."

„Diese was!", rief Antonia aus und lief nun ihrerseits rot an. „Das hat er gesagt? Der Bürgermeister von Fehring? Der kennt mich doch gar nicht!" Sie schnappte nach Luft. „Also praktisch gar nicht. Bin ihm nur einmal begegnet, als ich ihm ein Konzept für dieses Kulturfestival vorgeschlagen habe. Hat er aber abgelehnt. Und dann hat ja auch Feldbach überraschend den Zuschlag bekommen. Völlig überraschend. Geradezu unerwartet, wenn Sie mich fragen. Und vollkommen unverdient."

Schwester Edeltraud verharrte stumm und schloss die Türe nun ganz hinter ihnen. „Ich hätte das Haus gern in Ihre Hände gegeben", sagte sie bedauernd.

Antonia protestierte: „Der hat doch darüber nicht zu bestimmen. Zugegeben, meine Bank tut sich momentan ein bisserl schwer mit der Kreditbewilligung. Aber ich verhandle doch noch."

Die Äbtissin ging mehrere Schritte zurück. Es schien Antonia, als wollte sie zu ihr auf Distanz gehen. „Ja wissen Sie es denn nicht? Der Bürgermeister von Fehring geht als Bürgermeister in Pension. In zwei Monaten allerdings wird er oberster Bankenvorstand bei der Bauernbank. Wenn der sagt, es wird nichts, dann wird es auch nichts mit Ihrem Kauf der Burg", sagte sie. „Uns nützt es leider nichts. Wir können nicht bleiben, auch wenn Sie die Burg nicht bekommen." Sie seufzte. „Wir gewinnen durch die Ablehnung Ihres Kredits keine Zeit. In zwei Wochen müssen wir das Haus räumen und in die kleine Altenresidenz umziehen." Sie legte ihr Gesicht in sorgenvolle Falten.

„Das tut mir leid für Sie alle, Schwester", bedauerte Antonia ehrlich, aber sie war nicht ganz bei der Sache. „Ich weiß jetzt gar nicht, was ich machen soll. Und das kommt weiß Gott nicht so häufig vor. Wie kommt der zukünftige Vorstand der Bauernbank dazu, etwas über mein Geldleben zu wissen. Ich bin doch bei der Arbeiterbank."

Verwirrt und frustriert blickte sie die Fassade hinauf und registrierte halb in Gedanken versunken in einem der Fenster ein Gesicht, das zu ihnen hinunterstarrte. Das Gesicht verschwand blitzschnell, jedoch langsam genug, dass sie zu erkennen vermeinte, wen sie da sah. War er es? Sie war fassungslos. Hatte sie den gesuchten Intendanten zum Fenster herausschauen sehen? Antonia wandte sich wieder der Äbtissin zu.

„Sagen Sie, Schwester Edeltraud, haben Sie eigentlich ab und zu Gäste im Kloster?"

Die Äbtissin schaute fragend und verständnislos.

„Ich meine, Leute, die für eine Weile verschwinden wollen." Sie verbesserte sich. „Die sich zurückziehen wollen."

„Gäste? Nein, Gäste haben wir nicht im Kloster. Wir sind Benediktinerinnen. Kein Zutritt für andere. Nur unten im Nebenhaus. Aber es war schon lang keiner mehr da. Wir Alten schaffen es nicht mehr, uns um Gäste zu kümmern."

„Nicht. Hm", brummelte Antonia, „mir war so, als hätte ich eben da oben am Fenster wen gesehen."

„Oh, vielleicht Schwester Basilia", erwiderte Schwester Edeltraud mit einem um Leichtigkeit bemühten Ton. „Sie ist ein wenig ... haha", lachte sie verlegen und fügte fast verschwörerisch hinzu, „nun ja, neugierig". Ihre Miene verfinsterte sich plötzlich. „Ein bisschen zu neugierig für meinen Geschmack."

„Nein, nein", sagte Antonia nachdenklich. „Das war keine von Ihnen. Ich kenne Sie doch alle von der Ostermesse. Das war ein Mann."

„Ein Mann!", rief die Äbtissin. „Der Herr Pfarrer kommt erst in zwei Wochen wieder."

„Nein, es war nicht der Pfarrer", beharrte Antonia. Sie wurde langsam ungehalten. „Sagen Sie, kennen Sie eigentlich den Herrn Navratil?"

„Wer soll das denn sein?", fragte die Äbtissin.

Antonia drohte langsam, aber sicher, die Fassung zu verlieren. War die Nonne so gerissen oder wusste sie tatsächlich nicht, wer Navratil war? Antonia nahm sich zusammen und erklärte wie beiläufig: „Ach, das ist der Intendant der Provinziale. Sie wissen schon, dieses Kulturfestival, das sich der Herr Landeskulturrat Puntigam ausgedacht hat, um unsere schöne

Steiermark zu kultivieren. Sie kennen den Intendanten wirklich nicht?"

„Nein, ach nein", wehrte die Äbtissin ab. „Wir verlassen das Kloster selten. Und auf dem Festival waren
wir gar nicht."

„Nicht? Na, da haben Sie auch nichts versäumt",
erwiderte Antonia. „Ich dachte nur ganz kurz, dass
er das da oben hätte sein können. Er ist nämlich verschwunden, wissen Sie. Die Polizei sucht ihn schon
überall."

„Die Polizei", flüsterte Schwester Edeltraud und
wich langsam zurück. „Nein, wir verstecken hier niemanden. Und das Geld haben wir auch nicht." Sie
öffnete die Türe und verschwand ohne ein weiteres
Wort in der Burg und ließ die völlig erstaunte Antonia
allein stehen.

Na, das ist doch unglaublich, dachte sie. Das Geld
haben sie auch nicht? Ich habe nichts von dem Geld
erwähnt. Und angeblich wusste sie doch gar nicht,
wer Navratil ist. Sie schaute noch einmal die ockerfar-
bige, in achthundert Jahren ehrwürdig verfallene Fassade hinauf. In den Fenstern war niemand zu sehen.
Sie hatte es nicht anders erwartet. Die Frage ist doch,
räsonierte sie weiter, ist er hierher geflüchtet oder wird
er gefangen gehalten? Blödsinn! Das sind Nonnen,
alte Frauen, dies hier ist ein Kloster. Die halten doch
niemanden gefangen. Aber untergetaucht könnte er
sein. Auch Blödsinn. Wenn er sich mit den Millionen
absetzt, ist ein Kloster in der Nähe des Tatortes eine
ziemliche Sackgasse. Was also macht der Navratil in
diesem Frauenkloster? Ausgerechnet in meiner Burg.
Und wie komme ich an ihn heran?

Sie drehte sich um und ging zurück zu ihrem
Wagen.

„Ich habe es Ihnen ja gleich gesagt", rief ihr die
Nonne, die bei Antonias Ankunft im Rosenbeet

gearbeitete hatte, nach, „an uns beißen Sie sich die Zähne aus. Wir weichen nicht!"

Antonia wählte Lois Pammers Nummer.

„Lois? Hallo, hier ist Antonia. Sie glauben nicht, wen ich schon wieder gesehen habe und vor allem wo."

Die Aussicht, die Burg nicht zu bekommen, schien in weite Ferne gerückt. Der Traum vom Theater verblasste Es gab jetzt anderes zu tun, das wichtiger war. Sie fühlte sich wie eine Katze, die entdeckt hatte, wo die Maus sich versteckt. Die Herausforderung war einfach unwiderstehlich.

*

„Lois, das ist eine Schnapsidee, den Franz Josef mitzunehmen", flüsterte Antonia.

„Er bleibt nicht allein daheim", erwiderte Lois Pammer und zog sich seine schwarze Pudelhaube weit ins Gesicht.

Sie schlichen in der Dunkelheit auf dem Trampelpfad an der Südseite Burg entlang auf der Suche nach einer Möglichkeit, in die Burg zu gelangen ohne das Burgtor im Westen zu benutzen, das wahrscheinlich sowieso versperrt war.

„Wie soll das funktionieren?", murrte Antonia. „Stellen Sie sich vor, wir streifen durch die Räume, finden den Navratil und Franz Josef verbellt uns!"

„Ich nehme ihn auf den Arm. Dann ist er sofort still", beruhigte Lois die nervöse Antonia. „Auch kann ich dann dem Navratil sofort erklären, dass wir im Frieden kommen und dass der Hund harmlos ist."

„Tun wir das?" Antonia erwartete keine Antwort

Sie stapfte schwarzgekleidet hinter dem Zwei-Meter-Mann her und schnaubte zornig. „Eine Schnapsidee!"

Die Burg lag wie ausgestorben vor ihnen. Alle Fenster waren dunkel. Allerdings wusste Antonia, dass die Schlafräume der Nonnen nicht an dieser Südseite lagen, sondern auf der gegenüberliegenden Seite der Burg, getrennt durch einen sehr großen Innenhof. Auf dieser Seite des alten Gemäuers befanden sich hinter den dicken Mauern das Musikzimmer, die Büros und der lange Säulengang. Sie konnten auf jeden Fall sicher sein, nicht entdeckt zu werden.

An der Stirnseite beleuchteten einige alters-schwache Außenlaternen die schlafende Welt, aber hier, auf dem Pfad die Burgmauer entlang, hatten sie beide nur eine kleine Taschenlampe, die ihnen den Weg in der Finsternis ein wenig erhellte.

Käuzchen schrien, Igel raschelten im trockenen Laub, sonst war es still, ganz still. Ihre Schritte verursachten knackende Geräusche, die Lois wie Paukenschläge in den Ohren dröhnten. Nur Franz Josef war nicht zu hören. Und genau das beunruhigte Lois.

„Wo steckt dieser Hund denn nur?", murmelte er.

Lois leuchtete in die hoch hinaufragenden Tannen, die wie überdimensionale Wächter um die Burg standen.

„Da oben wird er wohl nicht sitzen, der Intendant", flüsterte Antonia.

„Wenn ein Sturm die umweht ...", flüsterte Lois zurück.

„Die Burg hält das aus."

In undefinierbarer Entfernung war schrilles Kläffen zu hören.

„Zifix", zischte Lois, „der Franz Josef."

„Hab ich's nicht gesagt?", warf Antonia ihm vor. „Jetzt können wir unseren Einbruch vergessen."

„Wir wären eh nie über diese Mauer gekommen."

„Aber wir hätten schauen können, ob nicht das hintere Tor im Osten zu öffnen ist."

„Das können wir immer noch."

„Wir müssen Franz Josef suchen."

„Unterstehen Sie sich, ihn zu rufen", zischte Antonia.

Sie hatten das Ende der Nordseite erreicht und bogen nun in leicht gebückter Haltung um die Ecke zur Rückseite der Burg, an der ein Hintereingang ins Innere des Bauwerkes führte. Kam Franz Josefs Gebell vom Treppenaufgang her? Zu sehen war er nicht. Ein gemauertes Treppengeländer verbarg die Stufen vor ihren Blicken.

„Zifix, Franz Josef!", schimpfte Lois. „Sakra! Warum habe ich den Hund nur mitgenommen."

„Sag ich doch", sagte Antonia.

„Sag ich doch, sag ich doch. Hinterher ist man immer klüger."

Franz Josef bellte.

„Da her, kommst du wohl da her! Sofort! Franz Josef!"

„Ich habe den Eindruck, er meldet etwas", warf Antonia ein.

Franz Josef bellte.

Lois bog um das Geländer und schaute die Stufen hinauf.

„Zifix!", fluchte er wieder.

„Was ist?", fragte Antonia.

„Der Navratil!", rief Lois. „Er sitzt auf den Stufen und scheint zu schlafen. Franz Josef! Sofort kommst du her und hörst auf, den Herrn zu belästigen!"

Er versuchte, Franz Josef am Genick zu greifen, der jedoch wich aus und fuhr fort, den Herrn zu belästigen.

„Du wirst ihn noch aufwecken. Franz Josef, hierher! Sitz! Platz! Franz Josef! Tschuldigens, Herr Navratil, mein Hund, er hat halt Angst im Finstern."

Herr Navratil rührte sich nicht. Er saß tatsächlich auf den Stufen und lehnte wie schlafend am gemauerten Geländer, sein Kopf war nach vorne gesunken.

Lois kam näher und betrachtete den Körper des Intendanten. Lois schüttelte ihn an den Schultern. Als Navratil sich noch immer nicht bewegte, griff Lois an dessen Halsschlagader und fühlte den Puls.

„Antonia!", rief er. „Kommen Sie! Schnell! Der Navratil! Ich fürchte, den kann nicht einmal mehr der Franz Josef mit seinem Gebell wecken."

*

Gerald Schiffkowitz musterte wütend seinen suspendierten Kollegen in zivil und Antonia Azurra, die vor seinem Schreibtisch im Polizeiposten St. Peter wie zwei ertappte Hühnerdiebe saßen.

„Die Sicherheitsorgane der gesamten Steiermark suchen den seit Wochen verschwundenen Intendanten vergeblich und ausgerechnet ihr findet ihn beim Spazierengehen? Bei der Burg? Mitten in der Nacht? So ganz zufällig?"

Lois starrte auf seine Schuhe. „Es war der Franz Josef, Gerald. Der Hund hat ihn gefunden. Und dabei hast du immer gesagt, der Hund taugt nicht zum Polizeihund. Da kannst du sehen, wie du dich getäuscht hast."

„Du bist außer Dienst, Lois. Und dein Hundeersatz auch." Gerald Schiffkowitz fuhr sich mit der Hand über die Stirn.

„Eigentlich bist du ein Verdächtiger", hielt er ihm vor. „Ich weiß nicht, ob dir deine Lage überhaupt klar ist."

„Gerald! Das ist nicht dein Ernst", widersprach ihm Lois. „Du kennst mich. Warum sollte ich denn den Intendanten umbringen?"

„Bursche, Kollege, was ist los mit dir? Wir hatten es doch so gemütlich auf unserem Posten. Was ist in dich gefahren? Willst Detektiv spielen?"

„Gerald, da stimmt etwas nicht. Ich kann es nicht begreifen, dass du es nicht kapierst. Erst der Mordanschlag auf die Frau Azurra hier. Und jetzt der tote Intendant."

„Es ist nicht gesagt, dass der Navratil ermordet worden ist. Wir müssen die amtliche Todesursache abwarten."

„Also, er wird sich nicht selbst umgebracht und auf der Treppe platziert haben", mischte sich Antonia ein.

Gerald Schiffkowitz schaute irritiert. „Wer weiß? Vielleicht Tabletten? Oder Rauschgift?"

„Haben Sie im Inneren der Burg Spuren gesichert?", setzte Antonia nach.

„Liebe gnädige Frau", hob der Postenkommandant an, „das Innere der Burg ist ein Kloster, zu dem niemand außer den Nonnen Zutritt hat. Außerdem ist es ein Frauenkloster. Da hätte der Navratil gar nicht hineingehen können."

„Aber die Frau Azurra hat ihn doch im Kloster ..." Die Frau Azurra zog Lois am Ärmel, und diskret bedeutete sie ihm zu schweigen. „... vermutet", sagte Lois. „Sie hat ihn dort vermutet." Er schaute Antonia fragend an.

Sie schüttelte fast unmerklich den Kopf.

„Das Innere der Burg gehört demnächst sowieso der Frau Azurra", setzte Lois nach.

„Ah so?" Gerald Schiffkowitz war erstaunt. „Sind Sie die Käuferin der Burg, von der man munkelt? Haben die alten Schwestern endlich wen gefunden, der ihnen dieses alte Gemäuer abkauft. Können Sie sich das überhaupt leisten?"

„Nein" antwortete Antonia, „aber es gibt Banken."

„Jedenfalls möchte ich euch ausdrücklich ermahnen, nicht weiter zu recherchieren. Das ist eine amtliche Ermahnung, gell, Lois? Halte dich zurück! Ich muss Meldung machen, das kannst du dir ja sicher vorstellen."

„Tu ich, Gerald, tu ich." Lois stand auf.

„Ihr werdet ganz sicher nach Graz fahren müssen. Die wollen euch vernehmen."

„Ist recht, Gerald, ist recht." Lois zog Antonia mit sich.

„Ich frage noch einmal: Habt ihr mit der Sache etwas zu tun?"

„Sicher nicht, Gerald, sicher nicht." Lois schob Antonia durch die geöffnete Türe. „Nicht bös sein, Gerald, aber wir müssen."

Er hob grüßend die Hand, dann schloss er die Tür hinter sich und Antonia und ließ einen grübelnd dreinschauenden Gerald Schiffkowitz zurück, der den Kopf in die Hände stützte.

*

„Sind Sie wahnsinnig? Was zerren Sie mich denn hier herum?", protestierte Antonia.

„Tschuldigung", grinste Lois, „aber ich dachte, Sie haben einen Plan. Sie haben mich doch wissen lassen, dass ich dem Gerald nichts von Ihrer Beobachtung sagen soll."

„Nein, Plan habe ich keinen", erwiderte Antonia, „nur so ein Gefühl."

„Und was sagt Ihr Gefühl?"

„Es sagt, dass wir nichts ausplaudern sollten."

„Aha. Und was sollen wir stattdessen machen?"

„Wir sollten eigentlich zur Burg zurückgehen und die Nonnen dazu bringen, den Mund aufzumachen", antwortete Antonia. „Aber ich fürchte, wir haben keine Chance. Dort wimmelt es nur so von Ihren Kollegen."

Lois nickte.

„Es ist so schade", sagte Antonia. „So eine gute Geschichte. Und ich kann nicht in der Burg recherchieren, was dahinter steckt. Ich bin ganz sicher, dass wir dort Antworten auf unsere Fragen finden."

Lois schaute sie an. „Gute Geschichte? Sie sehen überall Geschichten, stimmt's?"

Antonia nickte. „Ich will herausbekommen, welches Kapitel von welcher Geschichte wir da gerade erlebt haben."

„Ich brauche keine Geschichten", entgegnete Lois. „Ich lese auch keine Bücher."

„Ach ja? Sagten Sie nicht, Sie hätten alle meine Bücher gelesen?"

Lois errötete wie ein Firmling. „Ich gebe zu, das war ein wenig übertrieben", gestand er.

Antonia lachte. „Junger Mann. Sie sind der seltsamste Gefährte, der mir je untergekommen ist. Aber Sie haben Mut und ein gutes Herz. Das ist viel wert."

Lois drehte sich um und starrte in den Himmel, damit Antonia nicht sah, wie er vor Freude noch weiter errötete.

Sie drehte sich ebenfalls um, damit er nicht bemerkte, wie sie bemerkte, dass er errötete.

„Und?", fragte sie. „Warum sind Sie so hinter der Sache her, dass Sie sogar Ihren Job riskieren?"

„Ich will eigentlich den Kerl erwischen, der Ihnen das getan hat. Ich meine, den, der es auf Sie abgesehen hat. Und jetzt auch denjenigen, der den Navratil auf dem Gewissen hat. Oder vielleicht ist es ja auch ein- und derselbe. Oder es sind sogar mehrere. Eigentlich wollte ich Ihnen nur helfen." Er holte Luft. „Auf jeden Fall sollen sie bestraft werden. Ich bin ja nicht ohne Grund bei der Polizei. Und wenn meine Kollegen die Augen verschließen, dann hänge ich mich halt selber hinein. Weil, wir sind die Guten, verstehen Sie?" Er lachte. Antonia lachte mit.

„Ich schaue mich mal in Gnas bei den Bikern um, vielleicht finde ich etwas raus", sagte Lois.

„Wie wollen Sie denn nach Gnas kommen?", fragte Antonia. „Haben Sie ein Auto?"

„Nein, ich dachte, also, wenn Sie mich heimfahren ...", stotterte Lois, dann fasste er sich ein Herz. „Ach, kommen Sie doch einfach mit."

„Nein, Lois", erwiderte Antonia. „Sie bekommen mein Auto und ich bekomme Franz Josef."

„Was?" Lois erschrak.

Antonia lachte. „Nur zum Hundesitten. Er soll nicht so viel allein sein."

Sie schlenderten die Straße hinunter zu Antonias altem Ex-Taxi.

„Also gut", sagte sie, „wir holen Franz Josef, dann bringen Sie mich heim und anschließend nehmen Sie meinen Wagen und fahren nach Gnas."

„Hat das überhaupt noch ein Pickerl?" Lois beäugte das Taxi misstrauisch von allen Seiten und bemerkte diverse Roststellen.

„Dieses Taxi", hob Antonia zu einer Art Informationsvortrag an, „dieses Taxis ist ein Glücksbringer!"

„Ach wirklich?", staunte Lois.

„Allerdings", betonte Antonia „es hat achthunderttausend Kilometer drauf und fährt noch immer. Seitdem ich es fahre, hatte ich noch keine Panne".

„Und wie lang fahren Sie es schon?"

„Vier Monate."

„Bewundernswert."

„Finde ich auch", erwiderte sie spitz.

„Wie lang darf es noch fahren?"

„Noch acht Monate. Bis dahin sind Sie längst wieder auf Ihrem Posten in St. Peter."

„Glauben Sie, die Suspendierung dauert so lang?" Lois war erschrocken. „Ich dachte, die schicken mich ein, zwei Wochen in die Wüste. Und danach kann ich weiterarbeiten."

„Sagen wir mal so: Der Schreckskötter hat beste Verbindungen. Wann immer einer ihm zu nahe getreten ist, hat er dessen Existenzvernichtung betrieben. Es könnte durchaus sein, dass für Sie länger Auszeit herrscht."

„Soll er doch", murrte Lois. „Mich kriegt er nicht klein."

„Eh nicht."

„Eh nicht. Wieso haben Sie eigentlich kein Auto? Am Land hat doch jeder ein Auto. Sonst ist man einbetoniert."

„Weil ich keinen Führerschein habe", lachte Lois.

„Bitte?"

„War nur ein Witz", beruhigte er sie. „Ich bin für Umweltschutz. Da muss man bei sich selbst anfangen. Gerald erlaubt mir, dass ich den Einsatzwagen fahren darf und sonst findet sich immer wer, der mich hierhin oder dorthin mitnimmt. Klappt recht gut."

Als sie auf der Fahrt von St. Peter nach Bierbaum durch Perbersdorf fuhren, drohte ein Tiertransporter, der gerade die Anlage mit den Zuchtsauen verließ, in ihr Auto zu krachen. Lois wich geschickt aus und meinte: „Unvorstellbar, tausende Sauen, die ständig Ferkel werfen. Ob das gesund ist?"

„Das Unverschämteste ist, dass dahinter ein großer Schweizer Lebensmittelkonzern steckt, der damit wirbt, Fleisch von artgerecht gehaltenen Tieren zu verkaufen."

„Schweizer? Was machen die hier bei uns am anderen Ende der Welt?", erkundigte sich Lois.

„Keine Ahnung."

„Lumpenpack", sagte Lois, „Lumpenpack ist international."

„Lassen Sie mich hier unten im Dorf aussteigen", bat Antonia. „Den Rest des Weges gehen Franz Josef und ich zu Fuß. Der Hund braucht Auslauf."

Lois hielt vor der Kirche an, sprang aus dem Wagen, rannte zur Beifahrertür und öffnete sie elegant, um Antonia aussteigen zu lassen.

„Was werden Sie tun?", erkundigte sie sich.

„Ich höre mich mal um. In Gnas. Bei Bruno. Mal schauen, was der zu erzählen hat."

Er stieg in das Taxi und startete den Motor.

Antonia schaute dem rostigen Wagen hinterher und seufzte.

„Verzeihung." Eine weibliche Stimme erklang hinter ihr. „Antonia Azurra? DIE Antonia Azurra? Die Schriftstellerin?"

Antonia drehte sich erstaunt um und sah in das Gesicht einer in die Jahre gekommenen Blondine mit leichten Ablagerungen auf den Hüften, behängt mit teurem Schmuck. Der Hosenanzug maßgeschneidert, die Schuhe handgenäht.

Antonia schaute die ihr unbekannte Frau fragend an.

„Verzeihung", lächelte diese, „wie unhöflich von mir. Ich bin Barbara Hohenfels-Stranelli. Ich wollte Sie immer schon einmal kennenlernen. Und nun treffe ich Sie hier direkt auf der Straße in unserem kleinen Bierbaum. Ich muss sagen, ich bewundere Sie. Diese Geschichten, die Sie immer schreiben, einfach unglaublich. Also, wenn ich das meinen Freundinnen erzähle, die Azurra hier bei uns!" Sie strahlte, als hätte sie einen Hundert-Euro-Schein auf der Straße gefunden.

Antonia fühlte sich unangenehm berührt und machte einen kleinen Schritt zurück. „Danke", sagte sie höflich und wandte sich zum Gehen.

„Darf ich Sie auf einen Kaffee einladen?", fragte die Blondine und setzte einen Schritt nach.

„Vielen Dank, ich hatte gerade einen Kaffee", wies Antonia ihren unverhofften Fan freundlich, aber bestimmt zurück.

„Wie schade. Vielleicht auf einen Wein?" Die Fremde schien wild entschlossen zu sein.

„Danke, auch keinen Wein."

„Ach kommen Sie. Nur fünf Minuten Ihrer kostbaren Zeit, Frau Azurra."

Antonia gab nach. „Also gut, fünf Minuten. Ich nehme an, Sie haben ein Anliegen?"

„Nicht direkt", antwortete die Blondine und ergriff Antonia am Arm, um sie in Renates Gasthof zu bugsieren.

Antonias unangenehmes Gefühl blieb.

Als sie eine halbe Stunde später Renates Gasthof wieder verließ, war dieses Gefühl zwar verflogen, aber Antonia hatte eigentlich keine Erklärung dafür gefunden, warum Barbara Hohenfels-Stranelli sie zu dieser Einladung so gedrängt hatte. Nachdenklich machte sie sich auf den Heimweg, gefolgt von Franz Josef, der sich lautstark und fröhlich mit allen Hunden auf den Höfen anlegte, die sie passierten. Soviel sie auch überlegte, sie war sich ganz sicher, dass die Dame nicht aus Bierbaum war. Sie hatte noch nie von ihr gehört. Ein wenig bereute sie es, ihr ihre Visitenkarte gegeben zu haben.

„Ich schau mal, was ich im Internet über diese Dame herausfinde", sagte sie zu Franz Josef. Franz Josef bellte.

*

„Bier?", fragte Renate.

„Mischung", sagte Lois.

Sie drehte sich mit ihren hundert Kilo leichtfüßig um die eigene Achse und griff routiniert nach Weißwein und Mineralwasser.

„Ich habe gehört, du hast einen Toten gefunden?" Sie stellte das Glas vor ihn hin.

„Mh", brummte Lois und blätterte weiter gelangweilt in der Lokalzeitung.

„Na hallo! Bist du vielleicht selber auch tot?"

Er schaute von seiner Lektüre auf. „Neue Frisur?"

„Nein." Renate fuhr sich über ihre roten Stoppelhaare. „Wie kommst denn darauf?"

Lois grinste. Ablenkungsmanöver dieser Art hatte er aus der Zeit drauf, als die Mama noch gesund daheim war. Er freute sich, dass es auch diesmal funktionierte, denn er hatte nicht die Absicht, Renate auch nur die kleinste Einzelheit über die Sache auf die Nase zu binden. Wenn es Renate wusste, wusste es am nächsten Tag das ganze Dorf. Wenn es das ganze Dorf wusste, wussten es am zweiten Tag die Bezirke Feldbach und Radkersburg.

Und wenn Lois eines zurzeit nicht gebrauchen konnte, dann war das weitere Öffentlichkeit.

„Wo ist denn dein Hund?", fragte Renate. „Hast du ihn endlich ins Tierschutzhaus gebracht?"

„Der schläft heute bei der Frau Azurra", erklärte Lois und ärgerte sich im selben Moment, dass er es ausgeplaudert hatte.

„Bei der Azurra?" Nun war Renates Interesse geweckt. „Bei der Azurra?", wiederholte sie. „Na, du traust dich was."

„Ach was", erwiderte Lois mürrisch. „Was habt ihr nur alle immer mit der Azurra. Die ist keine böse Hex'."

„Eh nicht", sagte Renate. „Aber wie sie damals an Walpurgis den Saustall verhext hat, da ..."

„Jetzt hör doch auf mit diesen alten Geschichten", wehrte Lois ab. „Das kann ja kein Mensch mehr hören. Sie hat halt ein wenig Spektakel gemacht. Sie sagt, sie hat das lustig gefunden."

„Lustig war das nicht", widersprach Renate. „Kurz darauf sind die Betreiber in Konkurs gegangen."

„Na, wer glaubt denn heute noch an solche Sachen. Jetzt bist es doch du, die glaubt, dass man hexen kann."

„Pffff", erwiderte Renate. „Wer weiß, als was dein Hund zurückkommt."

„Jetzt gib eine Ruh", brummte Lois.

„Pffff." Renate zuckte mit den Schultern.

„Die Azurra war übrigens heute da. Mit so einer aus St. Peter."

„Was für einer aus St. Peter?"

„Weißt eh, die diese Schlösser haben. Und den Schlachthof."

„Ach die." Lois griff wieder nach der Zeitung. „Das sind so Vornehme. Hab gar nicht gewusst, dass die Azurra solche kennt."

„Was war denn jetzt mit dem Toten?", bohrte Renate nach.

„Zahlen!", antwortete Lois.

*

Er lag auf dem Ehebett seiner Eltern und starrte seine Uniform an, die auf einem Holzbügel am alten Kleiderschrank hing. Seine Gedanken wanderten zwischen Bangen und Zorn hin und her.

Soll ich sie anziehen? Vielleicht erkennt sie mich dann besser, die Mama, ging es ihm durch den Kopf. In ihm war ein sprachloser Schmerz, eine große Ratlosigkeit. Jedes Mal, wenn er seine Mutter im Pflegeheim in St. Peter besuchte, war sie ein weiteres Stück entrückt. Verschwunden in eine Welt, die er nicht kannte. Manchmal erkannte sie ihn, andere Male hielt sie ihn für ihren verstorbenen Mann oder für einen völlig Fremden.

Lois stand auf und ging ins Wohnzimmer, um sich ein Bier aus dem Sechsertragerl zu nehmen. Mit der Flasche in der Hand trat er vor das Foto der Mama, das in einem Rahmen an der Wand hing.

„Du fehlst mir", prostete er ihr zu.

Soll ich den Franz Josef mitnehmen?, überlegte er. Vielleicht freut es sie. Andererseits – sie hat Tiere nie sehr mögen. Aber die Pflegerin hat gesagt, dass sie immer mehr wie ein kleines Kind wird und vielleicht mag die Mama als kleines Kind ja doch Tiere. Vor allem den Franz Josef, den mag doch einfach jeder. Na ja, außer dem Chef. Warum der Gerald den Hund nicht ausstehen kann, weiß ich nicht. Es muss Neid sein. Auf die Uniform verzichtete er dann doch lieber. Er wollte nicht, dass sein Chef ihn zufällig bei einer verbotenen Tat erwischte. Seine Sorge galt weniger einer Gefährdung seiner Rückkehr in den Polizeidienst, sondern möglichen Behinderungen bei seinen Bemühungen, Licht in den rätselhaften Tod des Intendanten zu bringen und die verschwundenen Millionen wiederzufinden. Lois hatte sich festgebissen. Er hatte nicht gewusst, dass er über eine solche Verbissenheit verfügte, die andere gut und gern auch Sturheit nennen würden. Ja, er hätte nicht einmal sagen können, warum er sich so für den Fall interessierte. Weder hatte er etwas für Belohnungsgelder übrig noch hatte er jemals Leidenschaften entwickelt, für oder gegen Jemand oder Etwas zu sein. Ein Gerechtigkeitsgefühl in ihm war zwar vorhanden, aber er war sein Leben lang bereit gewesen, alles seinem viel stärker ausgeprägten Bedürfnis nach Harmonie und Frieden unterzuordnen. Aber jetzt lag die Sache anders. Darüber nachzudenken, was zu diesem Sinneswandel geführt hatte, war ihm fremd. Er war nicht der Typ, der sich mit Selbstreflexion aufhielt.

Er zog seine zivile Lederjacke an und verließ das Haus.

Von der anderen Straßenseite grüßte ihn Alfred Sauer, der kronenlose Kaiser des Dorfes.

„Servas Lois!", grüßte er. „Das ist doch der Wagen der Azurra."

„Gut beobachtet, Fredl."

„Musst halt aufpassen, mit wem du dich zusammentust, gell?" Alfred Sauer hatte rasch die Straße überquert und stand nun vor Lois, der in den Wagen stieg. „Man kann leicht in die Isolation geraten, wenn man die falschen Leute kennt. Bist eh so ein Eigenbrötler. Bald können wir für dich nichts mehr tun."

„Ist recht, Fredl, ist recht", antwortete Lois und startete den Motor. „Bin dankbar, dass du so besorgt bist um mich."

Volltrottel, ärgerte sich Lois. Nur weil du es nicht schaffst, Bürgermeister zu werden, musst du nicht andere karniefeln. Wenn du nur alle im festen Griff hast, dann fühlst du dich gut.

Im Rückspiegel verschwand Sauers Gesicht, das von seinen kleinen harten Augen beherrscht wurde.

Bisher war es Lois noch nicht wirklich aufgefallen, dass unter Bierbaums ländlicher Idylle ein kompliziertes Geflecht von Macht und Intrige bestand. Wie überall, dachte Lois. Wir sind auch nicht besser als andere. Er war froh, dass er sich zeitlebens aus allen Querelen herausgehalten hatte und sich nicht darum scherte, wer mit wem gerade sprach oder zerstritten war, wer die richtigen Jogginganzüge trug und die richtigen Markenschuhe, wem zu huldigen war und was man zu wählen hatte. Leute wie Alfred Sauer waren ihm egal. Auch was Leute wie Alfred Sauer über ihn dachten, war Lois egal. Er wusste, dass er in den Augen vieler Bierbaumer ein seltsamer Kauz war. Er passte nicht in das übliche Dorfbewohnerbild, weder von seinem Verhalten noch von seinem Aussehen her. So ließ er sich selten in der Sonntagsmesse sehen, sehr zum Verdruss seines Bruders. Lois trug lieber Cowboystiefel und seine alte Lederjacke, auch wenn diese nur noch knapp den Bauch erreichte, statt teuren Jogging-Schuhen und sündhaft teuren Freizeitanzügen, die ihre Träger als Angehörige der besseren und vor allem hipperen Dorfgemeinschaft auszeichneten. Und seine Haare waren sowieso zu lang. Er trank sein Bier oder seine Mischung bei Renate, auch wenn Alfred Sauer und die anderen Dorf-Honoratioren zum Boykott des Gasthauses aufgerufen hatten, um so Renate zu zwingen, die weniger schicken Gäste zu vergraulen.

Am Samstagabend hockte er mit dem Bürgermeister und Sepp, dem Lastwagenfahrer beisammen und spielte Tarock. Bei Renate. Wo sonst? Er hatte seine Herkunft genauso wenig vergessen wie der Bürgermeister und Sepp. Er gehörte zu den weniger schicken Leuten. Und das war gut so, fand Lois.

Er fuhr durch Perbersdorf, an der Massenzucht-anlage für Schweine vorbei durch Edla nach St. Peter und parkte vor dem Pflegeheim. Während er ausstieg, schaute er sehnsüchtig zu den Fenstern des Polizei-postens auf der gegenüberliegenden Seite. Es war jedoch niemand zu sehen. Mit schweren Schritten ging er zum Eingang des Pflegeheims, wo sich die Türe automatisch öffnete. Als er die Halle betrat, fand er sich einer Menge aus aufgeregten Pflegerinnen und sauber angezogenen Heiminsassen mit grün-weißen Fähnchen in der Händen gegenüber. Die Mitglieder des Chores von St. Peter standen wie aufgefädelt bereit zum Einsatz. Der Bürgermeister samt komplett angetretenem Gemeinderat waren ebenfalls anwe-send. Auch die Honoratioren – Banker, Arzt und Pfarrer - hatten sich eingefunden. Der Dirigent hob die Arme. Frau Siebenknecht, die Heimleiterin, eilte Lois auf halbem Wege entgegen, um dann verdutzt innezuhalten und auszurufen: „Ach Sie, was machen Sie denn hier!"

Der Dirigent winkte ab.

„Ich will meine Mutter besuchen", antwortete Lois, der wie angewurzelt stehenblieb.

„Lois!", war eine Stimme zu hören. „Mein Bub. Mein Bub ist gekommen." Lois' Mama schien ihren wachen Tag zu haben.

„Jetzt gehen Sie schon aus dem Weg!", rief die Sie-benknecht ärgerlich. „Gleich kommt der Herr Landes-sozialrat. Halten Sie uns doch jetzt nicht auf."

„Was ist denn hier los?", erkundigte sich der ver-datterte Lois. „Habt's was zum Feiern? Wer ist denn überhaupt der Landessozialrat?"

„Na, der Herr Doktor Peter Puntigam", erwiderte die Siebenknecht und blickte nervös zur Eingangs-türe.

„Aber der ist doch Landeskulturrat", entgegnete Lois. „Landessozialrat muss ein anderer sein."

„Nein, der ist beides", zischte die Siebenknecht. „Das sollte man eigentlich wissen als mündiger Wähler."

„Hab noch nie gewählt", brummte Lois unhörbar für die Siebenknecht.

Die Eingangstüre hinter ihm öffnete sich wieder. Zuerst war niemand zu sehen. Darum verharrte das Pflegepersonal in spannungsloser Wartehaltung. Die Insassen schwenkten die grün-weißen Fähnchen nicht und auch der Chor schwieg. Nur Lois spürte, dass sich hinter seinem Rücken etwas tat und dreht sich um. Der Herr Landessozialrat beziehungsweise Landeskulturrat war ein Kleingeratener, der hinter dem Zwei-Meter-Mann Lois Pammer beinahe verschwand. Er sah in Peter Puntigams aufgequollenes Gesicht. Der bis zum Brustkorb stramm aufgeworfene Bauch wurde von zwei steckendünnen Beinchen getragen.

„Tschuldigung", sagte Lois und machte dem Politiker Platz. „Ich will Sie in Ausübung Ihrer Erwerbstätigkeit nicht behindern."

„Der Herr Landessozialrat!" Die Siebenknecht eilte ihm mit offenen Armen entgegen, als hätte Puntigam in beiden Händen einen prall gefüllten Geldkoffer mitgebracht.

„Herzlich Willkommen! Das Personal des Pflegeheims und unsere lieben, lieben Bewohner heißen Sie herzlich willkommen und wollen Ihnen aufs Allerherzlichste für dieses wunderschöne Heim danken, das Sie uns gebaut haben. Aufs Allerallerherzlichste. Wirklich Herzlichste."

Der so mit Dank überschüttete strich sich durch die schütteren weißen Haare und versuchte so etwas wie ein professionelles Lächeln. Das Pflegepersonal stand stramm und strahlte. Die Insassen schwenkten die Fähnchen und der Chor sang „Es wird scho glei dumpa".

Lois blickte irritiert zum Fenster hinaus und verstand nicht ganz, denn draußen war es grün und es war doch noch Nachmittag. Die Siebenknecht dirigierte den Landessozialrat Peter Puntigam gekonnt von einer wichtigen Person zu nächsten.

Nach dieser Runde, die gekennzeichnet war von Händeschütteln und dem Austausch von Belanglosigkeiten, bekam er auf einen Wink der Siebenknecht hin ein großes Rotweinglas in die Hand gedrückt.

„Kann man hier rauchen?", fragte der Politiker die Siebenknecht.

„Ja", antwortete die Siebenknecht, „wir haben ein Rauchzimmer. Dort entlang bitte." Sie wies ihm den Weg.

Von da an fand die Veranstaltung ohne den Herrn Landessozialrat statt, dessen Entourage ihm wie ganz selbstverständlich in das Raucherzimmer gefolgt war. Lois gewann den sicheren Eindruck, dass ein Besuch dieses Politikers nicht zum ersten Mal auf diese Weise ablief.

Während den noch Verbliebenen Kaffee und Kuchen angeboten wurden, schlenderte Lois zum Raucherzimmer. Durch das Glasfenster in der Türe sah er, wie Puntigam das Weinglas zum zweiten Mal gefüllt wurde.

Unschlüssig verharrte Lois vor der Türe. Sollte er sie öffnen und sich einfach unter die Mitarbeiter der Grazer Landesregierung, die sich um ihren Chef geschart hatten, mischen? Was, wenn ihm dasselbe passieren würde wie bei seinem Alleingang in Sachen Schreckskötter? Jedenfalls können sie mich diesmal nicht suspendieren, dachte er und grinste. Aber vielleicht werden sie mich danach endgültig rauswerfen?

Ich will dem doch nur ein paar Fragen zu diesem Festival und vor allem zu diesem Intendanten stellen.

Nervös ging er vor dem Raucherzimmer auf und ab.

Sie werden mich teeren und federn, schoss es ihm durch den Kopf. Aber so eine Gelegenheit bekomme ich nie wieder. Die Mama kann warten.Vielleicht hat sie es inzwischen sogar vergessen, dass heute mein Besuchstag ist. Fast schämte er sich für den letzten Gedanken. Er öffnete die Türe und trat hinein.

„Grüß Gott", sagte er aufgeräumt und doch betont lässig.

Alle drehten sich zu ihm um und musterten ihn.

„Ach, seien Sie doch so gut und bringen Sie dem Herrn Landessozialrat noch eine Flasche von diesem guten Rotwein", bat ihn einer der Begleiter und drückte Lois die leere Flasche in die Hand.

„Sehr gern", antwortete er.

Kurz darauf kehrte er mit einer ganzen Kiste Rotwein und mehreren Weingläsern zurück.

Die Entourage begrüßte ihn nun mit lautem Hallo.

„Dann kann die Party ja starten." Lois entkorkte die erste Flasche. „Das ist der beste Wein, den unsere Kleinregion hervorbringt. Der ist vom Schiffmann."

„Ich dachte, der baut Schiffe, wenn er so heißt", bemerkte Puntigam und lachte meckernd.

Die Entourage lachte dröhnend und pflichtbewusst über den Witz ihres Chefs.

„Nein, der baut Wein", erwiderte Lois gut gelaunt und verteilte die Gläser. „Leute, alle an die Ruder, der Chef will Wasserski laufen!"

Zwei weitere Kisten später waren die Heiminsassen längst in ihren Betten verstaut. Das Pflegepersonal von der Tagschicht war heimgegangen, ein anderes Team hatte den Nachtdienst angetreten.

Die Siebenknecht hatte sich bereits wortreich in ihren wohlverdienten Feierabend verabschiedet und Puntigam hatte die Entourage bis auf seinen Fahrer heimgeschickt. Er saß mit Lois auf dem Sofa, von dichtem Zigarettenqualm eingenebelt und sprach bereits mit schwerer Zunge.

„Lois" sagte er, denn sie waren bereits vor einer dreiviertel Stunde beim Du angelangt, „Lois, mein lieber Freund, in der Politik hast du keine Freunde." Er fuchtelte mit seinem Glimmstängel herum. „Du musst für Seilschaften sorgen, verstehst du? Netzwerken, mein Lieber, so heißt das heutzutage. Nettwörking. Aber Freunde sind das nicht. Alle nicht." Er schaute Lois unter schweren Lidern mit alkoholverwässerten Augen an. „Aber du bist mein Freund. Wenn auch nur für heute." Er lachte.

Lois schenkte ihm schweigend nach.

„Dangge, mein Lieber." Ein Speichelfaden rann Puntigam aus dem Mundwinkel.

„Ist der Schreckskötter nicht auch dein Freund?", fragte Lois.

„Du kennst den Schreckskötter?" Puntigam legte den Kopf auf Lois' Schultern.

„Flüchtig. Ganz flüchtig. Er machte mir bei unserer Begegnung einen sehr entschlossenen Eindruck."

„Ja, der Schreckskötter weiß, was er will." Puntigam schloss müde die Augen.

„Was macht ihr denn jetzt wegen dem Navratil?"

„Wieso?" Puntigam hob den Kopf. „Woher kennst du denn den Navratil?"

„Ach, den kenn ich nicht", meinte Lois. „Dem bin ich nur ein einziges Mal begegnet, und da haben wir nicht einmal miteinander gesprochen."

„Ach so", antwortete Puntigam und es schien Lois, als sei er erleichtert.

„Ich dachte nur, wo der doch jetzt tot aufgefunden wurde", sagte Lois. „Habt ihr schon einen Verdacht, wer das gewesen sein könnte?"

„Wahrscheinlich seine Komplizen, die mit ihm das Ding mit den drei Millionen gedreht haben. Der war doch viel zu blöd, um das Geld verschwinden zu lassen. Der muss Helfer gehabt haben. Der Schreckskötter sagt aber, der Navratil war ein ausgemachter Fuchs, der hat alles allein gemacht."

„Soso, der Schreckskötter", murmelte Lois.

„Genau", murmelte der Herr Landessozialrat.

„Das ist ein wilder Hund!" rief er plötzlich und warf die heruntergebrannte Zigarette in den überquellenden Aschenbecher, um sich gleich eine neue anzuzünden. „Du hättest den sehen sollen, wie der das Ding gedreht hat, damit ich ihm die Provinziale gebe. Superstratege. Das ist ein Suuperstratege." Er angelte nach seinem Weinglas und nahm einen tiefen Schluck.

„Ja, aber da mussten sich doch die einzelnen Regionen mit einem Konzept bewerben, oder?", fragte Lois.

Puntigam lachte. „Sicher. Das haben die auch gemacht." Er wieherte nun vor Vergnügen. „Die Weststeiermark hat sich halb ruiniert mit ihrem Konzept." Er holte Luft und wieherte weiter. „Und dann hat der Schreckskötter das Gerücht verbreitet, dass die Südsteiermark den Zuschlag erhalten wird, weil es meine Heimatregion ist und ich sicherlich entgegen allen demokratischen Regeln denen die Provinziale zuschustern werde. Darüber haben sich alle enorm aufgeregt. Die Medien haben sogar ganz kritisch über dieses Gerücht geschrieben." Nun schrie er vor Lachen und schlug sich auf die Schenkel. „Und dann, du wirst es nicht glauben, dieser wilde Hund, dann schickt er jemanden mit einem Konzept, so schlecht, das es schon ein Witz war, in den Bewerb, und ich konnte ihm ganz offiziell über die Expertenjury den Zuschlag erteilen. Sowas macht dem so leicht keiner nach." Er rang nach Luft. „Das Konzept hatte ..." Er konnte nicht mehr aufhören zu lachen, die Tränen liefen ihm übers Gesicht, „... das Konzept hatte gerade mal auf einer A4-Seite Platz. Hat aber keiner gemerkt von den Experten in der Jury."

„Sind alles meine Leute", setzte er nach.

Langsam ebbte sein Lachen ab. Er nahm noch einen kräftigen Schluck.

„Ich musste ihm den Zuschlag geben. Ich war ihm noch einen großen Gefallen schuldig."

„Immerhin einen Drei-Millionen-Euro-Gefallen. Was kann das denn gewesen sein?", fragte Lois.

„Nein, kein Drei-Millionen-Gefallen", widersprach Puntigam benebelt. „Vier Millionen. Die Provinziale ist vier Millionen Euro wert. Drei sind obberative Millionen. Obberativ. Geld, das Schreckskötter ausgeben konnte. Die vierte Million sind die fixen Kosten der Landesregierung für alles, was wir noch zusätzlich dafür aufwenden müssen. Wir, also die Landesregierung, kosten ja auch was. Nix is umsonst." Puntigam wischte sich den Speichel fort.

„Wieso Schreckskötter? Ist es nicht der Intendant, der das Geld ausgeben darf für ein Festival?"

„Tüllich. Der Intendant", lallte Puntigam. „Aber der war doch noch so ein junger Kerl. Ganz und gar unerfahren. Dem konnte der Schreckskötter doch gar nicht die ganze Verantwortung überlassen. Da muss man sich doch kümmern. Wir tragen Verantwortung. Der Wähler schläft nicht. Ich kann doch nicht überall sein."

„So, dann hat der Schreckskötter da mitgemischt", murmelte Lois.

„Das ist ein guter Parteigenosse, sag ich dir. Schon sein Vater war ein guter Parteigenosse." Er rülpste. „Ich bin auch ein guter Paddeigenosse Bist du eigentlich auch ein guter Paddeigenosse?"

Lois schenkte Puntigam noch etwas Rotwein nach. Dann schaltete er den Aufnahmefunktion seines Smartphones aus, das die ganze Zeit auf dem Tischchen gelegen hat und mit dem er seine weinselige Unterhaltung mit dem Landessozialrat aufgezeichnet hatte und stand auf.

„Ich muss", sagte er und klopfte Puntigam zum Abschied auf die Schulter. „Mach weiter so. Bist ein guter Freund."

„Dangge, mein Freund", lallte Puntigam und zündete sich noch eine Zigarette an.

Lois schloss die Türe hinter sich. Dann ging er durch die nur mit einer Notbeleuchtung erhellte Halle und verließ das Pflegeheim. Draußen klopfte er an das Fenster des landessozialrätlichen Dienstwagens und teilte dem Fahrer mit, dass sein Chef nun endlich heimfahren wolle. Anschließend zwängte er sich in Antonias Wagen und rief sie an.

„Sind Sie noch wach? Ich möchte Franz Josef abholen. Und dann habe ich noch eine Überraschung für Sie."

Er startete den Wagen. Er war stocknüchtern.

*

Lois schaltete sein Smartphone aus und schaute sich nach Antonia um, die während des Abspielens auf und ab gewandert war.

„Das haben Sie einfach so mitgeschnitten?"

„Klar. Diese Smartphones können problemlos ganze Gespräche aufnehmen."

„Das ist verboten!"

„Ich weiß. Aber manchmal muss man handeln und sich entscheiden, was wichtiger ist."

„Das stinkt. Die Sache stinkt ganz gewaltig. So sehr kann selbst dieser Saustall dort drüben nicht stinken wie das, was dieser Puntigam erzählt. Saufkopf elender!" Sie schnaubte wütend.

„Ich habe mich immer aus der Politik herausgehalten", sagte Lois. „Und ich weiß warum. Der Papa war bei der anderen Partei. Die sind auch nicht besser."

„Dann war die Vergabe des Festivals ein vollkommen abgekartetes Spiel!", rief sie. „Unglaublich", ergänzte Lois. „Bier?", fragte sie.

Er nickte. „Jetzt kann ich es brauchen" Er lachte und schüttelte den Kopf. „Den hätten Sie sehen sollen, den feinen Herrn Landessozialrat. Besoffen wie drei Russen."

Sie reichte ihm die Flasche. „Jetzt müssen wir scharf nachdenken. Wer könnte den Navratil getötet haben. Und warum?"

„Es könnte doch sein, dass der Puntigam und der Schreckskötter den Navratil einfach völlig unterschätzt haben. Haben geglaubt, dass sie sich da ein dummes Burscherl holen, das brav die Schreckskötter-Marionette gibt, und dann macht der sich selbständig und taucht mit den Millionen unter", sinnierte Lois.

„Zu den Nonnen", stellte Antonia trocken fest. „Er wird wohl kaum das Kloster als Untergrund gewählt haben."

„Aber Sie haben ihn doch bei den Nonnen gesehen." Lois nahm einen tiefen Schluck.

„Schon. Aber das macht alles keinen Sinn. Der Kulturetat wurde doch von der Landesregierung nicht in einem neutralen Alukoffer in bar überreicht, mit dem man dann untertauchen kann. Da hat keiner von denen auch nur einen Euro in die Hand genommen.

Da werden Rechnungen gelegt. Die werden dann überwiesen. Und wahrscheinlich erst sehr spät. Ist ja staatliches Geld."

„Nein, da wird doch Geld von Graz nach Feldbach gewandert sein. Also als ganzes Budget, über das Feldbach selbständig verfügen kann."

„Aber eben staatliches Geld. Das ist doch alles überkontrolliert. Da kann doch keiner damit über alle Berge gehen und verschwinden."

„Jetzt könnten Sie eigentlich wieder sagen, dass das Ihr Steuergeld ist", sagte Lois.

Antonia lachte.

„Ich arbeite hart für mein Geld." Sie wurde ernst. „Und der Staat hält gern die Hand auf und kassiert nicht wenig von mir. Da schärft sich der Blick dafür, wofür mein Hartverdientes von denen ausgegeben wird. Wussten Sie, dass Millionen Euro im zweistelligen Bereich jedes Jahr in Brüssel bei der EU verschwinden?"

Lois schaute überrascht.

Antonia war nun ganz in ihrem Element. „Jahr für Jahr. Einfach weg. Wie weggezaubert. Futschikato. Alles unter dem Motto: bisschen Schwund ist immer. Niemand verfolgt diesen Geldfluss. Niemand fasst die Täter. Alles was man weiß ist, dass es nur möglich ist unter aktiver Beteiligung von EU-Beamten. Oder vielleicht sind es sogar ausschließlich die EU-Beamten, die sich ihr mageres Salär ein wenig auffetten. Wissen Sie eigentlich, wie viel Geld für das jährliche Bundeskanzlerfest in Wien ausgegeben wird? Ein Fest, bei dem es um nichts, aber auch rein gar nichts geht. Bei dem sich dann die durchfressen, die wahrlich nicht am Hungertuch nagen. Die dann darüber jammern, dass sie sich schon wieder bei einem Event sehen lassen müssen, wozu sie keine Lust haben. Von diesem Geld könnten viele arme Kinder etwas haben, was sie dringend benötigen. Etwas, das ihnen eine Zukunft gibt."

Lois schaute sie staunend an. „Und warum haben Sie den Schreckskötter öffentlich angeschrien und nach dem Geld gefragt?"

„Er ist politisch dafür verantwortlich", sagte sie. „Ich wäre niemals auf die Idee gekommen, dass Politiker zu solchen Machenschaften fähig sind, wie sie der besoffene Puntigam ausgeplaudert hat. Aber dass der Schreckskötter seine politische Verantwortung dafür, dass der Navratil uns alle so betrügen konnte, nicht übernimmt, das war mir klar. Und das wollte ich zum Ausdruck bringen."

„Das bringt doch nichts", sagte Lois.

„Aber ich kann ihm sein Leben etwas ungemütlich machen. Ich weiß selber, dass er alle die verfolgt, die ihm zu nahe kommen. Aber ich bin eine alte Frau. Und das Gefährliche an alten Frauen ist, dass sie vor gar nichts mehr Angst haben."

„Sie hätten tot sein können!", warf Lois ein. „Der Biker hat Sie nur versehentlich nicht erwischt. Meiner Ansicht nach. Was, wenn der Schreckskötter dahintersteckt?"

Antonia schwieg. Auch ihr wurde klar, dass jemand es auf ihr Leben abgesehen hatte. Und sie wusste, dass sie noch immer in Gefahr war.

„Meinen Sie, dass der Schreckskötter vor Mord nicht zurückschreckt, um eine unbequeme Bürgerin ruhigzustellen?", fragte sie.

Lois schüttelte den Kopf. „Nein, kann ich mir nicht vorstellen. Das kann ich mir überhaupt bei niemandem vorstellen."

„Aber jemand trachtet mir nach dem Leben. Warum?"

„Das macht genauso wenig Sinn wie der tote Navratil und die geklauten Millionen", erwiderte

Lois nachdenklich. „Angenommen, Sie wären der Schreckskötter. Und reißen das Festival an sich über alle demokratischen Regeln hinweg. Und Sie holen sich so einen jungen Trottel aus Wien, der karrieregeil genug ist, um sich von der Intendanz locken zu lassen und dumm und unerfahren genug, um sich klaglos dem Schreckskötter unterzuordnen."

Antonia nickte. „Und dann?"

„Dann würden Sie den Trottel doch ruhigstellen. Einschüchtern oder so etwas, und würden in aller Ruhe das Festivalgeld in ihrer Stadt ausgeben, so wie Sie es wollen. Oder?"

„Richtig. Und ganz sicher wäre mir nicht entgangen, wenn der kleine Idiot es gewagt hätte, die Gelder in seine Tasche zu lenken. Und wie hätte der das auch machen sollen mit einem wie Schreckskötter im Nacken? Kennt sich bei uns nicht aus, hat keine Seilschaften. Kein ‚Nettwörking', wie der wie der gute Puntigam sagte. Nein, nie und nimmer. Der kann das Geld nicht beiseite geschafft haben. Das kann nur im politischen Sumpf versickert sein.

Und nun liegt der Navratil tot in der Gerichtsmedizin."

Sie schüttelte den Kopf. „Aber ich hätte ihn auch nicht umgebracht, den Navratil, wenn ich der Schreckskötter wäre. Wozu auch. Nein, das muss woanders liegen. Das ist eine ganz andere Geschichte, eine völlig andere Geschichte. Eine, die wir überhaupt noch gar nicht kennen."

„Ich werde weiter versuchen, den Biker zu finden", sagte Lois.

„Ja, aber wir brauchen auch den Blick auf das Große und Ganze. Wir müssen die Geschichte finden", fügte Antonia hinzu. „Wenn wir den Biker suchen, haben wir vielleicht nur einen einzigen Faden des Gewebes in der Hand. Ich aber will einen Blick auf den gesamten Teppich werfen."

„Der Faden kann uns aber eventuell zum Weber weiterführen, wenn wir daran ziehen", schlug Lois vor.

„Vielleicht", lächelte Antonia. „Vielleicht kenne ich aber auch einen Weg, mehr darüber zu erfahren, worum es eigentlich geht."

„Hoffentlich nichts mit Voodoo", sagte Lois.

„Voodoo?"

„Wie bei dem Saustall damals"

„Das war doch kein Voodoo!", rief Antonia. „Voodoo! Ich fasse es nicht. Das war Magie. Heilung der Erde."

„Ich verstehe davon nichts. Bin nicht traurig deswegen Davon will ich gar nichts wissen. Die Leute gehen Ihnen deshalb aus dem Weg, wissen Sie das eigentlich?"

„Lois, das ist Frauensache, das ist sowieso nichts für Sie", lachte Antonia. „Nein, nein, diesmal habe ich etwas anderes vor."

„Dann sollten Sie sich auch mal den Reinisch vornehmen", schlug Lois vor. „Den habe ich nämlich neulich überrascht, als er sich beim Saustall herumgetrieben hatte."

„Der Rupert Reinisch? Der von Fehring?" Antonia war verwirrt. „Komisch, den haben die Nonnen auch bei meinem fehlgeschlagenen Burgkauf erwähnt. Sie haben gesagt, dass der Reinisch dahintersteckt, dass ich die Burg nicht bekomme. Oder vielmehr, das Geld von der Bank nicht bekomme."

Ihr Gesicht verfinsterte sich.

Lois nickte. „Genau der. Ich war hinter dem Biker her, der durchgestartet ist, als er mich vor dem Big-Daddy-Treff, der Biker-Bar, gesehen hat. Und dann kam mir der Reinisch beim Saustall mit dem

Auto entgegen. Kann natürlich Zufall gewesen sein. Der wird sich doch nicht mit dem Biker dort getroffen haben?" Er schaute Antonia an. „Oder doch?"

„Alles Spekulation, Lois. Wir tappen im Dunkeln. Die Frage ist, wo fangen wir an, nach dem Lichtschalter zu suchen?"

Lois antwortete nicht. Er hatte sich der Länge nach auf Antonias Sofa ausgestreckt. Die Beine ragten weit über das Seitenteil hinaus. Franz Josef hatte es sich auf Lois' Bauch gemütlich gemacht. Und ein leises Schnarchen kündete davon, dass auch sein Herrchen eingeschlafen war.

„Schlaft gut, ihr beiden", lächelte Antonia und deckte Lois mit einer Wolldecke zu. Dann löschte sie das Licht und ging in ihr Schlafzimmer.

Schlaflos lag sie im Bett starrte im Dunkeln durch das Viereck des Fensters in die Nacht hinaus. Sie vermisste Sullys schweren Hundekörper auf ihren Füßen.

Irgendwo rief ein Käuzchen.

*

Antonia Azurra stand in der späten Nachmittagssonne vor der Grazer Burg, dem Sitz der steirischen Landesregierung und holte tief Luft. Sie hatte sich in einem dreitägigen Telefonmarathon diesen Termin beim Landeskulturrat erkämpft. Schwer erkämpft. Immerhin war sie ja nicht irgendwer. Es war ihr zwar ein wenig peinlich gewesen, so darauf zu beharren, dass sie eine bekannte Kulturschaffende sei und sie „den Peter Puntigam" selber sprechen müsse. Aber sie war seiner Büroleiterin damit so lange auf die Nerven gegangen, bis diese ihr schließlich einen Termin gab. Im Vorzimmer tummelten sich drei wichtige Damen, die kaum Notiz von Antonia nahmen. Sie wurde gebeten zu warten. Also nahm sie wieder draußen auf dem Gang Platz. Sie hasste diese Warterei. „Sei geduldig. Es geht um vieles", redete sie sich selbst gut zu.

Eine Stunde später öffnete sich endlich die Tür und sie wurde in Peter Puntigams Büro eingelassen. Er saß hinter seinem Schreibtisch und nahm ebenfalls kaum Notiz von ihr.

„Guten Tag", grüßte sie laut und vernehmlich.

Er sah auf und musterte sie. „Grüße Sie." Dann schaute er auf seine Notizen, offenbar auf der Suche nach ihrem Namen.

„Ich bin Antonia Azurra", stellte sie sich vor. „Herr Landeskulturrat, ich dachte, es ist an der Zeit, dass wir uns einmal kennenlernen."

Er nickte desinteressiert.

„Hübsche Krawatte haben Sie da." Sie suchte nach einem Zugang zu seiner Aufmerksamkeit. Puntigam schaute überrascht auf seinen Bauch und musterte seine Krawatte wie eine sich plötzlich um seinen Hals ringelnde Schlange.

„Finden Sie?", fragte er und es schien ihr, als sei er nun doch ein wenig geschmeichelt.

„Ja, ganz bestimmt. Ihre Frau hat Geschmack, das muss man sagen. Wirklich top. Vielleicht verrät sie mir, wo sie sie gekauft hat."

Mit versteckter Abscheu betrachtete sie das bunte Stück Stoff und hoffte, dass er ihre strategische Lüge nicht bemerken würde. Er bemerkte sie nicht.

Nun war die Atmosphäre schon aufgelockerter. Er fragte, was er für sie tun könne und bestellte bei einer der Vorzimmerdamen Kaffee. Die Kulturschaffende Antonia Azurra und der Landeskulturrat Peter Puntigam tranken den wenige Minuten später von der Vorzimmerdame servierten Kaffee.

„Ich plane, ein Theater zu eröffnen", sagte Antonia.

Puntigams Augen wurden wach. „Ein Theater? Wo? Hier in Graz?"

„Nein, nein, bei uns in der Provinz. Nahe Feldbach. Sie waren doch vor ein paar Tagen in St. Peter. Und dort, ganz in der Nähe, gibt es eine alte Burg, die zum Verkauf steht. Dort würde ich gern ein Theater eröffnen."

„Ja, wir träumen alle gern hin und wieder ein wenig", wiegelte er ab.

Antonia lachte höflich.

„Also, ich glaube kaum, dass von Seiten der Landesregierung Förderungen möglich sein werden", sagte Puntigam. Es war ihm anzusehen, wie unvorstellbar uninteressant er Antonias Pläne fand.

„Ach, das kommt später", ruderte sie zurück. „Im Augenblick schreibe ich das Konzept. Ich hatte überlegt, ob ich mich nicht mit einem Konzept für die Provinziale bewerbe.

Aber dann bekam ja Feldbach mit seiner genialen Idee und für diesen schmissigen Titel den Zuschlag."

Lauernd beobachtete sie sein Mienenspiel. Keine Regung war zu erkennen. Puntigam schwieg.

„Im Anschluss hatte ich dann überlegt, ob ich mich nicht wenigstens für die Intendanz der Provinziale in Feldbach bewerbe. Aber da haben Sie ja dann den Georg Navratil ernannt. Sicher nach einem aufwändigen Auswahlverfahren. Da hätte ich wohl auch keine Chance gehabt."

„Es gibt vorgeschriebene Regeln, nach denen wir uns richten müssen. Solche Posten sind begehrt in der Kulturwelt." Puntigams Mundwinkel zuckten nervös.

Antonia nickte langsam. „Ja, Gott sei Dank haben wir diese Regeln, die unsere Demokratie schützen. Und wie gut, dass sie mit Navratil so einen erfahrenen Kulturschaffenden gefunden haben."

Es war Puntigam nun anzusehen, dass er darüber nachdachte, worauf sie hinauswollte. Er legte die Hände auf seinen Bauch, der ihm im Sitzen bis an den Hals zu reichen schien.

„Manchmal ist es hilfreich, einem jungen Menschen eine Chance zu geben", erwiderte er. „Wir wollen mit diesem modernen Festival vor allem junge Leute ansprechen. Da war der Herr Navratil einer mit der Hand am Puls der Zeit."

Antonia grinste breit und böse.

„Sagen Sie, Herr Landeskulturrat, haben Sie eigentlich etwas mit dem gewaltsamen Ableben Ihres Intendanten zu tun?" Sie rückte auf ihrem Sessel ein wenig näher an seinen Schreibtisch heran.

„Bitte? Ich? Wie meinen? Ich muss doch wohl sehr bitten." Ihm schienen die Gesichtszüge zu entgleisen.

„So wird doch sicherlich die Suche nach den verlorenen Millionen eingestellt, schätze ich. Der Mann wird beerdigt. Und über die Sache wächst im wahrsten Sinne des Wortes Gras. Das kann Ihnen doch nur nützen."

„Man wird den Mörder suchen. Und man wird das verschwundene Geld suchen. Es gibt Gesetze!" Puntigam war sichtlich empört.

„Und es gibt Politiker, die zwar Gesetze machen, sich selber aber nicht daran halten", konterte sie. „Und die verschwundenen drei Millionen? Ist doch nur Steuergeld. Davon ist genug da. Das vermisst ja keiner. Das sind doch Peanuts! Das wird abgeschrieben und fertig. Wetten?"

„Wollen Sie uns griechische Verhältnisse unterstellen?"

„Nein", sagte sie. „Ich unterstelle Ihnen österreichische Verhältnisse. Die sind schlimm genug."

Lächelnd öffnete sie ihre Handtasche, nahm Lois' Smartphone heraus und schaltete es ein. Puntigams besoffene Stimme quäkte aus dem kleinen Lautsprecher des Smartphones.

Peter Puntigam saß unbeweglich in seinem Landesratssessel. Er war kreidebleich.

„Was wollen Sie?", fragte er, nachdem er eine Weile der konservierten Szene gelauscht hatte. „Damit kommen Sie nicht durch."

„Keine Sorge. Ich will Sie nicht erpressen oder sonst wie unter Druck setzen. Ich will Antworten von Ihnen. Ehrliche Antworten."

„Auf welche Fragen?" Er überlegte. „Ich könnte Ihnen eventuell behilflich sein beim Kauf der Burg. Oder wir schauen, ob sich nicht doch ein Topf findet, aus dem heraus wir Ihr Theater finanziell unterstützen. Vielleicht könnte ich doch die eine oder andere Förderung befürworten. Und EU-Gelder gibt es natürlich noch obendrein. Ich müsste mal fragen, welche Projekte zurzeit gefördert werden." Er griff, Souveränität vortäuschend zum Telefon.

„Vielen Dank", antwortete Antonia. „Wirklich sehr großzügig. Aber ich will nichts dergleichen. Meine Burg bekomme ich schon irgendwie. Oder auch nicht, wenn es nicht sein soll. Und staatliche Subventionen, du liebe Güte, davon wage ich gar nicht zu träumen. Nein, nein, ich will, dass Sie mir die ganze Geschichte selber noch einmal erzählen. Und mir ehrliche Antworten auf meine Fragen geben."

„Sie wollen wirklich nichts? Kein Geld? Keine Verbindungen?"

Antonia schüttelte grinsend den Kopf. „Ich will Wahrheit".

„So etwas habe ich noch nie erlebt."

„Das glaube ich Ihnen sofort."

„Ich habe jetzt einen wichtigen Termin." In seiner Stimme lag Verzweiflung. „Sie sind eine mutige Frau. Eine sehr mutige Frau. Haben Sie eigentlich keine

Angst, dass ich Sie verklage?" Er stand auf und ging nervös zum Fenster.

„Lächerlich", konterte Antonia.

Mit einer fahrigen Geste, als wollte er einen bösen Geist fortjagen, der ihm auf den Fersen war, kehrte er zu seinem Schreibtisch zurück und sank auf seinen Sessel.

„Bitte kompromittieren Sie mich nicht!" Die Stimme kippte in ein wisperndes Flehen über, während er aus dem Fenster starrte, als würde das Wichtige dort draußen ihn noch immer fesseln.

„Das habe ich nicht vor."

„Ich habe jetzt wirklich keine Zeit", flüsterte er.

„Kein Problem", beruhigte Antonia ihn. „Hier hören sowieso viele mit, die wir als Mitwisser nicht brauchen können. Ich will keinen Skandal lostreten. Wir machen uns einen Termin aus. Sie bringen viel Zeit mit und dann reden wir."

Puntigam nickte ermattet und schloss ergeben die Augen.

Antonia stand auf und steckte das Smartphone in die Tasche. „Bleiben Sie sitzen", sagte sie. „Ich finde allein hinaus."

An der Türe drehte sie sich noch einmal um. „Morgen Abend. Acht Uhr. In Bierbaum am Auersbach. Kommen Sie in den dortigen Gasthof und warten Sie. Jemand wird Sie abholen und zu mir bringen. Und seien Sie pünktlich."

„Wie heißt der Gasthof?"

„Der hat keinen Namen. Es gibt nur einen, Sie können ihn nicht verfehlen. Wenn Sie ihn nicht finden, fragen Sie nach Renate."

Dann ging sie. Ihre Schritte hatten etwas Fröhliches an sich. Auf dem Weg zu ihrem Auto schaute sie noch rasch beim Schauspielhaus hinein und steckte sich den neuen Spielplan in die Tasche, als ihr Telefon läutete.

„Liebe Frau Azurra", säuselte Barbara Hohenfels-Stranelli, „hätten Sie Lust, morgen Abend mit mir essen zu gehen? Ich kenne da ein ganz entzückendes Restaurant bei Straden. Das müssen wir ausprobieren."

„Morgen Abend kann ich bedauerlicherweise nicht", lehnte Antonia ab.

„Keine Widerrede. Ich hole Sie ab. Um acht. Ich werde pünktlich sein." Und dann legte die Hohenfels-Stranelli auf.

„Ich hasse solche logistischen Verwicklungen", brummte Antonia. „Und was will diese blöde Kuh überhaupt von mir?"

Als das Telefon wieder läutete, riss Antonia es an ihr Ohr und rief hinein: „Ich sagte doch, ich kann morgen Abend nicht! Ich habe einen wichtigen Termin!"

„Kanzlei Müller und Großschädl", säuselte eine Damenstimme. „Frau Azurra, der Herr Großschädl lässt ausrichten, dass eine plötzliche Steuerprüfung vom Finanzamt angeordnet worden ist. Es gibt da irgendwelche Unstimmigkeiten mit Ihren Tantiemen aus Deutschland."

„Was für Unstimmigkeiten?", fragte Antonia irritiert. „Hören Sie, es ist jetzt denkbar schlecht, ich stehe hier in Graz mitten auf der Straße und kann nicht reden. Wann soll die Steuerprüfung denn sein?"

„Morgen früh, gleich morgen früh. Aber ich soll ausrichten, dass es nicht notwendig für Sie ist, dabei zu sein. Der Prüfer kommt in unsere Kanzlei und schaut sich Ihre Unterlagen an. Dafür sind wir Steuerberater ja da."

„Steuerprüfung. Auch das noch", stöhnte Antonia und legte auf.

*

Als sie ihr kleines Haus auf dem großen Hügel betrat, zog ein köstlicher Duft von Schweinsbraten in ihre Nase. In der kleinen Küche stand Lois in gebückter Haltung und wusch das Geschirr. Um seinen Bauch hatte er eine Schürze gebunden. Der große lange Holztisch war für zwei Personen gedeckt. In den Gläsern schimmerte der Rotwein, Kerzen brannten. Er hatte sogar die Lade mit dem guten Besteck gefunden.

„Was ist denn hier los!", rief Antonia. „Was machen Sie hier? Wie sind Sie hier hereingekommen?"

Lois strahlte. „Ganz einfach durch die Türe. Ich wollte Sie überraschen. Sie sperren ja nie zu."

„Wozu auch", murmelte Antonia, „kommt doch sowieso niemand zu mir."

„Bitte Platz zu nehmen", lud Lois sie ein. „Bitte sehr, bitte gleich. Ich hoffe, Sie haben einen großen Hunger mit heimgebracht."

Franz Josef sprang bellend an ihr hoch. „Servus, kleiner Mann", grüßte Antonia und nahm ihn auf den Arm.

„Sie können kochen, Lois?", fragte sie.

Er nickte strahlend. „Die letzten Jahre hat die Mama doch nicht mehr mögen. Sie hat immer alles vergessen. Da habe ich dann für uns beide gekocht. Anfangs hat sie mir noch alles zeigen können. Und so habe ich das Kochen gelernt."

„Sie erstaunen mich immer wieder." In Antonias Stimme schwang Bewunderung mit.

„Die Mama hat den besten Schweinsbraten der ganzen Region gemacht. Und ich habe es von ihr gelernt." Er lud ihr Fleischscheiben und Saft auf den Teller, dazu Knödel und einen grünen Salat.

Antonia war überwältigt. „Können Sie auch etwas Vegetarisches?"

„Jessas, Sie sind Vegetarierin? Und ich koche Fleisch. Aber bei der Lydia haben Sie doch auch Schnitzel gegessen?"

„Nein, nein, ist schon recht", beruhigte Antonia ihn. „Ich esse fast kein Fleisch. Hin und wieder mache ich eine Ausnahme." Sie lächelte. „Und heute mache ich ganz gewiss eine Ausnahme."

„Wissen Sie, für mich allein, da habe ich nicht kochen mögen", sagte Lois mit vollem Mund. „Wie die Mama noch da war, das war etwas ganz anderes. Allein schmeckt es einfach nicht. Da geh ich dann lieber zur Renate und bestell mir eine Fertigpizza."

Antonia genoss das Essen.

„Aber jetzt, wo wir doch Freunde geworden sind, da könnte ich doch öfter einmal vorbeischauen und für uns beide kochen. Wie wär's?"

Antonia nickte. „Wunderbar. Es schmeckt einfach köstlich. Also, wenn die bei der Polizei Sie nicht mehr haben wollen, dann kommen Sie zu mir auf die Burg und wir machen dort ein Restaurant auf. Mit Ihnen als Koch wird das sicher ein gutes Geschäft."

Lois lose sein Besteck zur Seite. Er war aufgeregt. „Haben Sie etwas gehört? Soll ich meinen Posten verlieren?"

„Nein, nein, Lois. Ich habe gar nichts gehört. Oder vielmehr, etwas anderes. Der Puntigam kommt morgen Abend zu mir und wir können ihn ausfragen, soviel wir wollen."

Und dann berichtete sie ihm haarklein von ihrem Besuch beim Landesrat Puntigam.

„Wussten Sie eigentlich, dass der Puntigam Motorrad fährt?", fragte Lois.

Antonia lachte. „Er wird doch wohl nicht selbst den Anschlag auf mich verübt haben."

„Nein das wollte ich nicht sagen. Er wird sich ja auch sicherlich nicht in den Bikerclubs herumtreiben."

„Apropos. Haben Sie etwas herausfinden können?"

„Nur soviel, dass der Sohn vom Siebenknecht eine Yamaha fährt und in St. Peter einen ganz neuen Bikerclub gegründet hat. Mit ihm als Präsidenten. Die hocken immer bei der Lydia im Hinterzimmer, und an den Wochenenden feiern sie hinten beim alten Schwimmbad im Wald."

„Schau an, der Bürgermeistersohn von St. Peter. War er es nicht, den der alte Schuldirektor Praunsteiner am Telefon erkannt zu haben meinte, als er diesen Anruf mit der Morddrohung bekam, seinerzeit?"

„Davon weiß ich ja gar nichts", sagte Lois.

„Ach, das war diese alte Geschichte damals, als der Saustall gebaut werden sollte. Sie wissen schon, diese Sache an Walpurgis. Weil es mich so empört hat, dass Menschen in unserer schönen kleinen Landidylle zu solchen Methoden greifen, hatte ich beschlossen, diesen Hexenbannkreis um den Saustall zu ziehen."

Lois schüttelte grinsend den Kopf. „Die Geschichte kenne ich schon. Aber ich wusste nicht, dass der kleine Siebenknecht den Praunsteiner mit Mord bedroht hat. Und Sie mit Ihrem Voodoo. Sie haben aber auch verrückte Ideen. Wo nehmen Sie das nur immer her?"

„Frauensache", antwortete Antonia. „Wir Frauen können so etwas. Das liegt uns im Blut."

„Unglaublich."

„Wieso? Hat doch funktioniert. Kurz darauf sind die pleite gegangen."

„Also doch Voodoo."

„Nix Voodoo. Das hatten die sich doch selbst zuzuschreiben. Die haben zwar einen Haufen Geld verloren, immerhin an die dreißig Millionen, vor allem an

die Bank, aber nun werkeln sie ja weiter mit den Fer-
keln", entgegnete Antonia.

„Und der kleine Siebenknecht hat den Praunsteiner
bedroht?", insistierte Lois.

„Soweit ich weiß, ja", sagte Antonia. „Der Praunsteiner hat es nie zur Anzeige gebracht, aber die jeweiligen Dorftrommeln haben es weitergesagt."

„Sonst hätte ich Kenntnis davon. Auf Dorftrommeln höre ich nicht."

Antonia nickte.

„Wir müssen Puntigams Besuch hier bei mir noch
besprechen", wechselte sie das Thema.

Lois schaute erstaunt. „Haben Sie schon einen
Plan?"

„Ja, Sie müssen mir helfen. Ich will ihn dazu bewe-
gen, uns die ganze Wahrheit zu sagen."

„Die wissen wir doch schon dank meines Mit-
schnitts aus dem Pflegeheim".

„Nein, Lois, wir brauchen die Wahrheit dahinter.
Ich will die Hintergründe wissen."

„Vorsicht!", warnte Lois. „Das sind mächtige Leute.
Sie sehen ja, wie es mir ergangen ist."

„Pah." Antonia versuchte, Lois' Bedenken zu ent-
kräften. „Den Puntigam haben wir in der Hand. Er
wird es nicht wagen, etwas gegen mich zu unternehmen."

„Die Aufnahme brenne ich besser auf ein paar
Reserve-CDs", schlug Lois vor.

„Und dann brauchen wir ein gutes Versteck dafür",
ergänzte Antonia. „Ein sicheres vor allem."

„Ich weiß schon eines." Lois klopfte auf Franz Josefs
gepolstertes Körbchen. „Mein Killeryorkie wird es
bewachen."

Killeryorkie wedelte und sprang ins Körbchen und
war kurz darauf eingeschlafen. „Lassen Sie ihn heute

Nacht am besten hier. Gönnen Sie mir eine schöne Zeit mit dem kleinen Kerl."

Zwei Stunden später war die Küche wieder geputzt und aufgeräumt. Der Wein war leergetrunken. Und Antonia sah den Rücklichtern ihres alten Autos hinterher, als Lois es langsam den Waldweg hinuntersteuert

Morgen würde Lois wieder zurückkommen, mit Peter Puntigam im Auto.

Für eine Weile blieb sie vor dem Haus in der kühlen, süß duftenden Nachtluft stehen und schaute hinunter nach Bierbaum. Der Wald hinter ihr war erfüllt von Geräuschen der Nacht. Fledermäuse flogen in großen Kreisen um sie herum. Kater Miroslav stapfte durch das Gras und rieb sich an ihren Beinen. Sie lauschte in die Nacht. Nichts deutete darauf hin, dass jemand in der Nähe war. Aber ihre frühere Unbefangenheit war verschwunden. Sie war unsicher. War da jemand in der Nähe?

Alle Sinne waren weit geöffnet. Sie, die Furchtlose, die Kämpferin, die wilde Frau empfand auf einmal Misstrauen und Unsicherheit. Die Welt war plötzlich voller unbekannter Bedrohungen. Als sie ins Haus ging, sperrte sie die Türe zum ersten Mal seit zwanzig Jahren zu; im Herzen eine große Trauer darüber, dass dieses Paradies der Glückseligen am Rande der Welt nie wieder so sein würde wie es einmal gewesen war.

*

Lois beobachtete von seinem Küchenfenster aus den Eingang zu Renates Gasthof. Er war fix und fertig angezogen und bereit, sofort hinüberzugehen, sobald Peter Puntigam den Gasthof betreten würde. Er blickte auf die Uhr und nahm einen Schluck aus der

Bierflasche. Noch zehn Minuten vor der vereinbarten Zeit. Kein Grund zur Ungeduld.

Auf der gegenüberliegenden Straßenseite huschte Alfred Sauer mit gesenktem Kopf den Gehsteig entlang und verschwand betont unauffällig in Renates Gasthaus.

„Schau an, der kronenlose Kaiser", murmelte Lois. „Was machst denn du bei der Renate? Und ausgerechnet heute? Hattest du nicht zum Boykott des Gasthauses aufgerufen, nur weil die Renate den alten Leber bei sich in der Gaststube sitzen lässt? Und der dir nicht fein genug ist? Hoffentlich erkennst du mir deinen Herrn Landesrat nicht. Denn der gehört ja zu den Kreisen, zu denen du auch gern gehören würdest. Das könnten wir jetzt nicht gebrauchen."

Bald darauf tauchte Sauer genauso unauffällig wie vorher wieder im Eingang auf; in den Händen eine Schachtel Zigaretten, die er fahrig und ungeduldig öffnete.

Lois lachte still vor sich hin. „Hat dich deine Alte auf Nikotindiät gesetzt?"

Draußen zündete Sauer sich eine Zigarette an und sog den Rauch tief ein. Dann schaute er sich nervös um, als ob er sich beobachtet fühlte und ging mit eiligen den Weg an der Kirche vorbei wieder zurück.

Lois blickte auf die Uhr am Kirchturm. Noch fünf Minuten bis acht. Angespannt nahm er noch einen Schluck und wippte auf und ab. Die Sekunden tropften langsam und zäh.

Aus Richtung Perbersdorf fuhr ein großer silbergrauer BMW langsam heran und parkte direkt vor Lois Haus. Barbara Hohenfels-Stranelli stieg aus und musterte prüfend ihr Spiegelbild in Lois Küchenfenster. Rasch trat er zwei Schritte zurück, um nicht gesehen zu werden. Neugierig schaute er der Frau zu, wie sie sich die Lippen nachzog und mit dem linken Zeigefinger über die Augenbrauen strich. Dann bleckte sie die Zähne und lächelte zufrieden. Anscheinend war sie mit ihrem Anblick zufrieden.

„Was will die denn hier? Noch so eine. Ausgerechnet jetzt!", murmelte er. Nun war er so nervös, dass es ihn nicht mehr auf seinem Beobachtungsposten hielt. „Zifix, ich verpasse den Puntigam noch."

Auf dem Weg zur Küchentüre drehte er sich noch einmal um und sah durch das Fenster Barbara Hohenfels-Stranelli direkt auf den Gasthof zusteuern.

„Das geht nicht gut, das geht nicht gut!", stöhnte er. „Wir vermasseln es. Zifix." Er stürzte durch die Eingangstüre ins Freie und sperrte mit fahrigen Händen zu. Dann dreht er sich um und wollte zum Spurt zum Gasthof ansetzen.

„Pssst", flüsterte jemand neben ihm.

Lois hielt inne und blickte zur Seite. Eine Gestalt mit dünnen Beinchen und dickem Bauch stand im Jogginganzug in der Garageneinfahrt von Lois' Haus.

„Was gibt's!", rief Lois und wollte gleich weiter.

„Trottel, bleib stehen", zischte der Kapuzenmann. „Ich bin's."

Lois kam näher und betrachtete den Kapuzenmann genauer.

„Jessas, der Herr Landeskulturrat", flüsterte er vernehmlich. „Ich grüße Sie, Herr Landeskulturrat. Sie sind schon da?", stammelte er. „Ich hab gedacht, Sie kommen mit dem Wagen."

„Glauben Sie etwa, ich laufe dort drüben im vollen Aufputz auf, so dass mich jeder gleich erkennt? Und vorher parke ich noch meinen Wagen gut sichtbar vor dem Gasthof. Wenn möglich mit Fahrer", giftete Puntigam. „Und den Landeskulturrat können Sie sich heute schenken. Ausnahmsweise. Bin ja nicht dienstlich da."

„Und woher wissen Sie überhaupt, dass ich es bin, der Sie abholen soll?", fragte Lois. „Wer denn sonst", giftete Puntigam weiter. „Glauben Sie, ich habe vergessen, wer mich im Pflegeheim mit Rotwein abgefüllt hat? Glauben Sie, ich habe nicht herausbekommen, wer Sie sind? Sie sind mir ein feines Erpresserpärchen. Erst setzen Sie mich unter Alkohol und dann setzt mich Ihre feine Freundin unter Druck."

„Langsam, langsam. Den Rotwein hatten Sie doch bestellt. Wollen Sie behaupten, ich hätte Sie absichtlich betrunken gemacht?"

„Ja", sagte Puntigam.

„Sicher nicht." Falls es einen lieben Gott gibt, möge er mir diese kleine Lüge verzeihen, hoffte Lois insgeheim. „Ihre, sagen wir mal, grenzenlose Liebe zum Rotwein ist doch allgemein bekannt."

„Ihren Posten bei der Polizei können Sie jetzt vergessen, das ist Ihnen wohl hoffentlich klar?"

Es schien Lois, als ob Gott ihm vielleicht verzeihen möge; Peter Puntigam verzieh ihm offenbar nicht.

Lois rutschte das Herz ein wenig in die Hose. Wie im Zeitraffer sah er sich in Lumpen gekleidet unter Murbrücken schlafen, schmutzig, unrasiert und voll mit billigem Fusel, um seine Verzweiflung zu betäuben, sah sich in Graz am Andreas-Hofer-Platz hocken und betteln, mit dem hungrigen Franz Josef neben sich. Er schüttelte heftig seinen Kopf, um die verstörenden Bilder daraus zu verbannen. „Und wenn schon", sagte er, „einer wie Sie, der seine Seele an den Teufel verkauft hat, kann es vielleicht schaffen, mich aus dem Polizeidienst zu kicken, aber Sie werden es nicht schaffen, dass ich Unrecht dulde, nur um meinen Job zu behalten. Aber so viel Anstand haben Leute wie Sie schon lang nicht mehr. Sie können mir keine Angst machen."

Für einen sehr kurzen Augenblick schien Puntigam irritiert. Aber er hatte sich schnell gefangen und
kehrte wieder den alten Fuchs der Landesregierung
heraus.

„Wie geht es jetzt weiter?", fragte er und sein Ton
war schneidend wie ein Messer.

„Wir fahren jetzt auf den Berg", antwortete Lois.
„Da erwartet Sie die Frau Azurra. Es gibt etwas Gutes
zu essen und einen ausgezeichneten Rotwein. Und
wir plaudern ein wenig miteinander. Bitte hier entlang." Er wies Puntigam den Weg zum alten Ex-Taxi.

Die Männer stiegen ein und Lois steuerte den
Wagen die Straße hinauf. Im Rückspiegel sah er Barbara Hohenfels-Stranelli aus dem Gasthaus stürzen
und in ihr Auto steigen. Sie stieß den BMW zurück
und fuhr dann mit einigem Abstand hinter Lois her.

Folgt die mir?, überlegte Lois. Nein, das kann nicht
sein. Was sollte die denn bei der Antonia wollen?
Wenn ich gleich rechts abbiege und den Berg hinauf-
fahre, wird sie die Straße geradeaus fahren. Ich bin
ganz sicher. Zufälle gibt's. Die soll doch neulich mit
der Antonia bei der Renate gesessen sein. Die Antonia hat mir gar nicht erzählt, was die von ihr wollte.
Naja, geht mich ja auch nichts an.

Er schüttelte unmerklich den Kopf. Dann bog er
rechts ab und fuhr den Berg hinauf. Lois schaute in
den Rückspiegel.

Der BMW folgte ihm.

Vielleicht will sie rauf zum Herbert? Wusste gar
nicht, dass der so feine Leute kennt.

Der BMW folgte ihm.

Nun bog Lois nach links auf den Feldweg. Dieser
Weg führt zu Antonia. Und nur zu Antonia. Er war
so abgelegen, dass nicht einmal motorisierte Liebes-
paare ihn kannten und nutzten.

Der BMW folgte ihm.

„Wer ist das?", fragte Puntigam argwöhnisch. „Ist das eine Falle?" Er schien in Panik zu geraten.

„Keine Ahnung", antwortete Lois, als sie am Ende des Feldweges in den Waldweg eintauchten. Er klang nervös und beunruhigt.

Als sie vor dem großen Tor angelangt waren, schwangen dessen Flügel auf und Antonia winkte sie in den Hof herein.

Während der Wagen hineinrollte, schaute sie entgeistert auf den knapp vor dem Tor anhaltenden BMW, dem eine quirlige Barbara Hohenfels-Stranelli entstieg.

„Halloooo!", flötete die Blondine. „Fertig zur Abfahrt? Ich habe den Tisch schon reservieren lassen."

Antonia blickte nervös zu ihrem Ex-Taxi. Zu ihrer Erleichterung waren Lois und Puntigam darin sitzengeblieben.

„Leider, leider", entgegnete Antonia, „Sie sehen ja, ich bekomme Besuch und kann nicht mitkommen."

„Besuch?", fragte die Hohenfels-Stranelli und reckte den Hals, um einen Blick auf die Insassen in Antonias Auto werfen zu können.

„Besuch? Ach, wie dumm. Ach, wie schade."

Antonia stellte sich ihr in den Weg. „Ja, ich bedaure. Vielleicht ein andermal."

„Aber das macht doch nichts." Die Blondine drängte sich an Antonia vorbei in Richtung Haus. „Dann bleiben wir eben daheim bei Ihnen und genießen Ihren Besuch. Wer ist es denn?"

Antonia blieb der Mund offen stehen. „Verzeihung, aber ich muss doch sehr bitten."

„Ja, aber ist das nicht ...?" Der ungebetene Gast war nun ganz aufgeregt, winkte dann aber ab.

„Jetzt habe ich doch für einen Augenblick gedacht, ich sehe da den Peter. Hahaha, ich meine natürlich den Herrn Landeskulturrat. Hahaha." Sie lachte hell auf. „Wie dumm von mir. Ist ein alter Freund von mir, wissen Sie? Aber natürlich, was sollte der Peter denn hier bei Ihnen machen, gell?"

Antonia schwieg grimmig.

„Ja, dann will ich auch nicht länger stören." In der Stimme von Barbara Hohenfels-Stranelli klang die unverhohlene Enttäuschung über Antonias Zurückweisung mit. „Sie haben sicherlich Wichtigeres zu tun. Also dann. Ich rufe Sie an." Sie drehte sich um und ging zu ihrem BMW zurück. „Tststs, jetzt habe ich doch tatsächlich geglaubt, ich habe da unseren Peter gesehen, tststs, so etwas aber auch."

Dann winkte sie in übertriebener Vertraulichkeit, stieg ein, wendete den Wagen und preschte den Weg hinunter.

„Das war knapp", stöhnte Antonia und schloss das große Tor. „Was zum Kuckuck will diese depperte Kuh von mir?"

Lois war inzwischen mit Peter Puntigam und Franz Josef ins Haus gegangen.

Antonia hatte ein Feuer im Kamin entzündet und Wein und belegte Brötchen bereitgestellt. Puntigam bat um Wasser.

„Ich sage es Ihnen gleich", eröffnete er das Gespräch, „dieses Treffen hat nie stattgefunden. Und sollten Sie es wagen, auch nur irgendetwas von Ihrer Aufnahme zu veröffentlichen, mache ich Sie fertig."

„Ganz friedlich bleiben, Herr Landeskulturrat", beruhigte ihn Lois. „Keiner will Ihnen etwas Böses tun. Wir sind nur an der Wahrheit interessiert."

„Wahrheit!", schnaubte Puntigam. „Was denn für eine Wahrheit! In der Politik gibt es keine Wahrheit. Da gibt es nur Kompromisse, Kompromisse, Kompromisse."

„Ungefähr so stellt es sich der kleine Mann vor, dass es bei euch zugeht", erwiderte Antonia trocken. „Auf Wahrheit kommt es nicht an und auf irgendeine Weise macht ihr es euch immer miteinander aus, dass keiner zu kurz kommt."

Puntigam schaute sie verächtlich an.

„Aber kommen wir jetzt zur Sache, Herr Puntigam", fuhr sie fort. „Wir wissen nun also, dass die Vergabe der Provinziale an Feldbach eine abgekartete Sache zwischen Ihnen und Ihrem Parteifreund Schreckskötter gewesen war. Das gesamte Brimborium mit der Ausschreibung und dem Bewerb war nur eine Farce. Damit der Anschein gewahrt bleibt, dass ihr euch an demokratische Spielregeln haltet."

Puntigam hüstelte.

„Wir wissen außerdem", fuhr Lois fort, „dass die Bestellung des bedauernswerten Navratil auch gezielt erfolgte, ohne dass die anderen Bewerber berücksichtigt worden wären. Er war Ihnen, oder vielmehr dem Schreckskötter, ein nützlicher Idiot."

Puntigam blickte gelangweilt an die Decke.

„Was wollen Sie eigentlich von mir?", fragte er. „Das ist Freiheitsberaubung, was Sie hier machen. Und Erpressung!"

„Lois, der Herr Puntigam möchte gehen." Antonia stand auf. „Bitte bringen Sie ihn hinunter ins Dorf, er kann ja nicht den ganzen Weg durch Wald und Flur zu Fuß zurücklegen."

Lois schaute Antonia erstaunt und fragend an.

„Ja, los, los, nun sind Sie so gut", insistierte Antonia. „Er glaubt, er ist nicht aus eigener Entscheidung hier."

„Schon gut", murmelte Puntigam und bleckte die gelben Zähne. „Wie soll es nun weitergehen?"

„Schon besser", erwiderte Antonia. „Ich habe folgende Frage: Wieso befand sich Navratil im Kloster auf Burg Bertholdstein? Und wer könnte ihn Ihrer

Ansicht nach umgebracht haben? Und wer könnte Ihrer Ansicht nach einen Mordanschlag auf mich verübt haben?"

„Das sind drei Fragen", gab Puntigam zurück. „Auf Sie ist ein Mordanschlag verübt worden?" Er lachte ungläubig. „Haben Sie sich schon mal überlegt, ob Sie an krankhaften Einbildungen leiden?"

„Allerdings", warf Lois ein und hielt kurz inne. „Ich meine nicht, dass die Frau Azurra an krankhaften Einbildungen leidet, natürlich nicht. Die Frau Azurra ist beinahe einem Motorradfahrer in St. Peter zum Opfer gefallen. Ihr Hund und eine alte Dame, die am Fahrrad gefahren ist, kamen dabei ums Leben."

Antonia sah Puntigam an, dass er von dem Ereignis bis zu diesem Augenblick keinerlei Kenntnis gehabt hatte.

„Sie können sich gern bei der Polizei danach erkundigen", ergänzte Lois. „Es stand auch in allen Zeitungen."

„Und was hat das bitte mit mir zu tun?", fragte Puntigam. „Oder mit unserem Kulturfestival?"

„Und mit dem Navratil bei den Nonnen?", ignorierte Antonia Puntigams Fragen.

„Soweit ich weiß, ist die Äbtissin seine Tante", gab Puntigam zur Antwort. „Jedenfalls hat er das damals bei seiner feierlichen Ernennung erzählt."

Lois stieß einen leisen Pfiff aus. „Schau an. Die Tante im Kloster. Das erklärt einiges."

„Aber nicht alles", warf Antonia nachdenklich ein. „Mit hoher Wahrscheinlichkeit hat er sich also im Kloster versteckt und wurde nicht festgehalten. Und dann muss ihn dort wer aufgestöbert und umgebracht haben. Jemand, der das Geld wollte vielleicht."

„Und ist jetzt mit der Marie über alle Berge", führte Lois den Gedanken weiter.

„Aber wie?", überlegte Antonia. „Er wird ja wohl nicht die drei Millionen im Köfferchen bei sich gehabt und sie sich einfach abknöpfen haben lassen. Und dann, peng, und aus. Ende an der Burgtreppe am Hinterausgang."

Puntigam schaute ungläubig von Antonia zu Lois und von Lois zu Antonia. „Sie wollen ja wirklich wissen, wie der Wappler aus Wien zu Tode gekommen ist."

„Allerdings. Was haben denn Sie gedacht?" Lois war entrüstet.

„Das sage ich lieber nicht", antwortete Puntigam. „Leute, es tut mir leid, aber ich glaube, ich kann euch da wirklich nicht weiterhelfen." Er machte eine kurze Pause. „Ich könnte mich jedoch eventuell mit dem Schreckskötter kurzschließen, vielleicht weiß der mehr als ich. Außerdem gibt es in Graz eine SOKO, die sich um den Fall kümmert. Warum fragt ihr nicht die nach dem Stand der Ermittlungen."

„Das ist nicht nötig", wiegelte Lois ab. „Der Schreckskötter, also den lassen wir schön da, wo er ist. Und die Polizei? Geh, bitte." Sein Gesicht bekam einen wehmütigen Ausdruck. „Ja, die Kollegen von der SOKO, die tun sicher, was sie können. Aber man weiß eben nicht, was sie können, nicht wahr? Außerdem bin ich zurzeit vom Dienst suspendiert. Und wenn ich Ihren Worten bei unserem letzten Treffen Glauben schenken darf, dann werde ich wohl auch nie wieder meinen Dienst tun dürfen bei der Polizei."

Nun wandte Antonia sich wieder an Puntigam. „Wie haben Sie bemerkt, dass die Festival-Gelder ihre Bestimmungskonten nie erreicht haben?"

„Wir haben das Budget der Stadt Feldbach zur Verfügung gestellt. Das Geld ist also von uns nach Feldbach gewandert. Das ist gesichert. Dieses hätte, den Anweisungen des Intendanten folgend, an die jeweiligen Berechtigten überwiesen werden müssen, aber dazu kam es gar nicht mehr. Denn die Konten waren zur Gänze leergeräumt. Zurzeit ermittelt die Staatsanwaltschaft immer noch und findet die Drahtzieher nicht. Sie vermutet, dass das Geld jetzt in Liechtenstein auf sicheren Konten liegt. Zumindest gibt es eine Spur dort hin."

„Aha", sagte Lois, „die Staatsanwaltschaft glaubt also auch, dass eine ganze Bande dahinter stecken muss."

Puntigam nickte. „Auf jeden Fall muss er Helfershelfer gehabt haben. Aber die finden sich schnell, wenn hier und da ein wenig von dem Geld abfällt."

„Eigentlich sind drei Millionen nicht so viel, wenn man bedenkt, dass man andere für das Beiseiteschaffen auch noch zahlen muss", sinnierte Lois. „Was manche Leute auf sich nehmen! Unvorstellbar! Und dann die Angst, erwischt zu werden. Das weiß man doch, dass immer Fehler gemacht werden. Und dann, zack, sitzt man im Häfn. Für Jahre. Das lohnt doch nicht. Dieser Stress, diese Unruhe. Man kann doch kein Konto irgendwo auf der Welt eröffnen, ohne dass man eine Spur dorthin legt."

„Ja, mein Lieber", stimmte Antonia ihm zu, „von dem kriminellen Geschäft muss man was verstehen, sonst ist man schneller hinter Gittern, als man glaubt." Sie wandte sich an Puntigam. „Wer durfte denn auf die Konten mit den Geldern zugreifen?"

„Ich schätze, das ist wie bei uns in der Landesregierung", antwortete Puntigam. „Es braucht immer mehrere Unterschriften. Je höher die handelnde Person in der Hierarchie steht, umso weniger Kontrollen braucht sie. Dass ein hochstehendes Regierungsmitglied einfach so in die Kasse greift, das gibt es ja schließlich nicht, nicht wahr?" Er lachte scheppernd.

„Richtig", sagte Antonia. „das gibt es ganz sicher nicht in Österreich. Etwa ein Finanzminister, der selber Steuern hinterzieht oder vielleicht sogar direkt in seine Tasche wirtschaftet und alle seine Freunde mit Millionen versorgt." Sie lachte laut und scheinbar fröhlich.

Lois fiel in ihr Lachen ein. „Nein, so einen gibt es nicht in Österreich."

„Ach, den meinen Sie", lachte Puntigam. „Das ist doch die andere Reichshälfte. Also in unserer Partei hätte es so etwas nie gegeben."

„Eh klar, und die Erde ist eine Scheibe", antwortete Antonia und wurde wieder ernst. „Bitte nehmen Sie zur Kenntnis, dass es im gemeinen Volk Menschen gibt, die keinen Unterschied zwischen Ihrer und anderen Parteien zu erkennen vermögen. Täuschen, tricksen, tarnen – das ist doch euer Handwerk. Die Parteifarbe ist da völlig sekundär. Und mir ist es sowieso wurscht, von welcher Partei Sie sich privilegieren lassen."

„Bleiben Sie sachlich", forderte Puntigam sie auf.

„Seit wann ist Politik sachlich?", konterte sie.

„Das ist so ungerecht" brüllte Puntigam. „Wir Politiker halten jahrelang unseren Kopf hin. Wir verzichten auf Schlaf und vernachlässigen unsere Familien. Wir ruinieren unsere Gesundheit und haben eine 80-Stunde-Woche. Und ihr? Dankt es uns jemand? Nein! Wir werden auch noch beschimpft. Werden verachtet. Man hasst uns!" Außer Atem hielt er inne.

Antonia und Lois erstarrten.

„Und Sie opfern Ihre Leber. Das haben Sie vergessen aufzuzählen. Und alles im Dienste am Volk." Antonia blickte ihn ironisch lächelnd an.

„Ja, das Volk ist undankbar", ergänzte Lois.

„Es ist sinnlos, mit Ihnen zu reden", murrte Puntigam und nahm einen großen Schluck Wasser. Antonia sah ihm an, dass er spätestens zu diesem Zeitpunkt der Unterhaltung lieber einen Rotwein getrunken hätte.

„Speziell mit uns ist es ganz sicher sinnlos. Wir haben da so unsere Meinung über euren Berufsstand", bestätigte Antonia. „Aber mit dem Volk zu reden, wenigstens von Zeit zu Zeit, würde Ihre Leber retten und zu besseren Gesetzen führen."

„Schaun Sie, ich bin der Letzte, der das nicht wüsste", lenkte Puntigam ein. „Aber bitteschön, kommen Sie doch endlich in der Wirklichkeit an. Die Wirklichkeit ist eine andere! Wir sind Sachzwängen ausgesetzt, von denen der einzelne Wähler noch nicht einmal in seinen schlimmsten Träumen weiß. Aber davon wollen Sie natürlich nichts wissen. Sie glauben Politik sei so eine Art Wunscherfüllung für den Wähler. Wenn das so wäre, dann hätten wir wieder die Todesstrafe eingeführt. Denn die will der Wähler auch!"

„Das ist dann immer euer letztes Argument. Ein Totschlag-Argument. Aber wir Wähler sind nicht eine dumpfe Masse nichtdenkender Trottel." Antonia blieb unbeeindruckt.

„Sie können die Welt der Politik nicht beurteilen. Puntigam blieb ein Gefangener seines Universums.

„Alles, was wir wollen ist die Wahrheit", warf Lois ein.

„Die habe ich Ihnen ja jetzt gesagt." Puntigam schaute auf seine Uhr.

„Dafür danke ich Ihnen, auch wenn Sie mir das jetzt vielleicht nicht glauben." Antonia lächelte Puntigam an.

„Ach so, na ja, gut, also, dann", sagte Puntigam. „War es das jetzt? Ich muss jetzt auch gehen." Das Gespräch schien für Puntigam eine uninteressante Wendung zu nehmen.

„Warten Sie", sagte Lois. „Ich bringe Sie hinunter ins Dorf zu Ihrem Wagen."

„Danke für Ihren Besuch", verabschiedete Antonia den Politiker. „Entschuldigen Sie, dass wir Sie so erschreckt haben. Aber im Augenblick bleibt uns keine andere Wahl."

In der Türe blieb Peter Puntigam stehen und drehte sich um. „Eine Frage habe ich jetzt aber noch."

„Welche?"

Warum tun Sie das eigentlich?"

„In unserer Welt gibt es Dinge, von denen Sie nichts mehr wissen, Herr Landesrat", sagte Antonia. „Es geht um die Unerträglichkeit von Unrecht. Und um Sinnhaftigkeit statt Paragraphen."

„Aber darum geht es meiner Partei auch", widersprach der Herr Landesrat.

„Vielleicht war es einmal so", räumte Antonia ein, „aber das muss schon sehr, sehr lange Zeit zurückliegen. Ich jedoch und auch der Herr Pammer, wir können nachts nicht schlafen, wenn Gedankenlosigkeit, Habgier und Lieblosigkeit die Welt regieren."

„Große Worte", sagte Puntigam. „Sie werden es schon auch noch lernen, dass die Welt sich anders dreht."

„In meinem Alter nicht mehr, verehrter Herr Landesrat", lächelte Antonia. „Wir werden ja sehen, welche unserer beiden Welten gewinnt. Ihre oder meine."

Puntigam drehte sich um und verließ ohne ein weiteres Wort das Haus. Draußen steuerte er von Lois gefolgt weiterhin schweigend auf das Auto zu.

*

„Sagen Sie, ist es nicht ein wenig einsam, hier oben zu leben?", fragte Puntigam den am Steuer sitzenden Lois.

„Wie meinen Sie das?"

„Ich dachte nur, ob die Frau Azurra keine Angst hat, überfallen zu werden?"

„Die Frau Azurra hat eher Angst, in der Stadt überfahren zu werden", sagte Lois. „Machen Sie sich keine Sorgen. Ich passe auf sie auf."

„Ich meine nur. Es passiert ja so viel heutzutage." Puntigam starrte auf den Waldweg, den sie entlangfuhren, und der im Scheinwerferlicht des Autos etwas Verzaubertes an sich hatte. Verrottende Baumwurzeln ehemals gefällter Bäume säumten den Waldweg wie mystische Wächter. Die Bäume warfen lange Schatten.

Eine innere warnende Stimme ließ Lois aufmerksam werden. „Herr Landeskulturrat, man hört ja immer wieder davon, dass Menschen etwas zustößt, und oft steckt eine hässliche Verschwörung dahinter. Aber ich warne Sie hier in aller Offenheit: Sollte der Frau Azurra auch nur ein Härchen gekrümmt werden, haben Sie mich am Hals. Und ich bin wie ein Terrier. Verbeiße mich leicht."

„Wie ein Terrier?", fragte Puntigam irritiert nach.

„Ja, wie ein Yorkshireterrier."

Puntigam schaute den Zwei-Meter-Mann von der Seite an und schwieg.

„Sagten Sie eben Yorkshireterrier?"

„Ja, ich sagte Yorkshireterrier", bestätigte Lois.

„So einer, wie oben bei Frau Azurra im Körbchen schnarchte?"

„Genau so einer. Unterschätzen Sie den nicht. Der hat schon so manchen in die Flucht gejagt."

„Der kleine Terrier dort oben?"

„Korrekt."

„Ich möchte so schnell wie möglich nachhause", sagte Peter Puntigam, nachdem er einige Sekunden nachgedacht hatte.

„Den Wunsch erfülle ich Ihnen gern." Lois fuhr ein wenig schneller.

Er parkte den Wagen vor seinem Haus und stieg aus.

Puntigam zog wieder die Kapuze weit ins Gesicht, bevor er ausstieg.

„Leben Sie wohl, Herr Landeskulturrat", sagte Lois leise. Puntigam wandte sich schweigend und grußlos von ihm ab.

„Auch recht", brummte Lois.

Die Straße war menschenleer. Renates Gasthof lag im Dunkeln. Die Straßenlaternen lieferten ein gelbmüdes Licht. Luttenbergers Katzen schlichen um das verwaiste Pfarrhaus. Bierbaum hatte schon lange keinen eigenen Pfarrer mehr und wurde von St. Peter aus mitversorgt. Nach der Pfarre verschwanden mit den Jahren die Bank, die Post und der zweite Lebensmittelhändler. Die Schule schaffte es nur noch, jährlich zwei Klassen für die zwanzig Kinder zu unterhalten.

Lois sah, wie Puntigam auf dünnen Beinchen in der menschenleeren Gemeinde um die Ecke Richtung Gnas verschwand, die Kapuze tief über das Gesicht gezogen, die Hände in die Taschen seiner Jacke gesteckt.

Wo hat der denn sein Auto geparkt?, fragte sich Lois. Er war noch viel zu wach und aufgekratzt, um schlafen zu gehen. So blieb er draußen im Schatten des Hauseingangs stehen und schaute in das schlafende Dorf, um ein wenig Ruhe zu finden.

Von links sah er den Wagen des Landeskulturrates kommen und Richtung Perbersdorf auf den Weg nach Graz einbiegen. Skeptisch und ein wenig sorgenvoll schaute er ihm nach.

Aus den Augenwinkeln bemerkte er, wie ein bei der wenig weiter entfernten Marienseäule geparktes Auto gestartet und das Scheinwerferlicht aufgedreht wurde. Lois drehte sich um und sah, wie das Auto ebenfalls in Richtung Perbersdorf fuhr. Wer saß da am Steuer? Ein Mann? Eine Frau? Lois war sich nicht sicher. Auf jeden Fall war es ein BMW.

Er hatte das Gefühl, dass er wachsamer sein müsste, aber er war trotz aller Aufgekratztheit erschöpft. Erschöpfter, als er sich eingestehen wollte. Und ihm fehlte Franz Josef, der oben bei Antonia Azurra die CD mit Puntigams Stimme schnarchend mit ganzem Körpereinsatz bewachte. Er sperrte die Türe auf, ging ins Haus und ließ sich in das Ehebett seiner Eltern fallen. Er war sogar zu erschöpft, um noch sein übliches Gute-Nacht-Bier zu trinken. Beinahe übergangslos fiel er in einen tiefen Schlaf.

*

Das Klingeln des Telefons weckte Antonia unsanft aus ihren Träumen. Anfangs verstand sie nicht ganz, was die junge, routinierte Telefonstimme ihr sagen wollte. Aber während sie Franz Josef vor die Türe setzte und noch verschlafen und barfuß über das Gras vor dem Haus schlenderte, dämmerte es ihr langsam: Ärger drohte.

„Und der Finanzprüfer verlangt wirklich, dass ich heute noch in die Kanzlei komme?"

„Richtig, Frau Azurra", sagte die Stimme. „Es ist das Abschlussgespräch. Allerdings soll ich ausrichten, dass es einige Probleme gegeben hat. Eine saftige Steuernachzahlung wird sich wohl nicht vermeiden lassen."

„Na super. Das habe ich jetzt wirklich noch gebraucht. Wozu zahle ich Sie überhaupt? Dafür, dass ich viele Steuern zahle?"

Antonia beendete das Gespräch. „Steuern! Zahlt dein Herrchen Steuern für dich?", fragte sie Franz Josef. Dann rief sie Lois an. „Können Sie bitte den Franz Josef holen. Ich brauche das Auto. Ich muss nach Fehring."

Während sie eine Stunde später auf dem Weg zu ihrem Steuerberater nach Fehring war, fuhr vor ihrem Haus der Wagen des Bezirksrauchfangkehrers vor. Er befestigte eine Benachrichtigung an ihrem Zaun, dass am nächsten Tag eine außertourliche amtliche Feuerbeschau ihrer Kamine und Rauchfänge angesetzt sei.

Auf dem Rückweg kam dem Rauchfangkehrer das gelbe Postauto entgegen. Der Postler warf einen Brief von Antonias Bank, in dem sie aufgefordert wurde, ihr Konto binnen fünf Tagen auszugleichen, in den Postkasten. Dieser Brief wartete ab da in trauter Zweisamkeit mit einem Schreiben ihrer Versicherung vom Tag zuvor darauf, von Antonia gefunden und gelesen zu werden. In dem Schreiben stand, dass Antonias Autoversicherung mit Ende des Monats von der Versicherung gekündigt wurde. Die zwanzig Probeexemplare diverser Zeitschriften, denen jeweils eine Nachricht beilag, in der sich die Verlage für den Abschluss eines Jahresabonnements bedankten, hatte der Postler kurzerhand auf dem Briefkasten gestapelt. Alles deutete darauf hin, dass dies kein wirklich guter Tag für Antonia werden würde.

Aber von all diesen merkwürdigen und unerklärlichen Ereignissen hatte Antonia zu jenem Zeitpunkt, als sie dem Steuerprüfer in der Kanzlei ihres Steuerberaters gegenüber saß, noch keine Ahnung. Auch nicht davon, dass der Amtstierarzt kurz nach dem Postler bei ihr läutete; in der Hand eine Anzeige wegen Tierquälerei, der er nachzugehen hatte. Laut dieser

Anzeige hielt sie den Hund eines fremden Besitzers unter unwürdigen und tierquälerischen Umständen gefangen.

Antonia war ganz und gar auf den Steuerprüfer konzentriert, der ihr sofort zu Anfang erklärte, dass gegen sie ein Finanzstrafverfahren eröffnet werden würde. Wegen Steuerhinterziehung. Man gehe davon aus, dass sie vorsätzlich gehandelt habe. Herr Großschädl, ihr Steuerberater, saß dabei und machte ein Gesicht, als sei er nur versehentlich an diesen Tisch geraten und habe mit allem nichts zu tun.

„Wie kann das sein?", fragte sie ungläubig.

„Sie haben mehrere Jahre lang keine Buchhaltung gemacht", antwortete der Steuerprüfer.

„Selbstverständlich nicht."

„Sie geben es also zu?", trumpfte der Mann vom Finanzamt auf.

„Ja!", rief Antonia. „Die Buchhaltung hat doch der Herr Großschädl für mich gemacht. Ich habe gar keine Ahnung von Buchhaltung. Es müssen doch alle Unterlagen hier in der Kanzlei sein."

„Ich?", wehrte Großschädl ab. „Ich habe keine Buchhaltung für Sie gemacht. Es gab ja auch gar keinen Auftrag dafür. Ihre Belege befinden sich zwar in unserer Kanzlei, aber deswegen haben wir noch lange nicht unaufgefordert Ihre Buchhaltung erledigt. Ich habe mich sowieso gewundert, warum Sie mir immer die Kartons mit Quittungen, Belegen und Bankauszügen in die Kanzlei ins Haus gebracht haben."

„Sie haben sich gewundert? Antonia verlor die Fassung.

„Sie haben keine Buchhaltung gemacht, und Sie haben somit auch keine Umsatzsteuer angemeldet. Viele Jahre lang", stellte der Steuerprüfer kalt fest. „Das wird teuer. Und nicht nur das. Sie werden eine saftige Strafe erhalten. Das ist ein Straftatbestand. Die

Leute nehmen diese Dinge immer zu leicht. Das ist ja kein Kavaliersdelikt."

„Keine Ahnung, was ein Kavaliersdelikt sein soll", murmelte Antonia.

„Machen Sie sich darauf gefasst, dass Sie mindestens eine hohe Geldstrafe erhalten werden" Der Steuerprüfer war jetzt ganz in seinem Element angelangt.

„Muss ich das? Muss ich Umsatzsteuer zahlen?", fragte sie ihren Steuerberater. „Ich bin doch Schriftstellerin, dann muss ich doch keine Umsatzsteuer abführen."

„Als Autorin nicht, aber Sie werden auch als Unternehmerin geführt. Sie haben Einkünfte aus der Landwirtschaft, die Sie betreiben." Der Steuerprüfer war sich ganz sicher.

„Habe ich nicht!"

„Oh ja, das haben Sie."

Antonia blieb die Sprache weg. Ungläubig schaute sie vom Steuerprüfer zum Steuerberater und vom Steuerberater zum Steuerprüfer.

„Was ist das für ein überaus dummes Spiel, das hier gespielt wird!", rief sie. „Herr Großschädl, sind Sie noch bei Trost?"

Großschädl, ein langer kachektischer Mann, stand auf. „Tut mir leid, Frau Azurra, aber damit habe ich nichts zu tun. Mir sind die Hände gebunden. Es ist Ihr Finanzleben. Es ist Ihre Verantwortung. Ich bin nur der Steuerberater. Verstehen Sie? Berater!"

Verblüfft und wütend starrte Antonia ihn an, und sie bemerkte, dass Großschädl jeden Augenkontakt vermied. Schweißperlen standen ihm auf der Stirn.

Der ist voll im Stress, dachte sie. Er weiß, dass er mir Unrecht tut. Er lügt. Er lügt ganz bewusst und gezielt. Was geht hier vor?

„Ach, aber mein Geld haben Sie genommen, was?", donnerte sie.

„Wenn Sie jetzt persönlich werden, breche ich die Sitzung hier sofort ab", drohte Großschädl.

„Wie soll ich denn nicht persönlich werden! Sie haben mir gesagt, dass Sie die Buchhaltung machen und ich mich um nichts kümmern muss. Und nun das hier! Ein Desaster haben Sie angerichtet." Antonia war nun den Tränen nahe.

„Reißen Sie sich zusammen!" Jetzt wurde auch Großschädl laut. „Das macht gar keinen guten Eindruck auf den Herrn Steuerprüfer!"

„Ist das jetzt eine Beratung von Ihnen? Mit wie viel Honorar muss ich für diesen gottverdammten Rat rechnen?" Sie zitterte vor Wut und Schock.

Großschädl schwitzte noch mehr.

„Sie bekommen alles noch schriftlich", vermeldete der Steuerprüfer. „Wenn Sie das Protokoll und den Bericht bitte hier unterzeichnen würden."

Antonia unterschrieb wie in Trance.

„Rechnen Sie mit einer Strafe, die in die zehntausende Euro geht. Es kann sogar auf Gefängnis hinauslaufen."

Antonia griff ihre Handtasche und stürzte hinaus.

Als sie wieder draußen auf der Straße stand, war ihr schwindlig. Tief einatmend drängte sie die Tränen zurück. Sie versuchte vergeblich zu verstehen, was geschehen war.

„Ja, meine Liebe, da treffen wir uns hier nun schon wieder", erklang eine Stimme hinter ihr. Sie drehte sich um und sah in Barbara Hohenfels-Stranellis Gesicht.

Antonia öffnete den Mund, um etwas zu sagen. Dann griff sie nach dem Arm der Frau und brach zusammen.

Als sie erwachte, lag sie in ihrem Bett. Jemand klapperte in ihrer kleinen Küche mit Geschirr. Frischer Kaffeeduft zog durchs Haus.

„Lois?", fragte Antonia. „Lois, sind Sie es?"

„Ich bin's." Barbara Hohenfels-Stranelli schaute fröhlich zum Zimmer herein. „Schön ruhig liegenbleiben, meine Liebe. Sie sind zusammengebrochen. Ich habe Sie dann heimbringen lassen. Nun erholen Sie sich. Gleich gibt es frischen Kaffee, und etwas Süßes habe ich auch mitgebracht."

„Ich hasse Süßes", murmelte Antonia. „Und ich trinke keinen Kaffee."

„Ich kann Ihnen auch ein kleines Filetsteak machen."

„Vielen Dank, aber ich bin Vegetarierin", wehrte Antonia ab.

„Das macht nichts. Dann mache ich Ihnen eine Wurstsemmel."

Antonia verdrehte die Augen und fiel in die Kissen zurück.

„Ich bin nicht gerade die großartigste Köchin!", rief die Hohenfels-Stranelli von der Küche her. „Ich komme viel zu selten dazu. Vielleicht sollte ich uns etwas kommen lassen?"

„Uns, uns", äffte Antonia leise. „Wer ist denn ‚uns'? Mit der bilde ich kein ‚uns'."

„Soll ich?", fragte die Hohenfels-Stranelli.

„Sollen Sie was?", fragte Antonia mit geschlossenen Augen zurück.

„Uns etwas zu essen kommen lassen. Trinken Sie grünen Tee oder Pfefferminztee? Oder lieber Wasser?"

„Hab keinen Durst", antwortete Antonia.

„Sie müssen etwas trinken. Ganz besonders jetzt, wo es Ihnen nicht so gut zu gehen scheint."

Die Hohenfels-Stranelli kam mit einem Glas Wasser wieder in das Zimmer.

„Hier, trinken Sie das. Das wird Ihnen guttun."

Sie reichte Antonia das Glas, die sich im Bett aufrichtete und zwei kleine Schlückchen daraus nahm.

„Die Post habe ich Ihnen auf den Tisch dort drüben gelegt."

Antonia wandte sich um. „Was ist das denn?"

„Was denn?"

„Na diese Stapel von Zeitschriften!"

„Ach die. Keine Ahnung. Lagen beim Briefkasten. Haben Sie die alle im Abo? Sie sind mir ja eine Leseratte."

„Sicher nicht", schnaubte Antonia. „Ich habe überhaupt keine Zeitschriften im Abo. Und wie schon Tucholsky sagte: Das bisschen, was ich lese, schreibe ich mir selber."

„Die sind aber alle an Sie adressiert", sagte die Hohenfels-Stranelli und grinste.

„Soviel zum Datenschutz", bemerkte Antonia. Sie stand auf und setzte sich gleich wieder auf das Bett zurück. „Hui! Der Boden schwankt ja ganz ordentlich."

„Es wird der Kreislauf sein. Hatten Sie das schon öfter?"

„Nein", sagte Antonia.

„Sie bleiben jetzt brav im Bett, und ich kümmere mich ein wenig um Sie."

Antonias selbsternannte Betreuerin verschwand wieder summend in der Küche. „Trinken Sie Ihr Wasser! Das wird Ihnen guttun. Viel trinken." Sie sprach im Singsang, in dem eine für Antonia unerklärliche Zufriedenheit mitschwang.

Antonia nahm alle Kraft zusammen und stand auf. Mit wackeligen Beinen schleppte sie sich zum Tisch mit der Post. Sie las die Benachrichtigung des Rauchfangkehrers. Sie las die Benachrichtigung des Amtstierarztes. Sie stellte fest, dass sie angeblich zwanzig Zeitschriften abonniert hatte. Sie las den Brief von der Bank. Sie las den Brief von der Versicherung. Spätestens jetzt wusste Antonia, dass dies wirklich kein guter Tag war und schlich wieder ins Bett. Sie schien am Ende ihrer Kräfte. Panik stieg in ihr auf. Ein dunkles Gefühl der Bedrohung. Die Welt bot mit einem Schlag keinen Halt mehr. Vor allem aber war sie ob dieser geballten Ladung an Erschütterungen ratlos und wie gelähmt. Was sollte sie tun? Wo sollte sie beginnen?

Es war, als hätte die schwarze Kralle des Schicksals sie gepackt und hielte sie nun fest in einem schmerzenden Griff. Es schien wie das Ende der Welt. Niemals hatte sie etwas Ähnliches erlebt. Ihr an schweren Ereignissen nicht armes Leben hatte sie stark und kämpferisch gemacht. Doch nun musste sie feststellen, dass alle ihre Waffen stumpf geworden waren. Für einen solchen Fall war sie nicht gewappnet, denn eine solche Häufung an Horror kam in ihrer Vorstellung nicht vor.

Mit müder Geste griff sie nach ihrem Handy und schickte Lois eine SMS mit der Bitte um Antwort. ABER NICHT ANRUFEN, DIE HOHENFELS IST HIER, schrieb sie.

Lois' Antwort kam prompt. WAS IST PASSIERT?

MEINE WELT GEHT GERADE UNTER, schrieb Antonia zurück. Und dann zählte sie ihm in Stichworten auf, was dieser Tag ihr beschert hatte.

Aus der Küche hörte sie die Hohenfels-Stranelli mit jemandem telefonieren. „Und schauen Sie, dass alles schön warm bleibt, bis es hier ist. Beeilen Sie sich."

KANN NICHT KOMMEN, schrieb Lois.

DIE HOHENFELS IST DA UND KOCHT FÜR MICH schrieb Antonia zurück.

BIN FROH, DASS JETZT JEMAND BEI IHNEN IST, SICH ZU KÜMMERN. BIN BEIM POLIZISTENSTAMMTISCH. MELDE MICH WIEDER. DEM HUND GEHT ES GUT. LOIS

Antonia legte das Handy beiseite, nahm noch ein paar tiefe Schlucke aus dem Glas, das die Hohenfels-Stranelli ihr gegeben hatte und schloss die Augen wieder.

Jetzt war auch sie ein wenig froh, dass sie nicht allein war. Die Hohenfels-Stranelli war in ihren Augen zwar sehr gewöhnungsbedürftig, aber dieses Gefühl, nicht immerzu wie ein Fels in der Brandung aufrecht den Widrigkeiten ganz allein trotzen zu müssen, war überwältigend gut.

„Essen kommt", säuselte die Hohenfels-Stranelli. „Unsere Haushälterin bringt alles. Machen Sie sich keine Sorgen."

Das tat Antonia auch nicht. Sie war eingeschlafen. Leise ging die Hohenfels-Stranelli zum Tisch mit der Post und sah alle Schreiben durch. Ein kaum sichtbares Lächeln ließ ihre Mundwinkel zucken. Dann nahm sie das Glas wieder an sich und wusch es in der Küche sorgfältig ab.

Als Antonia zwei Stunden später wieder erwachte, fühlte sie sich wie betäubt. Der Duft von Schweinsbraten stieg ihr in die Nase. „Nicht schon wieder", murmelte Antonia. Trotz ihrer Müdigkeit, die nicht weichen wollte, stand sie auf und ging ins Wohnzimmer, wo sie sich sofort auf das Sofa sinken ließ. Der Tisch war gedeckt. In den Gläsern schimmerte Rotwein.

„Ich trinke nur Sekt!", rief Antonia in Richtung Küche.

„Ich komme gleich!", flötete die Hohenfels-Stranelli und es erschien Antonia, als ob die Stimme nicht aus der Küche, sondern aus ihrem Arbeitszimmer käme.

„Ich habe nur schnell den Kater gefüttert." Die Hohenfels-Stranelli trat, leicht außer Atem, ins Wohnzimmer.

„In meinem Arbeitszimmer?", fragte Antonia.

„Ach so, ja, ach das, nein, ich habe nur einen Zettel und einen Stift gesucht, weil ich mir rasch etwas notieren musste", erwiderte die Hohenfels-Stranelli und strich sich eine Strähne aus dem Gesicht. „Aber nun kommen Sie, das Essen wird sonst kalt." Antonia setzte sich an den Tisch mit einem Gefühl, als sei sie seit den Morgenstunden dieses Tages schlagartig um zwanzig Jahre gealtert.

„Leider gibt es nur Schweinsbraten." Die Hohenfels-Stranelli legte Antonia eine dicke Scheibe auf den Teller. „Unsere Haushälterin kennt sich mit vegetarischen Gerichten nicht so aus. Und eine Wurstsemmel erschien mir dann doch zu wenig nahrhaft."

„Passt schon", murmelte Antonia und nahm das Besteck in die Hand.

„Ich habe gehört, Sie wollen Burg Bertholdsein kaufen?" Die Hohenfels-Stranelli zerteilte ihren Knödel.

„Mh", antwortete Antonia.

„Ich kann nur abraten. Nur abraten!" Eindringlich starrte sie Antonia an. „Wissen Sie, das stemmen Sie nicht. Niemals. Diese Burg war ja auch einmal Teil unseres Familienbesitzes. Ich kenne die Burg in- und auswendig, wissen Sie. Niemand außer den Nonnen kennt diese Burg so gut wie ich. Ich kann nur abraten."

Antonia verharrte in stiller Verwunderung. „Wieso? Sie hat ein rundum neues Dach. Sie hat eine funktionierende Heizung und ich könnte sie sogar ohne große Umbauten für meine Zwecke einsetzen."

„Welche Zwecke denn?", hakte die Hohenfels-Stranelli nach.

„Ach, das lässt sich mit wenigen Worten nicht beschreiben. Ich will ein großes Zentrum errichten, das unter anderem auch ein Theater haben wird", antwortete Antonia und beobachtete das Minenspiel ihres Gegenübers durch ihren Müdigkeitsschleier vor den Augen genau.

„Ich rate ab!", wiederholte die Hohenfels-Stranelli und ihre Stimmlage stieg um eine Oktave. „Tun Sie es nicht! Wie sagt man so schön? Schuster bleib bei deinem Leisten!"

„Aha. Danke, dass Sie sich so um mich und meine Angelegenheiten sorgen. Aber wie es aussieht, habe ich sowieso wenig Chancen, mein Ziel zu erreichen."

Die Hohenfels-Stranelli schien erleichtert. „Das ist besser so, glauben Sie es mir. Es ist besser für Sie."

„Hauptsache, Sie können das beurteilen."

„Natürlich nicht", lenkte die Hohenfels-Stranelli ein. „Ich kenne Sie ja gar nicht. Obwohl ich alle Ihre Bücher gelesen habe. Da denkt man schon, dass man die Autorin ein wenig kennt. Sie sind halt so eine unbequeme Person. Haben sich nicht viele Freunde gemacht, wie man hört."

„Darüber machen Sie sich keine Gedanken", wies Antonia sie zurück. „Ich brauche nicht viele Freunde."

„Vielleicht werden wir ja Freunde", strahlte die Hohenfels-Stranelli.

„Ja vielleicht", sagte Antonia ziemlich leidenschaftslos. Sie war sich nicht sicher, ob sie die angebotene Freundschaft annehmen sollte. Sie fühlte sich im Beisein dieser Frau immer ein wenig wie von ihr herabgesetzt, nicht ernst genommen, bemitleidet, belächelt und belauert. Ein Gefühl, das sie lieber beiseite schob, weil es ihr ungehörig erschien, so viel Abneigung zu entwickeln. Antonia fühlte sich auch ein wenig schuldig. Hatte sie der Hohenfels-Stranelli Unrecht getan aufgrund ihrer eigenen negativen und ablehnenden Empfindungen?

Auf irgendeine Weise schien die Hohenfels-Stranelli an Bereiche von Antonias Seelenleben zu rühren, die im Alltag verborgen blieben und die vor langer Zeit einmal eine Rolle gespielt zu haben schienen. Zu einer Zeit, als sie ein kleines Mädchen und die Welt groß, unheimlich und schmerzhaft gewesen war.

„Ich möchte mich wieder niederlegen", sagte Antonia matt. „Lassen Sie das Geschirr ruhig stehen. Ich denke, Sie finden allein hinaus."

Die Miene der Hohenfels-Stranelli drückte Bedauern aus. „Soll ich nicht vielleicht doch noch für eine Weile bei Ihnen bleiben?"

„Zu gütig, aber nein, vielen, vielen Dank, ich muss jetzt allein sein."

Es folgte das Ritual der Ermahnungen und guten Wünsche und dann fiel die Haustüre ins Schloss. Barbara Hohenfels-Stranelli war fort.

Antonia war zumute, als ob ihr ein eiserner Helm vom Kopfe genommen würde, der ihr bis dahin bis über die Augen gereicht hatte. Aber sie blieb erfüllt von unerklärlicher Schläfrigkeit und Schwere und verspürte den dringenden Wunsch, sich wieder ins Bett zu legen. Sie raffte sich jedoch auf und versperrte sowohl die Eingangstüre als auch die Hintertüre ihres Hauses.

„Verhältnisse wie in Chicago." Sie schüttelte den Kopf. „Dass man jetzt sein Haus zusperren muss. Unglaublich."

Dann löschte sie alle Lichter im Haus und zog sich in ihr Schlafzimmer zurück. Mit müdem Blick streifte sie ihre Bettlektüre, die auf dem Tischchen neben ihrem Bett lag. Gleichgültig schob sie Notizblock und Bleistift zurecht und legte sich ins Bett.

Die schwere Bettdecke zog sie sich bis über die Schultern und kuschelte sich in ihre Schlafhaltung.

Wieso hat der Großschädl gelogen? Was ist da passiert? Warum tut der das? Der hat ja ordentlich Stress gehabt. Warum hat er die Buchhaltung nicht gemacht wie abgemacht? Wen könnte ich fragen, wie ich jetzt mit dieser Anschuldigung, ich hätte Steuern hinterzogen, umgehen soll? Und diese Versicherung? Spinnen die? Als ob die sich alle verabredet hätten. Antonia richtete sich in ihren Kissen wieder auf, um klarer denken zu können, aber die bleierne Müdigkeit zwang sie in eine körperliche Lähmung. Geistig schwamm sie in trüben gründunklen Gewässern, sank hinein und wurde verschluckt. Sie war wieder eingeschlafen.

Draußen strich ein dunkler Schatten am Haus entlang. Eine behandschuhte Hand probierte vorsichtig, die vordere Haustüre zu öffnen. Vergeblich. Ein Käuzchen rief.

*

Während Antonia von Barbara Hohenfels-Stranelli umsorgt wurde, rannte Lois die Gnaser Hauptstraße in einer Geschwindigkeit entlang, die man hätte flink nennen können, obwohl einem Beobachter bei seinen körperlichen Ausmaßen gerade dieser Begriff wohl nicht eingefallen wäre. Franz Josef lief begeistert neben ihm her. Sie rannten vorbei an Christine Praßls Buchladen, vorbei an der Bank, am Landmaschinenhändler und immer weiter, bis der Ort, der entweder zu klein für seine imposante Kirche oder die Kirche zu imposant für den kleinen Ort war, langsam wieder zur umliegenden Landschaft wurde. Ihr Ziel war das „Las Pappas", einem Pizza-Cocktail-

Beisl in Gnas, wo der wöchentliche Stammtisch der örtlichen Polizei stattfand.

Ich muss endlich abnehmen. Bier darf ich auch keines mehr trinken. Und ich sollte viel mehr zu Fuß gehen, nahm sich Lois in Gedanken vor. Für die Antonia sollte ich auch wieder einmal kochen. Die isst ja kein Fleisch. Zifix, ich kenne fast keine vegetarischen Gerichte. Und während Lois mit seinem Hund in Richtung „Las Pappas" lief und dabei immer mehr außer Atem geriet, nahm er sich vor, in Christine Praßls Buchhandlung demnächst ein paar vegetarische Kochbücher zu kaufen. Schadet mir sicher auch nichts, mich g'scheiter zu ernähren. Die Antonia hat schon recht. Pizza ist auf Dauer nicht gesund.

Als er völlig außer Atem beim „Las Pappas" ankam, sah er die Kollegen drinnen schon in großer Runde sitzen und palavern. Es schien, als hätten sie eine Menge Spaß miteinander.

Er trat ein und ging grüßend zu ihrem Tisch, an dem sofort jedes Gespräch verstummte. Einige Kollegen grüßten ihn. Die meisten schauten auf ihr Bier und schwiegen. Einzig Gerald Schiffkowitz begrüßte seinen vorübergehend beurlaubten Untergebenen herzlich. „Komm, setz dich zu uns, Lois", forderte er ihn auf.

„Danke." Lois setzte sich und winkte der Kellnerin.

„Wie geht es dir Lois?", erkundigte sich sein Chef.

„Danke, es muss halt gehen."

„Kollegen!", rief Schiffkowitz. „Er ist nur suspendiert. Nur auf Zeit beurlaubt. Also tut nicht so, als ob er die Seiten gewechselt hätte. Ich muss doch sehr bitten."

„Ich hab gehört, du ermittelst auf eigene Faust weiter", sagte der Hütter Joschi.

Auch der noch, dachte, Lois. Ich hab's ja geahnt. Der Hütter Joschi wird keine Gelegenheit auslassen und mich sekkieren. „Da hast du falsch gehört, Joschi", entgegnete Lois. „Ich bin suspendiert. Also nix mit Polizeiarbeit. Wie sollte ich auch ermitteln als Einzelner, und privat."

„Eben", antwortete der Hütter Joschi. „Sonst nimmst Du uns noch die Arbeit weg. Am Ende stehst du privat an der Straße und kassierst wegen Geschwindigkeitsüberschreitung." Er lachte fettig. Die meisten lachten mit.

„Schau Joschi", sagte Lois, „du bist in einer Gewerkschaft. Ich nicht. Du wirst bestimmt bald befördert. Ich nicht. Dich mag der Bürgermeister. Mich nicht. Also, was willst du eigentlich? Reicht es dir noch nicht, dass ich sowieso immer zu den Verlierern gehöre und du nicht? Was musst du denn noch auf mich hintreten?"

„So einer wie du passt nicht zu uns", stänkerte der Hütter Joschi weiter. „Wenn du nicht in unserer Gewerkschaft bist, dann geh in die von der anderen Reichshälfte. Aber du kannst nicht so als Vogelfreier herumfliegen."

„Ich geh in keine Gewerkschaft. Ich geh in keinen Verein. Ich gehöre nur mir selbst. Kapier das oder lass es." Lois machte eine wegwerfende Handbewegung.

„Lass ihn in Ruhe!", bremste Schiffkowitz den Hütter Joschi ein. „Er ist wie er ist und gut is."

Lois mit Franz Josef auf seinen Knien schaute seinen Chef dankbar an.

„Der spinnt doch", schürte ein anderer Kollege den schwelenden Konflikt weiter. „Jetzt schauts euch doch den Hund an, den er neuerdings immer dabei hat. So etwas ist untragbar für die Polizei."

„Jetzt halt die Goschn, Manfred!" Gerald Schiffkowitz schlug mit der Faust auf den Tisch. „Das ist einer der fähigsten Polizeihunde, den ich je gesehen habe. Ihr habt keine Ahnung, was der alles kann."

Lois schauten seinen Chef verblüfft an.

Die Kollegen reckten die Hälse und starrten auf Franz Josef, der noch immer, trotz Gerald Schiffkowitz Zornausbruch, friedlich zusammengerollt schlief. Keiner lachte.

„Das ist ja der Sinn der Sache, dass er so harmlos aussieht", legte Schiffkowitz nach. „Er ist für Sondereinsätze trainiert. So hat er zum Beispiel den toten Intendanten im unwegsamen Gelände aufgespürt. Das hätte kein anderer Hund so schnell zusammengebracht. Und dabei war er noch nicht einmal im Dienst."

Lois nickte ungläubig ob dieses Lobes, und sein Blick wanderte irritiert zwischen seinem Chef und seinem schlafenden Hund hin und her.

„So, und jetzt spendiert uns der Lois die nächst Runde Bier und dann können wir ja zur Tagesordnung übergehen", schloss Schiffkowitz seine Wandlung zum Franz Josef-Fan ab. Er schnipste mit den Fingern und rief nach der Kellnerin.

Ruhe kehrte ein am Stammtisch. Und wenn Lois auch genau wusste, dass seine Kollegen ihn niemals als einen der ihren akzeptieren würden, so genoss er doch jetzt dieses Gefühl des Aufeinander-eingeschworen-Seins, wie es diejenigen gesellschaftlichen Gruppen hervorbringen, die durch einheitliche Kleidung und privilegierte Möglichkeiten des Handelns gekennzeichnet sind. Sie waren die Polizei, die Ordnungshüter, die Rächer der Witwen und Waisen, die Herren über Wohl und Wehe, paragraphentreu und jederzeit bereit, Gutes zu tun und Böses zu bestrafen.

Er bemerkte, wie sehr er das alles in den vergangenen Wochen vermisst hatte. Ein Leben mit klaren Strukturen, klaren Aufgaben und vor allem klaren Anweisungen, mit Kollegen, die von den Problemen daheim erzählten, die Urlaubspläne hatten und von denen man ab und zu zum Grillen bei ihnen zuhause eingeladen wurde.

Kurz darauf erreichte ihn Antonias SMS und erzählte ihm von Chaos und fremden Schwierigkeiten, die er nicht kannte und in diesem Augenblick auch nicht kennen wollte. Er schrieb zurück: WAS IST PASSIERT? und als er las, dass die Hohenfels bei ihr war, schrieb er, dass er froh darüber sei und bestellte sich das nächste Bier. Um ihn herum lachten die Kollegen laut und lärmend über einen Witz, den er verpasst hatte, aber er stimmte ein, es war so beruhigend. Er bestellte sich eine Pizza und selbstverständlich würde Franz Josef die Salami bekommen. Das hatte noch keinem Hund geschadet. Er hatte sein Leben zurück. Wenigstens für diesen einen Abend.

Als er am nächsten Morgen verkatert und durstig erwachte, holte ihn die Wirklichkeit wieder ein. Franz Josef hatte Durchfall. Und weil Lois einen so festen Bierschlaf gehabt hatte, hatte Franz Josef sich auf dem Küchenboden erleichtern müssen.

„Zifix, das war die Salami!" Lois griff mit Todesverachtung zu Küchenrolle und Seifenreiniger. „Das hat mir jetzt gerade noch gefehlt."

Danach kaufte er ein paar Frühstückssemmeln im Kaufhaus Prisching, und er und Franz Josef machten sich auf den Weg durch das verschlafene Bierbaum hinauf zu Antonias einsamer Klause. Das Auto muss unten stehen bleiben, die Bewegung wird mir gut tun. Vielleicht verzieht sich der Kater auf diese Weise dachte er und legte Tempo zu. Unterwegs lieferte sich Franz Josef mit allen Hofhunden, an denen sie vorbeikamen, ein Bellduell wie immer. Möchte wissen, was die sich da jedes Mal zu erzählen haben, fragte er sich in Gedanken. Am letzten Stück der Asphaltstraße, an ihrer höchsten Steigung, schwor er sich, niemals wieder Bier zu trinken. Die Luft wurde ihm knapp und neidisch schaute er auf Franz Josefs natürliche Allradausstattung. Als sie durch den Waldweg gingen, beruhigte sich sein Puls und er wurde wieder von der Stille, dem Duft und der Erhabenheit des Waldes erfasst.

Bei Antonia angekommen, öffnete Lois das große Tor und ging, ein wenig verwundert darüber, dass Antonia noch nicht auf den Beinen war, den langen Weg entlang bis zum Haus.

Die Fensterläden waren geschlossen. Das hatte er noch nie erlebt, seit er sich als Gast auf dem Anwesen bewegte. Er drückte die Türklinke herunter, aber die Türe war ebenfalls verschlossen. Ratlos ging er um das Haus herum und rief nach Antonia. Vergeblich. Eine leise Unruhe bemächtigte sich seiner. Er bereute, dass er sie am Abend zuvor nicht zurückgerufen hatte. Nun klopfte er an die Haustüre. Zuerst leise, dann immer lauter. Franz Josef unterstützte ihn laut bellend.

Gespannt hörte er, wie innen ein Schlüssel im Schloss umgedreht wurde. Eine verschlafene Antonia öffnete die Türe und schaute blinzelnd heraus.

„Alles in Ordnung?", fragte Lois besorgt. „Sie haben noch geschlafen? Sind Sie krank?"

„Wie spät ist es?", fragte sie zurück.

„Sie stehen doch sonst immer ganz früh auf. Ist alles in Ordnung?"

„Ja doch", antwortete sie morgenmuffelig.

„Was ist passiert?"

„Bin einfach nur fertig." Sie öffnete die Türe nun ganz. „Kommen Sie herein."

„Ich hatte schon Angst, dass Ihnen etwas passiert ist."

„Mir ist etwas passiert. Was heißt etwas, jede Menge. Mehr als ein einzelner Mensch aushalten kann."

„Jetzt frühstücken wir erst einmal und dann erzählen Sie mir alles der Reihe nach." Er raschelte mit dem Morgensemmelnsackerl und trat ein. Franz Josef rannte sofort in die Küche, um seinen Futternapf zu inspizieren.

„Hat er schon was gefressen?", fragte Antonia.

„Noch nicht", antwortete Lois, um nach einer kurzen Pause hinzuzufügen, „Sie können ihm etwas geben." Und er beschloss, ihr das Pizzasalami-Desaster und dessen Folgen lieber zu verschweigen.

Nach einem ruhigen und eher schweigsamen Frühstück erzählte Antonia in aller Ausführlichkeit, was ihr am Tag zuvor widerfahren war.

„Frau Azurra, ich weiß nicht, wie Sie es machen, aber irgendwie scheint bei Ihnen alles immer in einem Drama zu enden."

„Ich wollte, es wäre nicht so", antwortete Antonia. „Es gibt Dramen, die sehe ich mir lieber im Theater an oder lese sie in einem Buch."

„Seit ich Sie kenne, habe ich mehr erlebt, als in meinem ganzen bisherigen Leben zusammengenommen."

„Allzu ruhig ist ja aber doch auch fad", gab Antonia zu bedenken.

„Ich weiß nicht", meinte Lois. „Ein bissl mehr Ruhe könnte Ihnen auch nicht schaden."

„Ach was", widersprach sie, „schlafen können wir auch am Friedhof. Ich verstehe überhaupt nicht, wieso ich so lang geschlafen habe. Das ist wirklich nicht meine Art. Ich bin immer noch wie betäubt. Es wird mir doch wohl diese Hohenfels nicht etwas ins Essen gegeben haben."

„Jetzt hören Sie aber auf!", rief Lois empört. „Bald sehen Sie in jedem einen Feind."

„Das nennt man Paranoia", sagte Antonia trocken. „Und ein guter Polizist sollte ein wenig davon haben. Schließlich geht es ja in Ihrer Profession darum, die Bösen zu fangen. Und dazu muss man die Bösen schon erkennen und eigentlich ein wenig das Böse auch in sich haben. Man muss es ja nicht ausleben."

„Ja, aber man kann doch nicht überall und in Jedem das Böse sehen."

„Vielleicht doch", wendete Antonia ein. „Die Hohenfels ist mir gar so zutraulich. Was will die von mir?"

„Wahrscheinlich will sie sich bei ihren Freundinnen damit brüsten, dass sie eine Schriftstellerin kennt. Das ist nichts Böses", vermutete Lois.

„Möglich", überlegte Antonia. „Vielleicht aber auch nicht."

„Mir ist sie auch nicht sonderlich sympathisch. Aber ich verkehre ja auch nicht in so vornehmen Kreisen."

„Was heißt schon vornehm? Wann ist man vornehm? Wenn man Geld hat? Dass ich nicht lache. Da gibt es ja einige in Bierbaum, die sich für vornehm halten, aber sie haben nur Geld. Damit sind sie keineswegs bessere Menschen."

„Sie selber glauben es aber", lachte Lois abfällig.

„Und das spricht noch weniger für sie. Geld, vornehme Herkunft, Luxus und Vornehmheit können keinen Stil ersetzen. Und daran mangelt es denen gewaltig. Und wer adeligen Geschlechts ist, ist der automatisch vornehm? Genauso wenig. Ob jemand Könige oder Bettler unter den Vorfahren hatte, wen schert's? Dass einer ein gutes Herz hat, das zählt."

„Ob der Navratil ein gutes Herz gehabt hat?", fragte Lois. „Oder hat er sich vom Geld faszinieren lassen?"

„Das ist eine der wesentlichen Fragen, die mich beschäftigen. Die Hohenfels interessiert mich nicht im Geringsten. Wir müssen mehr über den Navratil, über seine Person, über sein Leben herausbekommen."

„Vielleicht sollten wir nach Wien fahren", schlug Lois vor. „Er muss doch Familie gehabt haben. Möglich, dass die uns mehr über ihn erzählen kann."

„Warum fangen wir denn nicht hier bei uns an?", schlug Antonia vor. „Ich kenne seine Tante. Und sie muss mir noch erklären, warum sie nicht wusste, dass sich ihr Neffe im Kloster aufgehalten hat. Mittlerweile sollten sich Ihre Kollegen wieder verzogen haben, so dass uns keiner stört, wenn wir der Äbtissin einen Besuch abstatten."

Lois grinste und rief nach Franz Josef. „Das erste Stück müssen wir zu Fuß gehen. Der Wagen parkt in Bierbaum vor meinem Haus."

„Die frische Luft wird uns beiden gut tun" erwiderte Antonia. „Mir wird er die Müdigkeit vertreiben und Ihnen den Kater."

„Woher wissen Sie" Lois war überrascht.

Antonia lachte. „Sie haben kalten Schweiß auf der Stirn und Sie riechen immer noch wie ein umgestürztes Bierfass. Außerdem seufzen und ächzen Sie ständig. Das war nicht schwer zu erraten."

Als sie durch Feldbach fuhren, nahm Lois die Abkürzung zur Umgehungsstraße. Antonia, die noch immer müde war, schaute verträumt zum Seitenfenster hinaus, Franz Josef auf den Knien haltend. An der Kreuzung Richtung Riegersburg hielt Lois vor einer Stopptafel an. „Jetzt schau schauen Sie sich das an! Das ist doch der Schreckskötter!"

„Warum auch nicht?", entgegnete Lois. „Soviel ich weiß, ist das seine Stadt."

„Auch sein Spielsalon? Ich glaube, ich habe den eben in dieses Wettcafé hineingehen sehen."

„Warum auch nicht?", wiederholte Lois. „Mir sagt so was nix, aber ich kenne viele, die gern mal ein Spielchen wagen."

„Ja eh", lenkte Antonia ein. „Aber ein Bürgermeister? Und am helllichten Morgen? Und warum huschte er so hinein?"

„Fragen Sie nicht, wie viele um diese Zeit schon am Hauptplatz im Café sitzen und das erste Bierchen zischen. Die Feldbacher Kollegen erzählen viel davon."

„Mh", brummte Antonia. „Wenn ich mich richtig erinnere, ist der Schreckskötter doch ein gar so Tugendhafter. Hat sogar verboten, dass beim Faschingsumzug Alkohol getrunken wird."

„Hat wohl so seine Prinzipien. Bin gespannt, was uns die Nonnen gleich erzählen werden. Ob die auch so tugendhaft sind?"

„Lois!" In Antonias Stimme lag ein leicht drohender Unterton. „Wir werden es ganz langsam und sensibel angehen lassen müssen. Keine polizeilichen Verhörmethoden!"

„Ich sag ja nur", murrte Lois.

Sie fuhren am Mühldorfer Einkaufszentrum vorbei, das in seiner Gleichförmigkeit auch in Leibnitz, in Mureck, in Fürstenfeld oder in Weiz hätte stehen können und bogen am Kreisverkehr Richtung Pertlstein ab. Auf dem Weg zur Burg hinauf nahm Antonia Lois das Versprechen ab, sich zurückzuhalten und nicht den Polizisten herauszukehren. Als Lois dann auf dem Parkplatz des Gästehauses der Burg den Wagen im Schatten einer alten Platane abstellte, waren sie beide in ein Schweigen gefallen. Dessen Ursache jedoch war bei jedem der beiden eine andere.

Die verwitterten Statuen, die den Weg hinauf zur Burg säumten, schwiegen ebenfalls. Antonia dachte mit Wehmut an ihren wunderbaren Plan vom großen Kulturzentrum mit kleinem Theater und an die Vergeblichkeit ihrer Bemühungen. Lois genoss die Stille und die innere Ruhe. Er hatte ein Ziel, und er war am Weg dorthin. Das genügte ihm vollauf.

Das letzte Stück zur Burg hinauf legten sie zu Fuß zurück. Vor dem Burgtor stand ein großer Möbelwagen.

„Jessas, die Nonnen übersiedeln bereits." Antonia war leicht verärgert. „Hoffentlich kommen wir nicht zu spät."

„Je weniger Nonnen, desto leichter können wir uns umschauen", hielt Lois dagegen.

„Erstens kommen wir nicht hinein, wenn sie fort sind. Und zweitens finden wir auch nichts mehr vom Navratil, weil die sein Zimmer auch ausgeräumt haben, schätze ich."

„Ach, über Ersteres machen Sie sich keine Sorgen. Ein guter Polizist muss das können, was seine Kundschaft kann. Türen bringe ich auf. Sogar ohne sie einzutreten."

„Das würde Ihnen beim Burgtor auch kaum gelingen", lachte Antonia. „Nicht einmal einem Riesen wie Ihnen."

„Nein, nein", wehrte Lois ab. „Das macht man heutzutage viel eleganter. Ich habe alles dabei, was für eine gewaltlose und stille Türöffnung notwendig ist."

Antonia schüttelte lächelnd den Kopf.

„Zur Zeit kommen wir auch ohne Ihre Tricks hinein", wies sie auf das weit offen stehende Tor.

„Ha!", rief Lois. „Das hat man schon seit hundert Jahren nicht mehr gesehen. Das Kloster war immer verschlossen."

„So alt sind Sie doch noch gar nicht, Lois." Antonia lachte. „Und soweit ich gehört habe, wurde es früher auch nicht so streng gehandhabt. Erst seit Schwester

Rosalia vor vierzig Jahren Äbtissin wurde, durfte kein Fremder mehr in das Kloster hinein. Und die derzeitige Chefin hält das genau so."

„Sie kennen sich ja aus", sagte Lois bewundernd. „Als ich ein kleiner Bub war, hat man sich viel über die Burg erzählt. Aber niemand von uns, auch nicht unsere Eltern, konnte sagen, wie es im Inneren ausschaut."

„Gleich werden Sie es sehen", lächelte Antonia. „Ich habe im Inneren der Burg viele Stunden zugebracht in den letzten Wochen. Ich bin mit den Bildern in meinem Kopf am Abend schlafen gegangen und in der Früh wieder aufgewacht. Ich glaube, ich kenne mich mittlerweile sogar im Dunkeln darin aus."

Sie traten durch das Tor und Lois schaute in den großen Innenhof, der die Form eines Dreiecks hatte. Die völlige Ruhe, die von den altehrwürdigen Mauern ausging, erfasste in diesem Augenblick auch Lois. Die Welt, die sie kannten, die alle Menschen kannten mit ihren Straßen und Autos, die Einkaufszentren und Geschäfte waren aus ihrem Bewusstsein verschwunden, so, als hätte diese Welt nie existiert. Die Zeit schien um Jahrhunderte zurückgedreht. Ihm fiel vor allem der lange Säulengang auf der rechten Seite auf, der ihn an Filme erinnerte, in denen Schlösser, Klöster und eben solche Säulengänge eine Rolle spielten. Er sah alte Rosenstöcke, die sich an den Wänden der Burg hinaufrankten. Sah alte ungepflegte Balkone und Treppenaufgänge, Unkraut, das zwischen den Fugen der Bodenplatten wuchs und Gerümpel unterhalb des Säulenganges in den offenen Bögen, gelagert seit vielen Jahrzehnten.

„Ist es nicht wunderschön?", flüsterte Antonia.

Lois nickte. „Viel Arbeit."

Antonia verdrehte die Augen. „Ein echter Romantiker sind Sie, was?"

Er lächelte.

Sie sah gelebte Spuren einer achthundertjährigen Geschichte. Links von ihr befand sich die ehemalige alte Apotheke. Antonia stellte sich darin ein florierendes Café-Restaurant vor.

Sie sah die eleganten Bögen des Treppenaufgangs gleich links neben ihnen und die beeindruckenden Konturen eines wie verzaubert wirkenden Bauwerks, sah sich den langen Säulengang entlanggehen und die ehrwürdigen Räume mit ihren hohen Fenstern, den Holztäfelungen und dem alten handgefertigten Parkett des hinteren Burgteils betreten und atmete tief ein.

„Schauen Sie einmal hier." Sie zeigte den Treppenaufgang hinauf. „Oben führt eine schmale Treppe zum Dachboden hinauf. Und dort befinden sich in einem großen Raum viele Webstühle und Spinnräder."

„Wie bei Dornröschen."

Antonia lachte. „Genau! Wie bei Dornröschen. Und ich habe mich bereits oben sitzen und spinnen sehen. Für die Rolle des Dornröschens bin ich wohl schon zu alt. Da bleibt nur der Part der dreizehnten Fee."

„Welche ist die noch mal?" Lois war offensichtlich nicht ganz sattelfest in Märchenangelegenheiten.

„Das ist die, die zum Geburtstagsfest von Dornröschen nicht eingeladen wurde. Weil sie angeblich nur zwölf Teller bei Hofe hatten und darum auch nur zwölf Feen einladen konnten."

„Witzig", kommentierte Lois.

„Ja, und die dreizehnte Fee, die nicht Eingeladene, wurde dann so bitterböse, dass sie Dornröschen verwünschte. Sie lockte Dornröschen diese Treppe hinauf und Dornröschen stach sich mit einer Zauberspindel in den Finger, worauf es hundert Jahre schlief, bis endlich der richtige Prinz vorbeikam und es wach-küsste."

„Also doch wieder Voodoo."

Antonia lachte. „Ja, könnte man so sehen. Eine Art traditionell europäisches Voodoo. Inklusive Prinzen-kuss."

„Und das ist dort oben geschehen?", fragte Lois skeptisch.

Antonia seufzte. „Hätte. Es hätte dort oben gesche-hen sein können."

„Hätte", wiederholte Lois. „Aber wir wollen ja sehen, was jetzt wirklich geschehen ist. Wo ist denn nun die Chefin vom Kloster?"

„Vielleicht in ihrem Büro", sinnierte Antonia. „Das ist dort ganz hinten, am Ende des Säulenganges."

Sie erklommen den Treppenaufgang, vorbei am Relief des Burgerbauers Berthold I. von Emmersberg und bogen in den Säulengang ein.

„1170 bis 1179 erbaut", las Lois laut. „Das muss man sich vorstellen", stellte er bewundernd fest, „seit achthundert Jahren gehen Menschen diesen Gang entlang. Alle mit Sorgen und Ängsten, mit Nöten und Freuden, Plänen und Absichten."

„Ja, und dort ganz hinten, wo der Gang endet, da wären wir in früheren Zeiten dann auf Sefer Pascha getroffen. Oder sagen wir so: Im Gegensatz zu den Nonnen hätte er uns willkommen geheißen und freundlich bewirten lassen."

„Klingt arabisch", sagte Lois.

„Er hat versucht, ein wenig Tausend-und-eine-Nacht-Atmosphäre auf die Burg zu zaubern. Sein richtiger Name war Ladislaus Koszielski und er war ein polnischer Graf, der die Burg über alles liebte. Die Hälfte des Jahres lebte er in Kairo und die andere Hälfte verbrachte er hier auf der Burg. Wenn ihm danach war, dann raste er mit einer weißen Kutsche, die von zwölf Schimmeln gezogen wurde, von hier auf direktem Wege nach Bad Gleichenberg, wo er dann ein Bad in der heißen Quelle nahm."

„Wie lang ist das her?", fragte Lois.

„Viel zu lang", seufzte Antonia. „Ich hätte ihn sehr gern kennengelernt. Er starb 1895."

„Das wissen Sie ohne Google?", staunte Lois.

„Nein, mit Google. Ich habe es mir jedoch gemerkt. So viel Hirnspeicher sollte man schon frei halten für die Geschichte der Burg, wenn man sie erwerben will, denke ich."

„Ich kann mir noch immer nicht vorstellen, wie Sie das mit der Burg anstellen wollen.

Sie ist so riesig."

„Ich will ja auch nicht ein kleines Eigenheim daraus machen, sondern ein Riesenprojekt starten", entgegnete Antonia. „Falls ich die nächsten Wochen überlebe."

Lois starrte sie erschrocken an. „Ich beschütze Sie." Sie war dankbar für seine gerade Art und seine unverstellte Haltung.

„Irgendwie scheint sich das Schicksal gegen mich verschworen zu haben zur Zeit", sagte sie mit wehmütigem Blick. „Ich habe Ihnen erzählt, was gerade auf mich zukommt. So viele verschiedene Baustellen. Und ich weiß überhaupt nicht, wieso. Die Versicherung braucht keine Gründe für eine Kündigung. Die Bank auch nicht. Sie kann mich jederzeit aus meinem Kredit werfen. Sagt jedenfalls mein Rechtsanwalt. Und der seltsame Herr Großschädl. Ich weiß nicht, ist er so dumm oder so bösartig. Das ist doch nicht normal. Mein Rechtsanwalt meint, dass ich nicht beweisen kann, dem Großschädl den Auftrag zur Buchhaltung gegeben zu haben. Das haben wir nicht schriftlich vereinbart, sondern nur während eines Gesprächs aus-

gemacht. Und dann auch noch dieser blöde Rauchfangkehrer. Das ist alles so absurd."

Am Ende des Säulenganges erschien die hagere
Gestalt von Schwester Edeltraud in vollem Habit. Sie
hielt die Hände unter der schwarzen Schürze verborgen und den Kopf gesenkt.

„So wie die dasteht, könnte es das Jahr 1689 sein,
oder?", flüsterte Lois.

„In diesen Mauern hat Zeit keine Bedeutung", flüsterte Antonia zurück.

„1689? Wie kommen Sie denn ausgerechnet auf
diese Jahreszahl?"

„Nur so dahergeschwätzt."

„1689 wurde am Gleichenberger Kogel der letzte
Hexenmord begangen", quetschte Antonia hinter
zusammengebissenen Zähnen hervor. „Veronika
Rauch. Sie haben sie aufgehängt."

„Bei Ihnen kommt aber auch immer Voodoo
heraus."

„Ruhe jetzt." Antonia unterdrückte ein Lachen.
„Wir sind hier in christlichen Gefilden. Da gibt es
kein Voodoo. Oder man wird sofort ins Kellerverlies
gesperrt."

„Ich möcht nicht wissen, wessen Knochen da unten
vermodern", murmelte Lois und setzte seine Amts-
handlermiene auf.

„Grüß Sie Gott", begrüßte sie Schwester Edeltraud.
„Liebe Frau Azurra, was führt Sie denn noch einmal
in unser Haus?"

„Das Sie gerade zu verlassen scheinen", entgegnete
Antonia.

Schwester Edeltraud nickte mit betrübter Miene.
„Es ist soweit." Der Bischof gibt uns keinen Aufschub
mehr. Dabei ist gerade alles eine Katastrophe. Schwester Aloysia weigert sich mitzukommen. Schwester Benedikta hat sich krank zu Bett begeben. Zwei

weitere Schwestern sind Demenzpflegefälle und die drei anderen zu alt, um mit anzupacken. An mir bleibt alles hängen und alle machen mir Vorwürfe. Ich kann es niemandem recht machen."

„Das tut mir leid für Sie." Antonia drückte echtes Bedauern aus. „Ich wollte, ich hätte die Finanzierung für den Kauf zusammengebracht."

Schwester Edeltraud nickte traurig.

„Wir würden gern das Zimmer Ihres Neffen anschauen, wenn Sie nichts dagegen haben", sagte Antonia. „Ich vermute, dass die Klosterregeln schon außer Kraft gesetzt sind?"

Für einen Augenblick starrte Schwester Edeltraud Antonia entsetzt an. Sie fasste sich aber rasch wieder. „Woher wissen Sie das?"

„Dass der Georg Ihr Neffe war? Na ja, von Ihnen nicht, Schwester Edeltraud."

Die Äbtissin schwieg mit undurchdringlicher Miene, den Blick auf den Boden gesenkt.

„Vielleicht würde der Georg noch leben, wenn Sie mir damals gesagt hätten, wer der Mann war, den ich am Fenster gesehen hatte. Und wenn ich Gelegenheit bekommen hätte, mit ihm zu sprechen. Ich glaubte ja, ihn erkannt zu haben. Heute weiß ich, dass es traurige Gewissheit ist."

Schwester Edeltraud schaute überrascht auf und kurz schien es, als ob sie etwas sagen wollte. Doch sie schwieg und senkte wieder den Blick.

„Sie wissen, dass wir ihn damals tot aufgefunden haben, nicht wahr?", fragte Antonia. „Vielmehr war es der Franz Josef", warf Lois ein. Und fügte dann leiser, zu Antonia gewandt, hinzu: „Es wird doch wohl noch ausreichend Schatten für ihn auf dem Parkplatz sein?"

Schwester Edeltraud schwieg noch immer mit eisiger Miene.

Antonia blieb hartnäckig. „Ich bitte Sie nochmals darum, das Zimmer Ihres Neffens besichtigen zu dürfen. Die Polizei wird es doch wohl schon freigegeben haben?"

Schwester Edeltraud schüttelte den Kopf. „Nein, die Polizei hat nichts freigegeben. Die weiß ja gar nichts von Georgs Zimmer hier im Kloster."

Nun war es an Antonia und Lois, überrascht zu schauen.

„Die Kolle ..., äh, ich meine natürlich die Polizei, die war noch gar nicht da?", stotterte Lois.

„Nein", antwortete die Äbtissin. „Die sind gar nicht auf die Idee gekommen, dass er hier gewohnt haben könnte. Ist immerhin ein Frauenkloster. Und alle wissen, dass niemand außer uns Zugang hat."

„Und Sie haben nichts gesagt?", hakte Antonia fassungslos nach.

„Nein, um Gottes willen, nein", sagte die Äbtissin. „Die haben ja auch nicht gefragt."

Aber Lois fragte: „Und das Zimmer ist noch immer unberührt, so wie er es verlassen hat?"

Die Äbtissin nickte, den Blick wieder auf den Boden gesenkt.

Lois und Antonia tauschten Jägerblicke aus. Die Augenbrauen zusammengezogen, die Pupillen verengt.

„Und würden Sie uns gestatten, dass wir uns darin umzusehen?" Lois zeigte sich von seiner charmantesten Seite.

„Warum? Wer sind Sie überhaupt?" Die Äbtissin schaute ihn feindselig an.

„Schwester Edeltraud", Antonia hatte beschlossen, ihr reinen Wein einzuschenken, „der Herr Pammer hier ist Polizist und wurde im Zuge seiner Recherchen über das Verschwinden Ihres Neffens vom Dienst suspendiert. Er hat sich nichts zuschulden kommen lassen, da können Sie ganz beruhigt sein, er ist nur einem Politiker ein wenig zu nahe gekommen und da wollte man Herrn Pammer wohl ruhigstellen. Aber er muss an der Sache dranbleiben, er möchte einfach unbedingt aufklären, wer Ihren Neffen getötet haben könnte. Das ist doch sicherlich auch in Ihrem Sinne, oder?"

Schwester Edeltraud nickte.

Antonia beobachtete sie genau. Verbarg sie etwas? Was wusste sie? War sie, in Antonias Augen im Grunde genommen undenkbar, beteiligt an dem Verbrechen?

Die Äbtissin blieb undurchdringlich. „Kommen Sie", sagte sie, „ich zeige Ihnen den Weg zu Georgs Zimmer."

Die beiden folgten ihr.

Sie betraten nun den ältesten Teil der Burg, der sich um einen zweiten, kleineren Innenhof schloss.

„Jetzt kommen Sefer Paschas Räume", flüsterte Antonia Lois zu. „Er hat sie damals orientalisch einrichten lassen." Er nickte, aber es war ihm anzusehen, dass er keine Ahnung von „orientalisch einrichten" hatte.

Sie passierten einen kleinen, mit dunklem Holz getäfelten Raum und gelangten in einen größeren. Die Holztäfelungen waren mit überlebensgroßen Heiligenbildern bemalt.

„Von hier aus kann man alle Flügel der Burg betreten, und von da geht es hinauf zum Turm." Schwester Edeltraud zeigte auf eine niedrige Türe und dann auf die bemalten Wände.

„Die Heiligen hier haben die Klostergründerinnen malen lassen, um der orientalischen Üppigkeit des Sefer Pascha etwas Christliches entgegenzusetzen."

Lois ging nickend und schauend hinter den beiden Frauen her, die nun die nächste Türe passierten. Im großen Speisesaal des Klosters saß eine kleine, alte, in sich zusammengesunkene Nonne vor einem Teller Suppe. Beim Anblick ihrer Äbtissin stand sie mit einer für ihr Alter überraschenden Leichtigkeit auf und neigte devot das Haupt vor ihr.

Antonia und Lois bedachte sie mit einem „Grüß Gott".

Lois staunte. Er hatte das Gefühl, einen unerlaubten Blick auf eine Welt werfen zu dürfen, die sich nach eigenen, fremden und ihm nicht verständlichen Regeln drehte. Das ist ja fast wie beim Militär, dachte er. Da können sich die Burschen von der Feuerwehr aber noch einiges an Gehorsam abschauen.

Die Äbtissin durchmaß den großen Saal mit weit ausholenden Schritten und wehendem Habit. Dann öffnete sie eine weitere hohe Türe und und sie betraten den nächsten großen Saal. Arbeitstische zeugten davon, dass hier einst die auf dem Dachboden gewebten Stoffe zugeschnitten und daraus unter anderem zu Ornaten für katholische Priesterschaft genäht worden waren. Hinter der nächsten Türe, die auf einen schmalen Gang führte, verlangsamte Schwester Edeltraud ihre Schritte. Von diesem ehemaligen Saal waren zwei Zimmer abgeteilt worden. Sie wies auf die eine der beiden Türen.

„Hier ist es", sagte sie. „Wir hatten den Georg in unserem Krankenzimmer untergebracht. Da hatte er seine Ruhe und wurde nicht gestört."

„Wenn ich die Orientierung mittlerweile nicht verloren habe, befinden wir uns jetzt direkt über den Räumen der alten Apotheke", sagte Antonia.

„Ganz richtig", antwortete die Äbtissin. „Von hier aus kann man direkt in den großen Innenhof gelangen. Auf diese Weise war mein Neffe völlig unabhängig von uns. Außer mir wusste nur Schwester Rosalia von seinem Aufenthalt. Die anderen Schwestern haben davon nichts bemerkt. Es hätte sie auch nur verwirrt. Sie sind schon hochbetagt und verstehen den Lauf der Welt dort draußen nicht mehr."

„Gutes Versteck", stellte Lois anerkennend fest. „Kein Wunder, dass ihn keiner gefunden hat."

„Ich wusste nicht, dass er sich versteckt", entgegnete Schwester Edeltraud. „Glauben Sie mir, wenn ich nur geahnt hätte, dass er die Millionen genommen hat und gesucht wird, ich hätte es sofort gemeldet."

„Schwester, wie lautet das fünfte Gebot?", fragte Lois liebenswürdig.

Edeltraud errötete und senkte den Kopf. „Du sollst nicht lügen", flüsterte sie.

„Sie haben ihn also versteckt", sagte Lois.

Die Äbtissin nickte.

„Ist er hier aufgetaucht und hat sie darum gebeten?"

Sie nickte erneut.

„Was hat er als Begründung angegeben?", fragte Lois.

Schwester Edeltraud atmete tief ein und starrte durch das Fenster auf den Innenhof. „Er hat", sie zögerte, „er hat gesagt, dass jemand hinter ihm her ist. Er hat mir auch gesagt, dass die Millionen für das Kulturfestival verschwunden sind und dass man ihn verdächtigt. Und er hat mir geschworen, dass er es nicht getan hat."

Ihr traten Tränen in die Augen. „Ich gebe auch zu, dass ich für eine Weile gehofft habe, dass er die Millionen unterschlagen hat. Weil ...", sie schnäuzte sich in ihr Taschentuch, „... weil, dann hätten wir vielleicht die Burg auslösen können bei der Diözese und hätten bleiben können, wenigstens so lange, bis die letzte von uns auf dem Burgfriedhof begraben wird. Bitte verzeihen Sie mir diese schrecklichen Gedanken, aber die Schwestern haben ihr ganzes Leben in diesen Mauern verbracht. Sie jetzt fortzubringen, ist mir unerträglich."

„Ja, aber wer hätte Sie denn alle pflegen sollen?", warf Antonia ein. „Und wer hätte die Burg erhalten sollen? Die muss doch saniert und modernisiert werden. Der Bischof sagte mir bei meinen Verkaufsverhandlungen, dass die Diözese Ihnen das Geld für den Bau des Alterssitzes vorgestreckt hat. Ich nehme an, dass er nicht bis in alle Ewigkeit auf die Rückzahlung aus dem Verkaufserlös der Burg warten will."

Schwester Edeltraud nickte traurig.

„Hat der Navratil, also Ihr Neffe gesagt, ob er einen Verdacht hatte, was die verschwundenen Millionen angeht?", fragte Lois.

Edeltraud schüttelte den Kopf. „Er hat gesagt, es ist einer, der sehr gefährlich ist, deshalb hat er sich ja verstecken müssen. Ein großes Tier, hat er gesagt, der über Leichen geht. Und dass er in Gefahr ist, weil er weiß, wer es ist. Er hätte auch fliehen können. Aber er wollte den Mann seiner gerechten Strafe zuführen. ‚Ich werde ihn zur Strecke bringen‘ hat er gesagt."

„Und hätten Sie mich nicht angelogen, als ich sie nach dem Mann am Fenster fragte, würde er vielleicht noch leben." Antonia konnte auf diese Vorhaltung nicht verzichten. Die Äbtissin schlug die Hände vor das Gesicht. „Ich mache mir solche Vorwürfe", flüsterte sie. „Er hatte Beweise", sagte sie. „Das hat er gesagt, dass er Beweise hat."

Sie sperrte die Türe zum Krankenzimmer mit einem Schlüssel auf, den sie aus ihrer Tasche im Habit zog. Dann wandte sie sich um und eilte den Weg, den sie gekommen waren, wieder zurück.

Lois und Antonia verharrten für einen Moment vor der Türe, bevor Lois sie langsam öffnete.

Sie betraten das Versteck des ermordeten Intendanten und schauten sich um. Die Luft roch abgestanden. Es war lange nicht mehr gelüftet worden. Das Bett, das an der rechten Wand stand, war ungemacht, als hätte in der vergangenen Nacht noch jemand darin geschlafen. Ein kleiner Tisch, den Georg zum Schreibtisch umgewandelt hatte, davor ein Stuhl, ein einfacher Kleiderkasten; das obligatorische Kruzifix an der Wand.

„Hm, scheint die Standard-Klostereinrichtung zu sein", flüsterte Antonia.

„Ich glaube, wir können in normaler Lautstärke sprechen", schlug Lois vor. Der Navratil ist ganz sicher nicht im Schrank versteckt."

„Aber schauen wir nach, ob er nicht etwas versteckt hat."

Sie öffneten den Kleiderkasten, suchten in den Taschen seiner Sakkos und Hosen; sie schauten im und unter dem Bett nach und an der Unterseite der Tischplatte; nach einer halben Stunde hatten sie jede erdenkliche Stelle akribisch angeschaut, abgetastet, umgedreht und inspiziert.

„Nichts", sagte Antonia. „Verdammtes Nichts."

„Wenn wir ihn gekannt hätten, wäre es leichter." Lois war ebenfalls enttäuscht. „Dann würden wir seine Eigenheiten kennen und könnten gezielt suchen."

„Wir kannten ihn aber nicht", entgegnete Antonia. „Aber wir können versuchen, ein Profil zu erstellen. Wäre er eine meiner Romanfiguren, wie würde er dann vorgegangen sein?"

„Also gut", antwortete Lois, „Was haben wir an Informationen? Er war Anfang dreißig, ledig, ehrgeizig und in der Branche eher unerfahren, ein Unbekannter in der Region. Er kam aus Wien, er hatte eine Tante im Kloster, bei der er untergetaucht ist. Er muss ein eher stiller Zeitgenosse gewesen sein. Kann mir nicht vorstellen, dass der Schreckskötter ein Alphamännchen engagiert hätte. Ein Außenseiter. Ein Anfänger. Ein Bücherwurm?"

„Lois das könnte es sein. Es gibt hier eine Bibliothek, ganz oben unter dem Dach im alten Teil der Burg. Da schauen wir nach!"

*

„Hier ist aber schon gründlich ausgeräumt worden", stellte Lois ärgerlich fest.

Sie warfen einen Blick in die drei großen, hintereinander liegenden Räume, deren Regale nur noch teilweise mit Büchern bestückt waren. Ganz hinten stand die Türe zu einem schmiedeeisernen Balkon offen.

„Es ist die Suche nach der berühmten Stecknadel im Heuhaufen", sagte Antonia.

„Das wäre mir lieber, mit Heu kenne ich mich besser aus", stöhnte Lois.

„Also los. Das schaffen wir!", ermunterte Antonia ihn und griff zu einem Buch. Sie schüttelte es und blätterte die Seiten durch.

Zwei Stunden später rief sie entnervt: „Ich kann nicht mehr! Das ist so sinnlos! Wir wissen ja nicht einmal, wonach wir suchen!"

„Pause." Lois nahm Antonias Arm und zog sie auf den Balkon. „Jetzt schauen Sie doch einmal auf das Raabtal! Ist das nicht schön?"

„Wow." Antonia war hingerissen von der Landschaft.

Sie blickten über die Wipfel der dunklen, die Burg umstehenden hohen Tannen, in das weite Raabtal, das den Blick bis nach Fehring und weiter nach Ungarn erlaubte. Links sah man in die Hügellandschaft und konnte ahnen, dass zwischen ihnen die Riegersburg auf ihrem einsam hohen Felsen herausragte. Es war ganz still. Eine große Ruhe lag über allem und

Antonia zitierte Rilke. „In meinen Armen schlafen Wälder ein."

„Jessas, der Franz Josef!", entfuhr es Lois. „Ob unter der Platane noch Schatten ist?"

„Ganz bestimmt", antwortete Antonia. „Aber wir sollten jetzt langsam gehen. Damit er nicht zu lang allein im Auto warten muss."

„Da! Diese armen vertrockneten Pflanzen in den Blumentöpfen." Lois zeigte auf ein paar verkümmerte Geranien.

„Das hätte aber nicht sein müssen. Ich meine, hätten die Nonnen diese paar Geranien nicht mit in ihr neues Zuhause nehmen können?"

„Die Nonnen sind viel zu alt", antwortete Antonia. „Sie können ja kaum mehr für sich selber sorgen, geschweige denn für ein paar Blumen hier auf dem Balkon im hinterletzten Winkel der Burg."

Lois zupfte an den Pflanzen herum. „Vielleicht kann man die eine oder andere noch retten?"

„Es wundert mich, dass Sie nur einen Hund haben, Lois", sagte Antonia. „Wenn man Ihnen zuschaut, glaubt man, in Ihrem Herzen ist noch Platz für einen Gnadenhof für Tier und Pflanze. Kommen Sie, wir gehen."

„Bin halt ein Bauernsohn", grinste er.

Von unten war Motorenlärm zu hören. Es klang wie das Aufheulen eines Motorrads. Lois stieß einen Pfiff aus. „Ja, was haben wir denn da!" Seine Stimme überschlug sich fast.

Antonia drehte sich um.

Triumphierend hielt Lois einen mit Erde verschmutzten kleinen Plastikbeutel in der Hand. Die eben noch als Notfall betrachtete Geranie lag entwurzelt und erdlos am Boden.

„Was ist das?", fragte Antonia.

„Wenn mich nicht alles täuscht, dann ist das ein USB-Stick." Lois grinste breit. „Nun brauchen wir nur noch einen Computer und wir wissen mehr!"

Sie fuhr herum. „Nein, ich meinte das da! Oder vielmehr den da!" Sie zeigte nach unten und wurde ganz aufgeregt.

„Wen denn?"

„Na dort!", rief sie. „Der Biker, der um die Burg fährt."

Lois beugte sich über das Balkongeländer. „Schaut aus wie eine Yamaha. Vielleicht ist das Kerl, der Sie töten wollte. Los, schnell, ihm nach. Den greifen wir uns!"

Er steckte den USB-Stick in die Jackentasche und rannte durch die drei Bibliotheksräume und dann, ohne zu verlangsamen, die gewundenen Stiegen alle vier Stockwerke hinunter.

Antonia rannte keuchend hinter ihm her.

Unten angekommen rannte Lois mit weit ausgestreckten Armen und weit ausholenden Schritten quer über den großen Innenhof, während Antonia zum zweiten, kleinen Innenhof, rannte. Sie wollte durch den hinteren Ausgang zur östlichen Seite der Burg gelangen und dort versuchen, den Biker zu stellen.

Auf halber Strecke kam ihr der Motorradfahrer auf dem langen Weg seitlich der Burg entgegen. Erschrocken hielt sie inne. Was hatte er vor? Er gab plötzlich Gas und raste auf dem engen Weg direkt auf sie zu.

„Verdammt!", schrie Antonia und suchte vergeblich nach einem Fluchtweg. Rechterhand war die Burgmauer. Linkerhand fiel der Berg steil ab. Das Dickicht der Böschung ließ keine Lücke, in die sie hätte springen können. Sie machte kehrt und rannte zurück, um direkt in den Armen von Barbara Hohenfels-Stranelli zu landen.

„Rasch!" Die Hohenfels-Stranelli zog Antonia in einen Seiteneingang in der Burgmauer, den Antonia bis zu diesem Zeitpunkt nicht bemerkt hatte und dessen Türe weit offenstand. Antonia hörte den Motorradfahrer vorbeirasen, bremsen und wenden. Dann verlor sich das an ihren Nerven zerrende Geräusch.

Zurück in der Stille des kleinen Innenhofes lehnte sich Antonia zitternd und schweißgebadet an die Wand. „Das war knapp." Antonia war völlig außer Atem. „Sie haben mir das Leben gerettet."

„Unsinn", sagte die Hohenfels-Stranelli. „Das ist wahrscheinlich nur einer von diesen verrückten Jugendlichen mit ihren Mopeds. War vermutlich so etwas wie eine Mutprobe. Der hätte bestimmt gebremst. Aber ich wusste nicht, ob er sich nicht vielleicht verschätzt hat. Die Eltern von denen sollten ihnen lieber beibringen, Golf zu spielen, anstatt mit diesen lauten Maschinen die Welt zu verpesten."

Antonia starrte sie trotz ihrer Erschöpfung fassungslos an. „Golf. Dass wir darauf nicht früher gekommen sind. Das wird ganz sicher die Weltprobleme lösen." Und nach kurzen Pause fragte sie: „Was machen Sie eigentlich hier?"

Barbara Hohenfels-Stranelli fuhr sich durch ihre blondierten Haare. „Ich war zufällig in der Burg. Die Schwestern verabschieden."

Antonia nickte langsam.

„Was machen Sie eigentlich hier!", donnerte Lois, der mittlerweile dazugekommen war. „Ich habe ihn nicht erwischt.", sagte er zu Antonia gewandt. Barbara Hohenfels-Stranelli schaute Lois verächtlich an. Seine Anwesenheit schien ihr keine Freude zu bereiten.

„Lassen Sie die Frau Azurra ruhig in meiner Obhut", sagte die Hohenfels-Stranelli „Das war ein großer Schock. Sie muss sich jetzt erst einmal beruhigen."

Antonia nickte, sie war noch immer ganz blass.

„Sind Sie sicher?" Lois war unschlüssig.

„Wir können Frau Hohenfels-Stranelli vertrauen", beruhigte Antonia ihn. „Immerhin hat sie mir eben das Leben gerettet."

„Na gut, meinetwegen", brummte Lois.

„Dann fahre ich jetzt mit Franz Josef heim und schaue mir an, was auf diesem USB-Stick zu finden ist." Er hielt erschrocken inne und blickte forschend auf die Hohenfels-Stranelli. Aber die schien kein Interesse an einem USB-Stick zu haben. Lois verabschiedete sich und eilte durch den großen Innenhof.

„Jetzt lassen wir den jungen Mann heimfahren und Sie erzählen mir in aller Ruhe, wieso Sie auf der Burg sind. Ich sehe, Sie halten sich nicht an meinen Rat, die Burg und Ihre Pläne zu vergessen."

„Und Sie erzählen mir, warum Ihnen soviel daran liegt, dass ich die Burg nicht bekomme", konterte Antonia.

„Ach, das sehen Sie ganz falsch", antwortete die Hohenfels- Stranelli. „Ich mache mir nur Sorgen um Sie. In dieser kurzen Zeit, die wir uns nun kennen, habe ich Sie richtig liebgewonnen. Sie sind mir eine gute Freundin geworden. Mit Ihnen kann man so wunderbar über alles reden."

Antonia war einigermaßen erstaunt. Bis zu diesem Augenblick war ihr noch nicht aufgefallen, dass eine solche Nähe zwischen ihnen bestand. Aber sie wusste, dass sie als alte Einsiedlerin immer wieder solche zwischenmenschlichen Interaktionen übersah, deshalb hielt sie es für möglich, dass Barbara Hohenfels-Stranelli eine gute Freundin geworden war, obwohl ihre Intuition ihr sagte, dass es keinen Anlass zu dieser Annahme gab. Vielleicht war es auch nur der Schock, der sie wehrloser sein ließ als üblich.

„Am besten gehen wir jetzt nach Straden zum Stöcklwirt und essen etwas Gutes, dann redet es sich leichter. Diese Burg hat irgendetwas Ungutes, das passt gar nicht zu Ihnen. Kommen Sie."

Sie zog Antonia am Arm mit sich fort. Die folgte ihr widerspruchslos. Lieber wäre Antonia jetzt mit Lois gegangen und hätte versucht, der Lösung des Rätsels des ermordeten Intendanten ein wenig näher zu kommen. Vielleicht war mit dem USB-Stick die Lösung bereits gefunden worden? Aber sie war auch sehr hungrig und vor allem müde und sehr erschöpft. Und sie konnte dem Gedanken, bald an einem kleinen Kaminfeuer zu sitzen und sich die Köstlichkeiten der Region servieren zu lassen, einiges abgewinnen.

„Sie werden sehen, wir werden einen wunderbaren, gemütlichen Abend haben und sie erzählen mir ganz ausführlich alles über sich. Ich bin ja schon so gespannt. Eine Schriftstellerin muss doch ein ausgesprochen interessantes Leben führen. Da kann eine Landpomeranze wie ich doch nur staunen. Ich bewundere Sie ja so sehr, Frau Azurra."

Das Auto der Hohenfels-Stranelli stand direkt vor dem Burgtor. Sie stiegen ein, und der Wagen rollte den gewundenen Weg hinunter ins Tal.

„Was sagten Sie, wie lange sind Sie schon in der Burg?", fragte Antonia.

„Ach, schon den ganzen Tag. Ich habe ein wenig beim Packen geholfen", antwortete die Hohenfels-Stranelli.

„Soso, den ganzen Tag", murmelte Antonia und bekämpfte ihr aufkommendes Misstrauen. Als sie mit Lois an der Burg angekommen war, stand nur der Speditionswagen vor dem Tor. Die Hohenfels-Stranelli konnte also nur nach ihnen gekommen sein. Das heißt, sie lügt, sinnierte Antonia. Warum?

Worum geht es ihr? Was will sie von mir? Sehe ich langsam überall Gespenster?

Sie schloss müde die Augen, um auf diese Weise, einer Konversation im Auto zu entgehen. Als der Wagen über den knirschenden Kies des Parkplatzes vom Stöcklwirt rollte, öffnete Antonia ihre Augen wieder. Sie stiegen aus und gingen nebeneinander die Stufen zum Eingang des Gasthofes hinauf. Drinnen begrüßte der Wirt die Hohenfels-Stranelli überschwänglich, während er Antonia, die er nicht kannte und offenbar auch nicht zu kennen wünschte, geflissentlich übersah. „Gnädige Frau", sagte er, „Gräfin, meine Verehrung. Ihr Tisch steht bereit. Für zwei Personen, wie Sie es gewünscht haben. Ganz zu Ihren Diensten."

Irritiert setzte Antonia sich an den reservierten Tisch direkt am Kamin, in dem ein kleines und träumerisches Feuerchen brannte. Der Tisch war bereits reserviert? Sie wusste also vorher, dass sie mit mir hier essen wird? Ich verstehe gar nichts mehr.

„Darf ich Ihnen ein kleines Amuse-Gueule servieren?", fragte die Kellnerin.

*

Der Spazierweg am Ufer der Raab in Feldbach war wie eine Metapher der Stadt selbst. Zu klein, zu kurz, zu schmal, um einen wirklichen Spaziergang zu machen, aber doch mit schönem Ausblick und für Franz Josef allemal eine olfaktorische Sensation, weil er als Landhund in dieser Hinsicht nicht verwöhnt war.

Lois spielte mit dem USB-Stick in seiner Tasche, während er eine elend lange Zeit darauf wartete, dass Franz Josef sich endlich durch die fünfhundert Meter Länge zwischen Bahnhof und Fastfood-Tempel durchgeschnüffelt hatte. Er überlegte, auf welchem Computer er sich den Inhalt des Sticks anschauen könnte, hatte er es doch nicht fertig gebracht, Antonia wissen zu lassen, dass er selbst keinen Computer daheim hatte. Ungeduld zerrte an ihm, weitaus stärker als Franz Josef an seiner Leine. Er fühlte, dass er die Lösung des Rätsels in der Tasche trug. Seine Gedanken schweiften ab, immer wieder sah er den toten Intendanten vor sich, immer wieder stand ihm das Bild von der toten Frau und Antonias totem Hund vor Augen. Lächelnd erinnerte er sich an ihre Begegnung auf dem Hügel, als er sich keuchend zu Fuß hinaufbegeben hatte, immer in der Erwartung, eine unnahbare und strenge Frau anzutreffen.

Als er auf der Höhe der Handelsakademie angelangt war, sah er auf einer der am Weg aufgestellten Bänke eine dunkle Gestalt sitzen. Er kniff leicht die Augen zusammen, um genauer erkennen zu können, wer es wohl sein könnte. „Alte Berufskrankheit", murmelte er. „Jetzt seh ich wohl schon in jedem einen Verdächtigen."

Quälend langsam kam er näher, denn Franz Josef gab mit seinen Anliegen das Tempo vor. Mittlerweile erkannte Lois, dass die Person Motorradkleidung trug und einen Motorradhelm neben sich auf der Bank liegen hatte.

„Mein Gott, Franz Josef", stöhnte Lois. „Bisserl schneller! Ich muss wen observieren."

Franz Josef war offenbar für die Gleichberechtigung der Interessen und konnte hinsichtlich Lois' Interessen keine Prioritäten erkennen.

Lois griff nach dem Yorkie und klemmte sich ihn unter den Arm. Mit schnellen Schritten näherte er sich der verdächtigen Gestalt, die die Hand zum Gruß erhob. „Servus Kollege", sagte der Hütter Joschi und lächelte, wenn auch nur mit dem Mund.

„Du hier?", fragte Lois konsterniert.

„Ist das verboten?", fragte der Hütter Joschi zurück.

„Fesch schaust aus mit deinem Hunzi."

„Nein, ist nicht verboten. Hab übrigens gar nicht gewusst, dass du ein Biker bist."

„Weißt halt nicht alles, du Dorfdepp", gab der Hütter Joschi zurück.

„Sag, du bist nicht zufällig grad eben bei der Burg gewesen?" Lois bemühte sich um einen leichten, harmlosen Ton.

„Burg? Welche Burg?"

„Was fährst du eigentlich für eine Maschine?", setzte Lois das heimliche Verhör fort.

„Seit wann interessierst du dich denn für mich? Eine Yamaha, wieso?"

„Ach, nur so", erwiderte Lois. „Will mir selber demnächst eine Maschine zulegen."

„Du? Hast du denn überhaupt einen A-Führerschein?"

„Sicher", log Lois. „Warst du nun bei der Burg? Du weißt schon, die Burg, in der wir den Navratil gefunden haben, ermordet und mausetot."

„Nein", antwortete der Hütter Joschi.

Lois war sich nicht sicher, ob er die Wahrheit sagte oder nicht. Er gab Franz Josef das Zeichen zum Weitergehen und verabschiedete sich von seinem Kollegen. Nachdenklich ging er den Weg zurück zum Auto. Ausschlaggebend für seinen Argwohn war die herzliche Abneigung, die er gegen Josef Hütter empfand, das war ihm bewusst. Ebenso wie er wusste, dass dies die denkbar schlechteste Ausgangslage für einen echten Verdacht war. Auch war ihm klar, dass der Kollege Hütter kein Motiv hatte, sich auch nicht nur im Entferntesten eine Verbindung zur Landesregierung, zum Kulturfestival oder zum ermordeten Intendanten erkennen ließ. Berufskrankheit, dachte er, am Ende sieht man überall Gespenster. „Burg-gespenster", sagte er laut.

Der Hütter Joschi sah ihm nach.

Am Bahnhof kaufte Lois sich eine Zeitung und blätterte vergeblich nach einer Meldung zum Fall Navratil. Es schien, als sei niemals etwas geschehen. Wie ich es mir gedacht habe, ging es ihm durch den Kopf, die Hunde von der Landesregierung sitzen die Sache einfach aus. Altbewährte Methode. Bin nur froh, dass ich niemals bei einer Partei mitgemacht habe.

Er warf die Zeitung auf den Beifahrersitz und fuhr nach St. Peter.

*

Gerald Schiffkowitz hatte die Füße auf den Schreibtisch gelegt und die Arme hinter dem Kopf verschränkt. „Kollege Pammer, du siehst ja, dass ich gestraft genug bin mit deiner Suspendierung. Ich muss die ganze Arbeit alleine machen. Und jetzt kommst du, und willst den Polizeicomputer benutzen?"

„Gerald", bat Lois, „du weißt doch ganz genau, dass ich keinen Computer besitze. Und irgendwo muss ich mir doch anschauen, was auf diesem Stick ist."

„In Gottes Namen", sagte sein Chef, „aber ich weiß von nichts, ich habe nichts gesehen und will es auch gar nicht wissen."

„Die Polizei", lachte Lois. „Wenn man außen vor ist, merkt man erst, wo es hapert."

„Du schau, dass du bald nimmer von außen zuschauen musst", wies ihn sein Chef zurecht.

„Besser wär's, ihr würdet mehr zuschauen, was wir da draußen tun", gab Lois zurück. „Ich habe diesen USB-Stick gefunden, mein Lieber. Und jetzt will ich wissen, was der Navratil darauf gespeichert hat."

Er schaltete den Computer auf seinem Schreibtisch ein und steckte den USB-Stick an.

„Unverschlüsselt!", jubelte er. „Wir haben Glück."

Gerald Schiffkowitz stand auf und stellte sich hinter Lois.

Sie starrten beide auf die Excel-Datei.

„Verstehst du, was das ist?", fragte Schiffkowitz.

Lois schüttelte den Kopf. „Diese Namen, und was sollen diese Zahlen dahinter?"

„Vielleicht Geld?", schlug Schiffkowitz vor. „Andererseits, schau, die alle haben einen Fünfer. Und die hier einen Einser. Geld kann es nicht sein. Vielleicht Noten wie in der Schule?"

„Ja, aber das macht alles keinen Sinn", murmelte Lois. „Ich kenne diese Personen nicht und noch weniger weiß ich mir etwas mit den Ziffern anzufangen. Wenn es Noten wären, ist die Frage, wofür. Und Schulnoten sind das gleich gar nicht, denn hier haben welche einen Achter, und hier, schau, sogar einen Zehner.

„Halt! Die kennen wir: Peter Puntigam. Schau, schau, und hier der Schreckskötter. Ach und hier, den Reinisch Rupert haben wir auch dabei. Nun wird es aber interessant!"

„Jetzt sehe ich es, Lois!" Der Postenkommandant schrie fast. „Alle sind sie drauf auf der Liste. Der Siebenknecht, und schau hier, sogar der Mindner von der Bank."

„Ob er die alle erpresst hat?", fragte Lois und witterte bereits den ganz großen Skandal. „Blödsinn", erwiderte Schiffkowitz „das war ein kleiner Niemand aus Wien. Frage mich sowieso, woher er all diese Leute gekannt hat. Der kannte doch niemanden bei uns."

„Richtig", sagte Lois. „Und das war seine Bedeutung. Er sollte ein Niemand sein und als ein Niemand wieder verschwinden nach dem Festival. Dafür ist er bezahlt worden. Ist schon ein armer Hund gewesen. Er ist niemals für irgendjemanden bei uns der Georg geworden, er blieb immer der Navratil aus Wien."

„Ist das deine unerhebliche Meinung oder weißt du etwas?", hakte Schiffkowitz nach.

„Ich weiß es, Gerald, ich weiß es." Lois bemühte sich, seinem Grinsen etwas Geheimnisvolles zu geben.

„Woher?"

„Vom Landeskulturrat persönlich", antwortete Lois nicht ohne Stolz in der Stimme.

„Du musst nicht glauben, nur weil du jetzt dick bist mit der Azurra, dass du auch noch das Geschichtenerzählen anfängst", bremste sein Chef ihn ein.

Lois lachte wie einer, der viel weiß und es genießt, unterschätzt zu werden. „Glaube es oder lass es bleiben, Gerald", wieherte er. „Aber der Peter Puntigam persönlich hat es mir gesteckt, dass der Schreckskötter den Navratil nur als nützlichen Idioten angeworben hat. Der und der Schreckskötter haben es sich untereinander ausgemacht, das Festival, sprich die Millionen, nach Feldbach zu lenken."

„Wissen die Kollegen von der SOKO in Graz das eigentlich?", fragte Schiffkowitz.

„Keine Ahnung. Von mir nicht. Bist deppert? Ich kann doch meine Quelle nicht preisgeben. Da wäre ich schneller in Teufels Küche, als der schwarze Biker auf seiner Yamaha einen Hund überfährt. Außerdem, was würde passieren, wenn das publik wird, dass die beiden Politiker es sich gerichtet haben?"

„Nix."

„Eben", bestätigte Lois. „Das ist Wissen, das vielleicht einmal nützlich sein kann. Habe noch keine Ahnung wie und warum, aber das wird sich zu gegebener Zeit zeigen. Wenn es die Kollegen wissen oder die Presse davon Wind kriegt, wird es eine Zeitlang einen Sturm im Wasserglas geben, vielleicht tritt der Puntigam zurück; der Schreckskötter aber tritt nie zurück, du siehst ja, dass der vor nix zurückschreckt, und das wird es gewesen sein. Schnee von gestern."

„Also gibst du den Schnee lieber ins Gefrierfach und wartest ab, wann du daraus Schneebälle machst?"

„Korrekt", sagte Lois. „Außerdem: die haben mich doch suspendiert. Ich dürfte offiziell doch gar nicht ermitteln."

„Inoffiziell auch nicht", konterte sein Chef.

Lois seufzte. „Ein Sicherheitsorgan hat als Beamter nicht zu denken und ist zu bedingungslosem Gehorsam verpflichtet. Aber nicht immer und zu jeder Zeit."

„Lois, du bist ein Dickschädel. Pass auf, dass du nicht bald als Querulant giltst", warnte ihn sein Chef. „Wenn das herauskommt, dass ich dir erlaube, den Computer zu benutzen, obwohl du suspendiert bist, dann komme ich in Teufels Küche."

„Falls wir nicht allesamt schon lang drin hocken", entgegnete Lois. „Und Teufels Großmutter kocht uns alle ein. Schau dich doch nur einmal um. Die Politiker richten es sich, wie es ihnen passt. Und je länger sie an der Macht sind, umso mehr haben sie vergessen, was Demokratie ist. Wenn du mich fragst, Macht ist eine Sucht. Gib jemandem ein Dienstauto mit Fahrer und jede Menge Helfer, die demjenigen alles abnehmen und ihm nach dem Mund reden und fertig ist der kleine Tyrann. Und bei jeder Wahl ist er erneut bereit, seine Seele zu verkaufen, nur um seine Privilegien nicht zu verlieren. Sobald diese Typen dort angelangt sind, lernen sie: Alles ist möglich. Und dann handeln sie danach. Ein schlechtes Gewissen haben die wenigsten dabei."

„Lass das nicht den Innenminister hören", lachte Gerald.

„Weißt du, was ich glaube?", setzte Lois nach, „die die es geschafft haben, in der Politik bis ganz nach oben aufzusteigen, das sind die, die wir in der Schulklasse nie mögen haben. Die keiner mögen hat."

„Da könntest recht haben", sagte Schiffkowitz. „Und jetzt schleich dich, bevor dich hier noch einer sieht. Und vergiss deinen Stick nicht!" Er wandte sich wieder dem Stapel Post zu, der auf seiner Schreibtischunterlage in bemerkenswerte Höhen gewachsen war. „Schau dir das an", seufzte er, „und das alles bleibt an mir hängen, seit du in Detektiv-Karenz bist."

„Tut mir leid, Gerald", antwortete Lois. „Ich wollt, ich könnte es rückgängig machen."

„Das kannst du nicht", resignierte Schiffkowitz. „Aber du kannst mir was abnehmen. Ich habe hier eine Einladung von der Bauernbank. Die machen ein großes Fest in Fehring und wollen mich als Gast sehen. Ich kann da nicht hingehen. Weißt eh, die Frau, die Kinder, die sehen mich sowieso schon nur mehr ganz selten, weil ich so viel zu tun hab."

„Ich habe weder Zeit noch Geld, um auf ein Fest von der Bank zu gehen. Hätte nicht einmal ein g'scheites Gewand dafür", wehrte Lois ab. „Jetzt zeig schon her", lenkte er nach kurzem Zögern ein und Schiffkowitz gab ihm das Schreiben.

„,Persönliche Einladung'", las er laut. „,Sehr geehrter Herr Postenkommandant Schiffkowitz, wir erlauben uns, Sie zu unserem Fest ...' blablabla." Er dreht die Einladung um. „Geh, das ist doch nichts für unsereinen."

„Hast du schon geschaut, wer dort alles als Ehrengast angeführt ist?", fragte Schiffkowitz.

Lois las laut vor: „,Herr Landeskulturrat Dr. Peter Puntigam, Herr Bürgermeister Sepp Schreckskötter'.

Der Mindner von der Bank hält eine Rede, ein Herr Hohenfels ...Oh, das ist vermutlich der Herr Gatte von der Dame, die sich gerade um die Frau Azurra so bemüht. Der Herr Bürgermeister Rupert Reinisch. Schau an, schau an, da haben wir sie ja alle beieinander."

„Eben. Fällt es dir auch schon auf."

„Du, ich habe da noch eine andere Frage", sagte Lois, „wusstest du, dass der Hütter Joschi Motorrad fährt?"

„Ja, sicher", antwortete Schiffkowitz, „immer schon. Der hat doch vor Jahren damals das große jährliche Bikertreffen in Bierbaum mit auf die Beine gestellt."

„Echt?", staunte Lois. „Der Hütter Joschi? Aus Feldbach?"

„Du weißt doch, Bierbaum ist international. Dort liegen sogar deutsche Soldaten auf dem Friedhof. Da ist doch allemal Platz für einen aus Feldbach."

„Sag, glaubst du, ich meine, könntest du dir vorstellen, also hältst du es für wahrscheinlich", stammelte Lois, riss sich dann aber zusammen, „dass der Joschi der Todesbiker ist?"

„Blödsinn", brummte Schiffkowitz. „Der doch nicht. Das ist ein Hundertprozentiger, also was die Polizei betrifft. Niemals."

„Na dann", sagte Lois.

„Da könntest du auch gleich den Sauer Alfred verdächtigen. Den habe ich neulich auf einer Maschine fahren sehen. Ganz in Schwarz, genau wie die gesuchte Gestalt."

Lois lachte laut auf. „Der sauertöpfische Machtmensch? Das glaubst du doch selber nicht. Hat der überhaupt einen Führerschein?"

„Keine Ahnung. Wird wohl so sein", meinte der Postenkommandant.

„Wird höchstens ein Moped gewesen sein. Oder ein Fahrrad mit Hilfsmotor", lästerte Lois. „Etwas anderes kann ich mir bei dem Wichtigtuer gar nicht vorstellen. Wahrscheinlich braucht er noch Stützräder."

„Jetzt schleich dich", lachte sein Chef.

*

„Sie sehen wunderschön aus heute Abend", sagte Lois.

„Das Schönste an mir sind Sie heute Abend." Antonia und zog die Krawatte um Lois' Hals fester zu. „Dieses Krawattl war ein echt guter Kauf. Bin froh, dass wir gemeinsam Ihr Gewand ausgesucht haben."

„Au!", schrie Lois. „Ich kriege keine Luft mehr."

Antonia lachte. „Das wird eine Hetz. Wir werden sie alle beieinander haben und vielleicht noch mehr dazu. Und wenn wir besonderes Glück haben, finden wir sogar den Täter."

„Träumen Sie weiter", brummte Lois. „Der wird dort nicht herumrennen mit einem Papierl am Rücken, wo draufsteht: Ich bin der Mörder vom Navratil."

„Das ist bei uns beiden Spürnasen auch nicht notwendig. Wir sorgen dafür, dass er sich verrät."

„Wodurch denn?", fragte Lois.

„Keine Ahnung, vielleicht sorgt allein schon unsere Anwesenheit für Irritation."

Lois lachte auf. „Das wird sich zeigen. Wir sind doch ein schönes Paar. Also, an uns kann es nicht liegen, wenn der Täter vor Schreck ein Geständnis ablegt."

„Vielleicht kommen wir ihm mit dieser Liste auf die Spur."

„Es ist doch gar nicht gesagt, dass diese Liste mit dem Mord zusammenhängt", gab Lois zu bedenken. „Sind Sie denn schon weitergekommen damit?"

„Ich habe diese Liste ausgedruckt, damit ich sie als Ganze vor mir liegen habe", sagte Antonia. „Was mir aufgefallen ist, es gibt ein Zahlensystem von eins bis zehn. Und wenn ich schätze, dass der gute Peter Puntigam ein wichtiger Mann ist, ebenso der Schreckskötter, dann muss der Zehner also die höchste Bezifferung, die größte Bedeutung haben, denn beide haben haben einen Zehner. Ebenso der Reinisch. Der Mindner hat einen Siebener. Der Siebenknecht allerdings hat auch einen Zehner. Wieso hat der eigentlich die höchste Bezifferung? Die anderen, die eine der Ziffern von sieben bis zehn haben, habe ich mal gegoogelt. Es sind fast alles Banker, Politiker und wichtige Leute aus der Wirtschaft, dazu fast alle Haubenlokalbesitzer, die es in der Steiermark gibt, und die Leiter von einigen Discountern. Die unteren Zifferninhaber habe ich lediglich stichprobenartig gegoogelt. Viele sind nur mit Anschrift im Internet vertreten, vor allem die Einser und Zweier. Da sind Handwerker darunter, kleine Kaufleute, alle aus der Region. Es könnte also eine Auflistung über die Bedeutung von Leuten für jemanden sein."

„Wenn wir wüssten, wer dieser Jemand ist, würde sich der Sinn der Liste ergeben", sagte Lois.

„Da wir es aber nicht wissen, müssen wir die Liste mit Logik entschlüsseln. Profiler-Arbeit im Grunde."

„Gut. Fangen wir an. Es muss jemand sein, der alle diese Leute kennt. Also jemand mit großem Einfluss."

„Sehe ich auch so", stimmte Antonia zu.

„Wenn sie dem Navratil gehört hat, dann ist es vielleicht eine Liste davon, wer ihm wie nützen kann, um zu netzwerken. Er war doch fremd bei uns", überlegte Lois.

„Unwahrscheinlich", erwiderte Antonia. „Wenn nur die Promis auf der Liste wären. Aber da sind kleine

Handwerker dabei, klein im Sinne von unwichtig, unbedeutend. Und dann diese Discounter-Leiter."

„Vielleicht haben Sie recht. Da wären dann Telefonnummern und Adressen dabeigestanden, wenn es sich um eine Kontaktliste handeln würde. Dass aber ausgerechnet alle unsere Gegenspieler drauf sind. Der Puntigam, der Schreckskötter und die anderen, selbst der Siebenknecht aus St. Peter."

„Das finde ich auch bemerkenswert. Obwohl, der Siebenknecht ist ja nicht unbedingt unser Gegenspieler."

„Nein, aber er ist ein Schützling der Landesregierung, das weiß doch jeder. Sie müssten das doch am besten wissen, dass der für diesen Schweinestall und für das ganze Desaster, das Ihre Hexerei dort ausgelöst hat, das Pflegeheim und die große Veranstaltungshalle von der Landesregierung hingebaut bekommen hat."

„Erinnern Sie mich nicht daran", brummte Antonia. „Sie wollten halt ihre Wähler beruhigen, als herauskam, dass der Siebenknecht mit krummen Geschäften und Schein-Gesellschaftern zu dem Massenaustall gekommen ist."

„Vielleicht doch Erpressung?"

„Wir wissen nichts. Aber es ist die andere Baustelle, glaube ich, um die wir uns kümmern müssen: Puntigam, Schreckskötter und Co."

„Wo kommt der Name Schreckskötter eigentlich her?", fragte Lois. „Das ist ein sehr ungewöhnlicher Name bei uns. Gar nicht österreichisch."

„Der Mann hat deutsche Wurzeln", antwortete Antonia.

„Oh", staunte Lois, „das hört man ihm gar nicht an, wenn er spricht."

„Ich schätze, das hat er seinem Vater zu verdanken. Er selbst ist in Feldbach aufgewachsen."

„Immer wieder ein Thema, dieser Schreckskötter."

„Es gibt Wichtigeres als diesen Schreckskötter. So schön ist er auch wieder nicht."

„Den finden Sie schön?", fragte Lois. „Ich habe mich eh schon gefragt, auf welchen Typ Mann Sie stehen."

„Das war nur ein Spaß, Lois", knurrte Antonia. „Sarkasmus, Zynismus, Sie wissen schon."

„Ich habe viel zu selten Gelegenheit, ein schönes Gewand zu tragen."

„Seien Sie nicht eitel, Lois!", wies ihn Antonia zurecht.

„Schönen Männern trauen die Frauen sowieso nicht", sagte Lois. „Das habe ich gelesen."

Antonia überging Lois' Selbstbespiegelung und schaute auf ihre Uhr. „Jessas, wir kommen noch zu spät! Kommen Sie, schöner Mann, kommen Sie. Wir haben viel vor heute Abend."

Sie vergaß nicht, ihre Haustür zuzusperren. Franz Josef blieb allein zuhaus.

*

Das Fest in Fehring war bereits im vollen Gange. Der Hauptplatz war geschmückt. An den langen Heurigentischen hockten die Gäste und waren vor allem mit Essen, Trinken und Reden beschäftigt. Ein Rednerpult in den Farben der Bauernbank kündete davon, dass man darüber hinaus noch etwas vorhatte. Die Kapelle des örtlichen Musikvereins hatte gerade Pause, damit die verehrten Gäste das vom örtlichen Gasthof bereitgestellte Buffet frequentieren konnten.

Lois und Antonia standen unschlüssig herum und hielten Ausschau nach zwei freien Plätzen. „Ich glaube, das wird schwierig", flüsterte Antonia. „Die hocken hier alle gruppen- und familienweise zusammen. Da können wir uns höchstens irgendwo dazwischen hineinquetschen."

„Wozu denn?", fragte Lois. „Wir wandern herum und recherchieren ganz unauffällig, wer da ist und mit wem."

„Unauffällig, sicher", lachte Antonia und schaute an Lois' langer Gestalt hinauf und hinunter. „Ausgerechnet Sie. Sie sind so unauffällig wie ein lila Elefant."

„Wieso Elefant?", war die schnelle Gegenfrage.

Antonia lachte noch immer. „Schauen Sie doch mal, wer alles in diesen kurzen Minuten, seit wir hier sind, zu uns herübergeschaut hat."

„Hab's auch bemerkt", gab Lois zu. „Wobei die am interessantesten sind, die uns praktisch mit dem Hinterkopf beobachten und beinahe in ihren Teller fallen vor lauter Anstrengung, uns nicht anzuschauen."

„Unsere Zehner-Kandidaten kann ich aber gar nicht erkennen."

„Oh ja, ich habe sie schon ausgemacht." Lois zeigte auf das protzige Glashausgebäude der Bauernbank. „Da drinnen stehen sie alle herum. Die mischen sich doch nicht unter das einfache Volk."

„Aber das einfache Volk mischt sich jetzt unter sie", kündigte Antonia fröhlich an. „Los, kommen Sie, die sehen wir uns alle aus der Nähe an, diese Diener der Macht."

„Sollten sie nicht Diener der Menschen sein?", fragte Lois.

„Lois, Sie sind ein unverbesserlicher Sozialromantiker. Damit kann keiner von denen wirklich etwas anfangen. Oder sagen wir so, das halten die höchstens für eine Marketing-Maßnahme, wenn man ihnen damit kommen würde."

Sie steuerten zuerst das Buffet an, versorgten sich mit einem Achterl Sämling und schlenderten anschließend auf das Bankgebäude zu, dessen Eingangsportal weit offen stand.

„Pfah", sagte Lois, „wer im Glashaus sitzt …"

„Die können sich das gut und gern erlauben. Die werfen ja nicht mit Steinen. Die werfen mit gar nix. Nicht einmal mit Wattebäuschchen. Das machen die ganz anders. Würde mich nicht wundern, wenn die Liste einem von der Bank gehört. Vielleicht eine Kundenliste mit Beurteilungen. Dass die so etwas intern führen, habe ich gelesen."

„Glaub ich gern", bestätigte Lois. „Aber dass Politiker der Landesregierung beider großen Parteien ihre Konten bei der Bauernbank in Fehring haben? Unwahrscheinlich, wenn Sie mich fragen. Und außerdem: was wollte der Navratil mit einer Beurteilungsliste von der Bank?"

„Verdammte Liste", fluchte Antonia leise. „Führ uns zu deinem Besitzer."

„Mit Voodoo kommen Sie da aber nicht weiter" lästerte Lois.

„Ich hexe Ihnen gleich eine rote Nase an, wenn Sie nicht Ruhe geben mit Ihrem Voodoo", grinste Antonia und grüßte nach allen Seiten.

„Da, der Schreckskötter. Da hinten im Eck."

„Schau an, schau an", lächelte Antonia und ähnelte wieder einer Katze beim Anblick von vielen Mäusen. „Und schau doch einmal an, wie er blass wird vor Schreck, der gute Schreckskötter. Jetzt versteckt er sich auch noch halb hinter seiner Frau."

„Naja, Sie haben dem aber auch in aller Öffentlichkeit eingeheizt", gab Lois zu bedenken. „An seiner Stelle wäre mir auch nicht wohl, wenn ich Ihnen begegnete."

„Vielen Dank für das Kompliment. Wissen Sie, was ich glaube? Ich glaube, der ist so blass geworden, weil er uns beide zusammen sieht. Dem geht wahrscheinlich gerade ein Licht auf."

„Das kann schon sein", räumte Lois ein. „Wir waren bisher sicherlich zwei voneinander getrennt zu betrachtende Störfälle für ihn. Und jetzt sieht er, dass die zusammengehören. Da wird er wohl geistig nicht hart arbeiten müssen, um seine Schlüsse zu ziehen."

„Ich hoffe nur, dass wir das nicht büßen müssen", bangte Antonia. „Mit dem ist nicht zu spaßen."

„Wurscht. Wir haben jetzt andere Sorgen. Und andere Ziele, als die Welt eines selbstherrlichen Bürgermeisters kennenzulernen."

In der entgegengesetzten Ecke im Foyer entdeckten sie ihren alten Freund Peter Puntigam inmitten seiner Entourage. Als er Antonia und Lois entdeckte, zuckte er, eigentlich nur für Antonia und Lois erkennbar, leicht zusammen. Er schaute durch die beiden hindurch, als wären sie durchsichtig und nahm einen kleinen Schluck aus einem Wasserglas.

„Sehen Sie, was ich sehe?" Lois wies Richtung Puntigam.

„Was denn?" Antonia wusste nicht, worauf Lois hinauswollte.

„Kein Rotwein. Er trinkt keinen Rotwein."

„Vielleicht Weißwein?"

„Nein, ich glaube, es ist Wasser. Der Herr Landesrat ist beim Wasser gelandet."

„Ich fasse es nicht", kicherte Antonia leise, „ich glaube, wir haben den Herrn Landeskulturrat trocken gekriegt."

„Vielleicht auch Wodka. Freuen Sie sich nicht zu früh", dämpfte Lois ihre Schadenfreude. „Schauen Sie, da hinten steht ein einsames, geradezu herrenloses, Glas Rotwein. Würde mich nicht wundern, wenn das das heimliche Puntigam-Depot ist."

„Sehr wahrscheinlich", gab Antonia zu. „Hätte mich auch gewundert, wenn der Herr geläutert worden wäre durch unseren wohltuenden Einfluss."

„So schnell geht das nicht bei diesen Herren. Und bei dem, was der so gesoffen hat, kann ich mir vorstellen, dass er zu den Unverbesserlichen gehört."

„Langsam verstehe ich, warum Sie grundsätzlich nicht wählen gehen", sagte Antonia.

„Ja, bei mir zieht das Argument nicht, dass ich mit meiner Wahl die Demokratie aufrechterhalte. Erst müssen die dort die Demokratie aufrechterhalten, dann bin ich bereit, Kandidaten zu wählen."

„Da haben wir ja auch den Fehringer Bürgermeister." Antonia wies mit den Augen die Treppe hinauf.

„Redet der nicht mit Ihrem Banker?", fragte Lois. „Der ist doch bei der Konkurrenz?"

„Ja, der ist bei der Arbeiterbank. Trotzdem dürfen sie miteinander reden. Sind ja Kollegen, sozusagen, auch wenn der Reinisch nun bald Chef der Bauernbank wird. Sind doch aus derselben Branche."

„Nur was reden die da?", wollte Lois wissen.

„Da wäre man gern Mäuschen", gab Antonia zu. „Und nicht nur da. Schade, dass keiner von uns beiden Lippenlesen kann."

„Nächste Woche mache ich einen Kurs", blödelte Lois.

„Jetzt schauen Sie, da kommt der Maierhofer dazu", kommentierte Antonia das Auftauchen eines weiteren Herrn oben auf der Treppe.

„Wer ist das?"

„Der Maierhofer ist der Chef der Fehringer Filiale und zuständig für die Großkopferten unter den Kunden."

„Die scheinen sich ja gut zu verstehen, wenn man die Körpersprache richtig deutet", sagte Lois.

„Ganz richtig", erwiderte Antonia. „Und jetzt verstehe ich auch, dass es wahr ist, was mir Schwester Edeltraud gesagt hat."

„Dass der Reinisch dahinter steckt, dass Ihnen die Arbeiterbank den Burgkauf nicht finanziert?"

„Ganz recht. Dafür habe ich jetzt den Beweis. Die kennen sich, und offenbar kennen sie sich gut. Und ich frage mich noch immer, welches Interesse der Reinisch denn nun haben könnte, den Kauf zu verhindern."

„Vielleicht ein anderer Interessent? Vielleicht einer der Haberer vom Reinisch?", schlug Lois vor. „Die haben doch alle Haberer, denen sie gern einen Gefallen tun, wie man sieht."

Antonia schüttelte den Kopf. „Da ist weit und breit niemand, der sich dieses Trumm von Burg ans Bein hängt. Eigentlich hätten alle froh sein können, dass ich mich daran wage. Mein Konzept ist gut, das hat der Mindner von Anfang an gesagt, und die Gemeinde hätte gewaltig davon profitiert. Warum also?"

„Weil Sie keine Einheimische sind? Bei uns in Bierbaum gelten sogar die aus Lugitsch als Fremde."

„Blödsinn, soweit geht der Fremdenhass dieser Leute nicht, dass sie deshalb auf ein gutes Geschäft verzichten. Außerdem gab es da ja diesen plötzlichen und mir unerklärlichen Sinneswandel. Von einem Tag auf den anderen änderte der Mindner seine Meinung von ‚Wir sind stolz, dass wir es finanzieren dürfen' zu ‚Sie können nicht erwarten, dass wir Ihren unrealistischen Träumen unser Geld hinterherwerfen'. Das muss einen Grund haben, den wir nicht kennen, weil es so etwas in unserer Vorstellungswelt gar nicht gibt."

„Darum kommen wir nicht drauf."

„Eben."

Sie starrten in ihre leeren Weingläser, dann schauten sie sich um.

„Das Volk dürstet", sagte Antonia. „Ich fürchte, wir müssen die Diener der Macht kurze Zeit sich selber überlassen und unsere Gläser füllen."

„Ist das nicht die Hohenfels?" Lois wies wenig elegant, aber deutlich die Treppe hinauf. „Dort oben bei der Hochfinanz?"

„Lois", flüsterte Antonia, „man zeigt nicht mit leeren Weingläsern auf andere Leute. Wo ist sie denn?"

„Na dort." Lois zeigte wieder zur Treppe hinauf.

„Da haben wir doch jetzt einen guten Grund hinaufzugehen", sagte Antonia und wandte sich zur Treppe.

Barbara Hohenfels-Stranelli schien ihrerseits nicht dringend an einer Begegnung mit Antonia und Lois interessiert. Sie drehte sich um und tat so, als entdeckte sie irgendwo irgendjemanden, der ihr besonders wichtig erschien. Bevor sie sich jedoch langsam zurückziehen konnte, um einem Kontakt zu entgehen, waren die zwei bereits die stählerne Treppe hinaufgeeilt.

„Ja liebe Frau Hohenfels-Stranelli", flötete Antonia, „dass ich Sie hier treffe!"

„Oh, ach, hallo", stammelte die Hohenfels-Stranelli. „Kennen wir uns? Ich meine, sind Sie nicht ... ich glaube, wir wurden uns noch nicht vorgestellt."

Antonia bewahrte Haltung. Das konnte sie jederzeit, ganz gleich wie ungewöhnlich die Situationen, mit denen sie konfrontiert wurde, auch sein mochten. Aber innerlich, sozusagen ganz für sich privat, zuckte sie zusammen. In diesem Augenblick wurde ihr klar, dass ihre Begegnungen mit Barbara Hohenfels-Stranelli kein Zufall gewesen waren, sondern eine weitere Merkwürdigkeit in diesem undurchsichtigen Spiel um die Burg.

Wenn ich nicht hier wäre, um Informationen über den Mord am Navratil zu sammeln, würde ich sie jetzt bloßstellen, dachte Antonia und fühlte sich trotz ihrer Empörung beschämt wie ein Schulmädchen, das bei einer Ungehörigkeit ertappt worden war.

„Ja Frau Azurra", dröhnte Lois, „das ist doch die liebe Frau Hohenfels-Stranelli. Die hat doch schon viel Zeit mit Ihnen verbracht. Sogar in Ihrem Haus als gern gesehener Gast. Das ist jetzt aber seltsam, dass sie Sie hier plötzlich nicht mehr kennen will. Dabei sind Sie doch praktisch beste Freundinnen."

Sprachlos und überrascht wandte sich Antonia zu Lois. Der war, unübersehbar für alle, in seiner vollen Zwei-Meter-Größe und Pracht, und offenbar in der Gewissheit, einer der bestangezogenen Männer des Abends zu sein, über sich hinausgewachsen.

Die Hohenfels-Stranelli erbleichte, dass ihr Gesicht weiß über ihrem mit einem übergroßen Dekolleté ausgestatteten Kleid im trendigen naked-Style leuchtete wie eine Oberstorte; mit ihren leuchtend rot angemalten Lippen als symbolische Kirsche. Im Bankfoyer und im ersten Stock schienen alle Gespräche auf einen Schlag verstummt.

Lois stand da, verwundert und verlegen über diese gewaltige Wirkung seiner desavouierenden Worte. Er suchte nach weiteren, nach lockeren Worten, um die Situation wieder aufzulockern, jedoch fielen ihm keine passenden ein, weshalb er vorsichtshalber schwieg. Antonia genoss diesen Augenblick. Mit all ihren Sinnen schien sie aufzusaugen, wie die Hohenfels-Stranelli sich vor Verlegenheit wand, und Reinisch, Maierhofer und Puntigam in Erwartung weiterer Peinlichkeiten leicht zurückgewichen waren.

„Ach, Frau Azurra", lächelte die Hohenfels-Stranelli gequält. „Jetzt hätte ich Sie beinahe nicht erkannt in Ihrer wunderschönen Abendgarderobe. Wie dumm von mir." Sie wischte sich fahrig über die Stirn. „Wie geht es Ihnen? Ach, ich sehe, Sie haben ja gar nichts mehr zu trinken. Darf ich Ihnen ein Glas von unserem kleinen Buffet anbieten?"

Antonia schaute nach hinten und entdeckte das erwähnte kleine Buffet, das sich erheblich von dem großen auf dem Hauptplatz unterschied. Hier gab es kein Schnitzel und kein Schweinskarree auf Kraut, keine Stelze und keinen Kartoffelsalat. Hier gab es Lachs und kleine feine Kanapees mit Gänseleber, es gab Champagner und Trüffelpaté.

„Gern, meine Liebe", antwortete sie und hielt der Hohenfel-Stranelli ihr leeres Glas hin. „Lois, Sie wollen doch sicherlich auch etwas. Reichen Sie der Frau Hohenfels-Stranelli Ihr Glas zum Nachfüllen."

Während die Hohenfels-Stranelli indigniert die beiden leeren Weingläser entgegennahm als wären sie giftige Insekten, schien der Rest der Anwesenden noch immer wie von einem Schock erstarrt. Die Stille war von abwartender Irritation erfüllt. Bewegungslos verharrte die Hohenfels-Stranelli mit beiden leeren Weingläsern in ihren Händen.

„Ich glaube, den Wein gibt's da drüben", flüsterte Antonia der Hohenfels-Stranelli zu und wies auf die eine Seite des Buffets, an der ein junger Kellner stand und Wein und Champagner ausschenkte. Sie konnte es nicht verhehlen, dass sie diesen Triumph genoss.

Zögernd, und eigentlich gegen ihren Willen, eigentlich sogar ganz und gar gegen ihre Absicht, ging die Hohenfels-Stranelli zum Buffet hinüber.

„Oh, oh, es scheint, dass die Diener der Macht das Volk entdeckt haben, das sich in ihren Bereich vorgewagt hat. Und nun überlegen die, wie sie es wieder loswerden", flüsterte Antonia mit einem Blick in die Runde.

„Aber nachdem wir nun schon so weit gekommen sind, weichen wir nicht", flüsterte Lois zurück.

Die Türe, die zum Büro des Filialleiters führte, öffnete sich und ein unscheinbarer Mann im Steirerjanker trat heraus. Mit seinen weißen Stoppelhaaren und der randlosen Brille gab er das Bild eines durchschnittlichen Mittelstandsbürgers jenseits der fünfzig ab, unauffällig, unspektakulär und uninteressant.

„Wer ist das?", fragte Antonia leise.

„Keine Ahnung. Nie gesehen", antwortete Lois ebenso leise.

„Und der da hinter ihm?" Antonia wies mit den Augen zum Büro des Filialleiters. In dem schmalen Ausschnitt, den die halb geöffnete Türe freigab, war für einen kurzen Augenblick ein junger Mann mit dunklen, nach hinten gegelten Haaren zu sehen.

„Hab ihn nicht erkannt, keine Ahnung", sagte Lois.

Barbara Hohenfels-Stranelli, die mit den zwei gefüllten Weingläsern auf dem Weg zurück zu den beiden Eindringlingen gewesen war, blieb sofort stehen und wandte sich dem unscheinbaren Mann zu.

„Was tust du da?", fragte dieser mit leiser und nicht an Widerspruch gewöhnter Stimme, und sie setzte sogleich wortreich zu einer Erklärung an.

Antonia eilte herbei und nahm ihr die beiden Weingläser ab. „Vielen Dank, meine Liebe", sagte sie überfreundlich, den Langweiler neugierig und auffordernd anstarrend. „Wollen Sie uns nicht vorstellen, meine Liebe?"

„Ja", sagte die Hohenfels-Stranelli mit einem Gesicht, das eigentlich nein meinte. „Darf ich vorstellen: Das ist Frau Antonia Azurra. Mein Mann, Hubertus Hohenfels."

„Freut mich sehr", erwiderte Antonia. „Ohje, jetzt habe ich keine Hand frei mit diesen Weingläsern."

Hubertus Hohenfels nickte leicht und gab sich große Mühe, sein Desinteresse an diesen Fremdkörpern seiner Welt Ausdruck zu verleihen.

„Warten Sie, ich helfe Ihnen!" Lois war herbeigeeilt, um Antonia beizustehen. Er nahm ihr ein Weinglas ab und schüttelte Hubertus Hohenfels kräftig die Hand.

„Lois Pammer", stellte er sich vor. „Ich bin bei der Polizei. Also normalerweise. Im Augenblick außer Dienst sozusagen."

Indigniert starrte Hohenfels auf seine Hand, die von Lois Pranke auf- und abgeschüttelt wurde. Lois zog seine Hand zurück und strahlte. „Ihnen gehört doch diese Fleischfabrik. Hab zuerst gar nicht gewusst, wer Sie sind. Aber natürlich, der Gatte der Frau Hohenfels." „Korrekt", bestätigte Hohenfels. „Sie entschuldigen mich. Die Pflicht ruft."

Er zog seine Gattin am Arm mit sich fort, trotzdem war das, was Hohenfels zu ihr sagte, für Antonia und Lois zu verstehen.

„Wie kannst du es wagen, diese Leute hierher zu bitten. So war es nicht ausgemacht", zischte er. „Kannst du nicht einmal einfach nur tun, was ich dir aufgetragen habe? Jetzt sieh zu, wie du sie wieder loswirst."

„Haben Sie das gehört?", flüsterte Antonia, während sie strahlend lächelte. Lois nickte, ebenfalls in die Runde lächelnd.

„Jetzt schauen Sie die Hohenfels an. Die ist den Tränen nahe. Scheint ja keine besonders harmonische Ehe zu sein."

„Es stimmt also", murmelte Antonia. „Die Hohenfels ist auf mich angesetzt. Von ihrem Mann. Aber warum?" Sie trank einen Schluck aus ihrem Glas. „Was meinen Sie, sollen wir es ihr leicht machen und verschwinden oder lassen wir sie noch ein wenig zappeln und führen uns auf?"

„Bleiben wir doch noch ein wenig", schlug Lois vor. „Plaudern wir uns mehr in Richtung Türe vom Chefbüro. Ich würde gern einen genaueren Blick hineinwerfen und mir den jungen Mann da drin etwas näher anschauen. Vielleicht kenne ich ihn ja doch."

„Kein Problem", lächelte Antonia. „Zuerst schlendern wir zum Buffet hinüber und dann geht es seitlich ganz langsam Richtung Bürotüre. Zentimeter für Zentimeter."

Die eisige Aura des Hubertus Hohenfels, der seine Gattin weiterhin leise, aber bösartig beschimpfte, reichte bis zu ihnen hinüber, es schien, als wäre der ganze Raum von Eis überzogen.

Antonia und Lois packten ihre Teller voll mit den köstlichen Preziosen, die das Buffet bereithielt und arbeiteten sich stetig und unauffällig Richtung Bürotüre vor.

„Gleich haben wir es geschafft", murmelte Antonia. „Wollen Sie hineingehen?"

„Ja sicher. Mehr als rausgeschmissen zu werden, kann uns doch gar nicht passieren."

„Sie trauen sich was. Und was mache ich inzwischen?"

„Keine Ahnung, irgendwas. Lenken Sie die Leute ab. Mit einem Skandal vielleicht? Werden Sie laut, das können Sie doch so gut. Der Schreckskötter wartet sowieso schon darauf, dass Sie ihn anpöbeln."

Antonia lachte. „Schmeichler. Essen Sie erst auf. So etwas Gutes bekommen wir wahrscheinlich lange nicht mehr."

Diese Anweisung befolgte Lois nur allzu gern, während Antonia weiterhin die beiden Hohenfels im Auge behielt und beobachtete, dass Hubertus Hohenfels offenbar seine Standpauke beendet hatte. „Zumutung", war eines der wenigen Worte, die sie noch davon aufgeschnappt hatte. Barbara Hohenfels-

Stranelli hatte alles schweigend hingenommen. Lediglich ihre Gesichtsfarbe wechselte von Schneeweiß zu leuchtend Rot und wieder zu Schneeweiß.

Antonia sah aus den Augenwinkeln, wie Lois still und schnell in dem Chefbüro verschwand. Als sie sich wieder zum Ehepaar Hohenfels umwandte, war Barbara Hohenfels-Stranelli verschwunden. Antonia sah sie die stählerne Treppe hinuntereilen und durch den Eingang verschwinden. Hubertus Hohenfels schlenderte zu Sepp Schreckskötter hinüber. Der nahm eine Haltung an, die Antonia als Ehrerbietung deutete. Das ist doch interessant, dachte sie, der Hohenfels scheint ja ein besonders wichtiges Alphamännchen zu sein, wenn der Schreckskötter vor ihm in die Knie geht. Wie kommt das? Ist doch nur ein Schlachthofbesitzer. Keineswegs eine Profession, mit der man sich schmücken kann, die was hermacht oder der man Bewunderung entgegenbringt. Was hat das auf sich? Dass der Schreckskötter sich mit so einem abgibt, wäre ja schon bemerkenswert genug. Aber dass der ihn offenbar als mächtiger einstuft als sich selber? Eigenartig.

Die Türe zum Chefzimmer wurde hastig aufgerissen und der junge Mann mit den gegelten Haaren stürzte hinaus und die Treppe hinunter, um dann auf dem Hauptplatz im Gewimmel der Menschen unterzutauchen. Hinter ihm erschien Lois in der Türe, der einen schwarzen Motorradhelm in der Hand hielt.

„Ich glaube, wir haben unseren Todesbiker gefunden!", donnerte er und freute sich über Antonias verdutztes Gesicht. „Der Rest ist Polizeiangelegenheit. Ich rufe sofort die Kollegen an. Die schnappen den Burschen sicherlich gleich." Er fischte sein Smartphone aus der Hosentasche und wählte.

„Was geht hier vor? Was tun Sie in meinem Büro?"
Manfred Maierhofer baute sich vor Lois mit der Autorität des Hausherren auf.

„Er hat die Toilette gesucht und ist versehentlich hier gelandet", reagierte Antonia schnell.

„Genau", bestätigte Lois, den Motorradhelm fest unter den Arm geklemmt. „Wo bitte ist denn das WC?"

„Der Helm bleibt hier!", rief Maierhofer und griff danach.

„Der Helm ist ein Beweismittel." Lois wich dem Griff geschickt aus.

„Der Helm gehört dem Neffen vom Herrn Bürgermeister und bleibt hier. Legen Sie ihn sofort zurück oder ich rufe die Polizei." Bankdirektor Maierhofer verlor die Contenance.

„Das tue ich bereits", sagte Lois. „Die Polizei interessiert sich nämlich brennend für diesen Helm, glauben Sie mir."

„Die Polizei? Wieso?" Reinisch war jetzt hinzugetreten. „Was geht hier vor? Was ist mit meinem Neffen? Und wo ist er?"

„Der hat sich verzupft, der saubere Herr Neffe", antwortete Lois. „Gerald!", rief er ins Telefon. „Gerald, du musst sofort die Kollegen alarmieren. Die müssen herkommen, auf das Fest. Das Fest, Gerald! In Fehring! Ich meine, ich habe den Todesbiker. Ganz sicher. Nein, ich spinne nicht. Schnell! Bitte!" Dann baute er sich vor der Türe zum Büro auf. „Hier geht keiner mehr hinein. Da hat die Spurensicherung zu kommen."

„Verdammt, Lois, was haben Sie da drinnen entdeckt?" Antonia platzte beinahe vor Neugierde.

„Das kann ich Ihnen jetzt so hier in aller Öffentlichkeit nicht sagen", murmelte Lois. „Nur so viel: Wir haben den Mistkerl, der versucht hat, Sie umzubringen. Wie ich es ihm auf den Kopf zugesagt habe, ist er getürmt. Aber den kriegen wir, das verspreche ich Ihnen."

„Danke Lois", sagte Antonia. „Hoffen wir, dass Sie sich nicht täuschen. Ich kann es kaum erwarten, Erklärungen zu bekommen, warum mir jemand nach dem Leben trachtet."

Sie schaute sich um und sah, dass Hubertus Hohenfels verschwunden war. Sepp Schreckskötter stürmte gerade die Treppe hinunter, seine widerstrebende Gattin mit sich zerrend. „Blöde Kuh!" hörten sie ihn noch rufen.

„Hat er jetzt mich gemeint oder seine Holde?" Antonia grinste.

„Jetzt fliegt alles auf." Lois machte einen aufgeregten Eindruck.

„Da kommen sie schon, die Kollegen."

Der Hütter Joschi schaute genervt von unten zu ihnen hinauf.

„Das darf nicht wahr sein, ausgerechnet der hat heute Abend Dienst", schimpfte Lois leise in Richtung Antonia. „Der wird mir mehr Probleme machen, als hilfreich sein."

„Das wird ein Nachspiel für Sie haben, das kann ich Ihnen versichern", zischte Rupert Reinisch. „G'sindl ", stieß er verächtlich aus.

„Sie meinen uns, werter Herr Noch-Bürgermeister?" Antonia funkelte den kurzgewachsenen, dickbäuchigen Mann an. „Lassen Sie sich von einer Hochstaplerin sagen, dass Sie hier niemandem mehr zu drohen haben. Mit einem kriminellen Neffen können Sie den Bauernbank-Vorsitz vergessen." Sie hoffte inständig, dass Lois' Behauptung, der Neffe von Rupert Reinisch sei der Täter, nicht auf einer impulsiven Intuition beruhte, sondern auf echten Fakten.

„Mein Neffe ist unschuldig", sagte Reinisch.

„Ach ja?", erwiderte Antonia. „Sie wissen ja gar nicht, weswegen er beschuldigt wird. Aber Sie wissen, dass er es nicht war?"

„Richtig", Reinisch gab sich kämpferisch. „Mein Neffe ist ein anständiger Mensch, der niemals irgendetwas angestellt hat. Ganz gleich was, der hat nichts angestellt. Dafür lege ich meine Hand ins Feuer."

„Oh je", konterte Antonia, „legen Sie die Hand besser ins Wasser. Das tut nicht so weh, wenn Sie feststellen müssen, dass Ihr Neffe ein feines Früchtchen ist." Verdammt, dachte sie, hoffentlich hänge ich mich hier nicht gerade zu weit aus dem Fenster. Was tue ich, wenn es der Neffe gar nicht war? Egal, mein Instinkt sagt mir, dass ich der Lösung unglaublich nahe bin. Halt! Augenblick! Welcher Lösung denn überhaupt? Dieser Neffe hat doch mit dem Tod des Intendanten nichts zu tun. Da haben wir jetzt vielleicht den mutmaßlichen Unfallverursacher, dem ein Mensch und ein Hund zum Opfer gefallen sind. Aber in Sachen Navratil sind wir kein Stück weiter. Verdammt.

„Worum geht's?", fragte der Hütter Joschi in schneidendem Ton, der keinen Zweifel daran ließ, dass er im Dienst war.

„Grüß dich, Joschi", antwortete Lois. „Kann ich dich wo in Ruhe sprechen? Ich möchte nicht, dass alle da mithören."

Der Hütter Joschi nickte widerwillig. Er schien nicht erfreut, seinen Kontrahenten vor Ort wiederzusehen. „Gehen wir doch am besten gleich da hinein." Er wies auf die Chefbürotüre.

„Das ist gut, da kann ich dir gleich zeigen, was ich gefunden habe", antwortete Lois und folgte seinem Kollegen.

Antonia wartete vor der Tür, beäugt von dem zweiten Polizisten. Sie blickte auf einen zunehmend leerer werdenden Raum und ein verwaistes Buffet, hinter dem der junge Kellner vergeblich darauf wartete, Champagner auszuschenken. Ihr Handy zeigte ihr an, dass sie eine SMS erhalten hatte. BITTE KOMMEN SIE SO SCHNELL WIE MÖGLICH ZUM GERBERHAUS. DRINGEND. BARBARA

Für einen kurzen Augenblick hatte sie das Gefühl, auf keinen Fall zum Gerberhaus eilen zu wollen. Das wird wahrscheinlich der nächste Versuch sein, sich bei mir einzuschleimen. Was will die überhaupt von mir? Was will dieser undurchsichtige Gatte eigentlich von mir? Das ist doch alles nur widerlich. Dann siegte jedoch ihre Neugierde. Als Türwache wird mir sowieso langweilig, überlegte sie.

Sie öffnete die Türe zum Büro gerade soweit, dass sie ihren Kopf durch den Spalt stecken konnte.

„Du willst mir doch nicht erzählen, dass du dem Mann die Tasche abgenommen und durchsucht hast!", hörte sie den Hütter Joschi schreien.

„Allerdings habe ich das!" donnerte Lois „Es war Gefahr im Verzug, Joschi."

„Dass ich nicht lache!", bellte der.

„Ich bin mal kurz weg!", rief sie in den Raum hinein. „Lois, es ist jetzt keine Bewachung mehr vor der Türe. Ich muss dringend etwas erledigen."

„Was müssen Sie denn ...", hörte sie Lois sagen und schloss die Türe. Sie schob den neugierigen und wie auf Kohlen stehenden Rupert Reinisch beiseite und rannte die Treppe hinunter.

*

„Diese Frau tut dir nicht gut, Lois", sagte der Hütter Joschi. „Die theatert dich da in Dinge hinein, das ist zu viel."

„Du glaubst also, dass ich eine Art Fehlgeleiteter bin?"

„Korrekt. Du bist zwar schon immer ein bisserl, sagen wir, seltsam gewesen – so ganz ohne Familie, unverheiratet – aber trotzdem hat man auf dich zählen können. Aber jetzt, mit dieser Hex', da scheinst du überall Gespenster zu sehen. Du hast mich sogar verdächtigt, der Todesbiker zu sein."

„Tut mir auch leid, Joschi", log Lois. „Woher weißt du das überhaupt?"

„Hoffen wir, dass du diesmal den Richtigen erwischt hast", sagte sein Kollege.

„Willst du leugnen, dass er der Täter ist?"

„Nein, Lois, nach dem, was wir hier liegen haben und mit deiner Zeugenaussage sicher nicht. Nur kann es sein, dass dieser Notizkalender vor Gericht als Beweismittel gar nicht zugelassen wird, weil du Rindvieh nicht nur ermittelt hast, obwohl du suspendiert bist, sondern auch noch die Tasche von dem Verdächtigen durchwühlt hast. Ohne seine Zustimmung!"

„Aber wir haben immer noch den Motorradhelm", wandte Lois ein. „Ich bin so froh, dass ich mich plötzlich daran erinnert habe, dass der Helm des Täters diese auffällige Zeichnung gehabt hat, die man nur von oben sehen kann." Er wies auf den violettroten Stern. „Außerdem hat er es zugegeben."

„Das wird dir ein geschickter Anwalt sofort zerpflücken und behaupten, du hättest ihn unter Druck gesetzt."

„Hab ich ja auch", brummte Lois. „Anders hätte der doch den Mund nicht aufgemacht."

„Lois, Lois, Lois, wie hat man dich überhaupt bei der Polizei aufnehmen können?", seufzte sein Kollege. „Du bist untragbar."

Lois machte ein zerknirschtes Gesicht. „Es steht und fällt sowieso damit, welches Motiv wir ihm nachweisen können. Er wird sich auf einen Unfall mit Fahrerflucht herausreden."

„Auf jeden Fall geben wir jetzt die Fahndung raus. Den schnappen wir schon, den Burschen."

„Du weißt schon, wer er ist, oder?", fragte Lois.

„Nein, wer denn?"

„Das ist der Neffe vom Reinisch. Das hat er mir gleich auf die Nase gebunden, wie ich ihn befragt habe. Du müsstest ihn eigentlich auch noch kennen von früher in der Schule. Da haben wir den Franzi immer Bumsti genannt."

„Ach Herrjeh!", jammerte der Hütter Joschi. „Das auch noch. Der Bumsti ist der Neffe vom Bürgermeister Reinisch? Hm. Wo ist denn der Reinisch? Ist der draußen?"

„Zuletzt stand er genau auf der anderen Seite dieser Türe", sagte Lois.

„Na, das gibt noch was", unkte sein Kollege. „Da gibt es politische Verwicklungen noch dazu."

„Was heißt das? Sollen wir ihn vielleicht laufen lassen, weil er der Neffe von diesem Bürgermeister ist?"

„Bist' deppert?", antwortete der Hütter Joschi. „Aber den hauen Anwälte doch sowieso gleich wieder heraus aus dem Häfn."

„Wenn er nicht überhaupt auf freiem Fuß angezeigt wird. Höchstens", ergänzte Lois.

Von draußen klopfte es heftig an die Türe.

„Ich muss Sie sprechen!", rief Rupert Reinisch. „Der Franz war es nicht!"

„Da kannst dich auf etwas gefasst machen", stöhnte der Hütter Joschi und ging hinaus.

*

Der Fehringer Hauptplatz war mittlerweile ein Ort von fortgeschrittenem Jubel und Trubel. Die örtliche Blaskapelle spielte auf. Das Buffet wurde gerade frisch aufgefüllt. Pappbecher und Plastikteller lagen auf dem Asphalt. Bier und Spritzer hatten umfassend für Auflockerung gesorgt und den Lärmpegel erheblich angehoben. Nur der Tanzboden blieb leer.

Antonia verließ die Bauernbank und ging mit schnellen Schritten zum alten Gerberhaus hinüber, das die Stadt aufwändig restauriert hatte und nun für Ausstellungen nutzte. Verwundert überlegte Antonia, ob die SMS echt gewesen war, die sie erhalten hatte. Das Gerberhaus war in Dunkel gehüllt, die Eingangstüre zugesperrt.

Davor parkte ein BMW. Die Beifahrertüre schwang auf. „Steigen Sie bitte ein", sagte die Hohenfels-Stranelli, und es schien Antonia, als ob sie geweint hatte. „Bitte rasch, bevor uns noch jemand sieht."

Antonia schaute sich um und konnte in ihrer Umgebung niemanden entdecken. Es war menschenleer. Der Trubel des Hauptplatzes schwappte nicht bis hier herüber.

„Jetzt bin ich aber gespannt, wie Sie mir Ihr Verhalten erklären werden", sagte sie, während sie in das Auto einstieg.

Ohne zu antworten startete die Hohenfels den Wagen und lenkte ihn auf die Straße Richtung Feldbach. Schweigend fuhren sie die Landstraße entlang, während Antonia sich fragte, ob es nicht sicherer gewesen wäre, darauf zu bestehen, in Fehring, in der Nähe von vielen Menschen zu bleiben. Es war nicht wirklich Angst, die sie empfand, eher so etwas wie Gefasstheit. Sie rechnete mit allem.

Bei Pertlstein bog die Hohenfels-Stranelli ab und Antonia wurde klar, dass sie zur Burg hinauffuhren. Als sie sich zur Hohenfels-Stranelli wandte, sah sie, dass ihr Tränen über das Gesicht liefen. Aus Furcht, etwas Falsches zu sagen, schwieg sie, und grübelte darüber, was die Hohenfels-Stranelli vorhatte. Das Schweigen im Auto war von belastender Schwere.

„Kommen Sie, ich habe einen Schlüssel." Die Hohenfels-Stranelli parkte den Wagen direkt vor dem Burgtor und stieg aus.

Antonia folgte ihr langsam.

„So kommen Sie doch schon", forderte die Hohenfels-Stranelli sie auf und drehte den riesigen Burgtorschlüssel im Schloss um. „Keine Sorge, es geschieht Ihnen nichts." Sie lächelte unter Tränen.

„Nach allem, was Sie mir angetan haben, sollte ich Ihnen kein Wort glauben", sagte Antonia und wusste dennoch, dass sie nichts Böses erwarten würde.

Sie betraten die verlassene Burg, die vollkommen im Finsteren lag. Sofort griff die Abgeschiedenheit der Burg nach ihnen. Alles strömte eine große Ruhe aus, wie sie nur durch die völlige Abwesenheit von Menschen erzeugt werden konnte. Antonia wurde von einer großen Traurigkeit erfasst, weil ihr bewusst war, dass sie die Burg wahrscheinlich nie erwerben konnte und gleichzeitig blieben alle ihre Sinne weit geöffnet in der Erwartung des Unerwarteten, das ihr dieser Besuch der Burg möglicherweise bescheren würde.

Die Hohenfels-Stranelli knipste eine Taschenlampe an, die sie aus ihrer Handtasche gezogen hatte und eilte die große Steintreppe hinauf, vorbei am Gedenkstein des Burggründers und weiter hinauf, bis sie eine kleine, unscheinbare Türe erreichten.

„Kommen Sie", flüstert die Hohenfels-Stranelli und sperrte die Türe mit einem kleinen Schlüssel auf. Die geöffnete Türe gab den Blick auf eine schmale, steile Treppe frei.

„Ha!", sagte Antonia. „Das ist ja die Treppe zum Reich der dreizehnten Fee!"

„Bitte?", fragte die Hohenfels-Stranelli

„Ach, dort oben ist der Raum mit den Webstühlen. Da haben die Nonnen die Stoffe für den Klerus gewebt."

„Ich vergaß, dass Sie sich auskennen", lächelte die Hohenfels-Stranelli. „Dort oben war mein Lieblingsspielplatz, wenn ich als Kind die Nonnen besuchte."

Sie stiegen die steile Treppe hinauf und traten durch eine weitere kleine Türe in den großen Raum, in dem die Webstühle unter weißen Tüchern zugedeckt auf ihre weitere Bestimmung warteten.

„Alles ist so anders als damals. So viel kleiner und enger. Ganz fremd ist mir der Raum. Ich dachte, dass ich mich hier sicher fühlen könnte, aber nun ..." Die Hohenfels-Stranelli schien enttäuscht.

„Sicher?", fragte Antonia. „Wozu benötigen Sie Sicherheit? Ich dachte, ich bin diejenige, die bedroht ist."

„Ab sofort ich auch", sagte die Hohenfels-Stranelli und fing wieder an zu weinen. Antonia reichte ihr ein Päckchen mit Papiertaschentüchern, die sie aus ihrer Handtasche gefischt hatte. „Was ist passiert?", fragte sie.

Die Hohenfels-Stranelli schluchzte.

Antonia wurde klar, dass dies eine Angelegenheit war, die viel Geduld erforderte. Sie öffnete ihre Jacke und setzte sich auf eine der Bänke, die vor den Webstühlen standen.

Die Hohenfels-Stranelli blieb stehen und schluchzte. „Es ist so furchtbar. Ich habe diesem Mann mein ganzes Leben geopfert. Die Firma hat er mit meinem Geld aufbauen können. Vier Kinder habe ich ihm geboren. Er ist wahrlich ein schwieriger Mensch, aber ich habe ihn ausgehalten, habe immer zu ihm gehalten. Ich habe immer die Drecksarbeit für ihn erledigt. Aber jetzt ist Schluss damit. Ich bin fertig mit ihm. Soll er doch in seinem Alkohol versinken. Soll er doch seinen Dreck alleine machen."

„Das haben schon die Sachsen seinerzeit zu ihrem König August gesagt. Ich nehme an, Sie sprechen von Ihrem Mann?", war Antonias rhetorisch gemeinte Frage.

Die Hohenfels-Stranelli nickte und schnäuzte sich in ihr Taschentuch. „Genau. Von meinem Mann. Von Hubertus dem Starken." Sie versuchte zu lächeln.

„Warum haben Sie sich in mein Leben gedrängt?", fragte Antonia.

Die Hohenfels-Stranelli begann wieder zu weinen. „Ich schäme mich so. Es ist mir so peinlich. Ich kann Sie nur um Verzeihung bitten."

„Das weiß ich noch nicht, ob ich Ihnen verzeihen kann", erwiderte Antonia. „Das hängt von den Gründen ab, die Sie anführen."

„Er hat mich zu Ihnen geschickt", sagte die Hohenfels-Stranelli. „Mein Mann."

„Das war nicht sehr geschickt", sagte Antonia.

Er wollte, dass wir uns anfreunden und ich auf diese Weise herausbekomme, welche Probleme Sie haben und was er gegebenenfalls gegen Sie in der Hand haben kann."

Eine Hitzewelle durchfuhr Antonia. Sie fühlte sich beschämt, als hätte sie diesen Übergriff begangen. Sie schnappte nach Luft. „Wollen Sie damit sagen, dass Sie und Ihr Mann mich erpressen wollten?"

Die Hohenfels-Stranelli schüttelte den Kopf. „Ein Geschäft wie das unsrige führt man nicht einfach so.

Sagt jedenfalls mein Mann. Da muss man ein Netzwerk aufbauen, das in jedem Falle hält. ‚Die einen schütze ich, die anderen haue ich in die Pfanne' sagt er immer."

„Das Mafia-Prinzip. Jetzt wird mir einiges klar. Nur, warum sind Sie auf jetzt so offen zu mir?"

„Es war einmal zu viel, dass er mich vor allen Leuten bloßgestellt hat. Beschimpft mich da, während der Herr Bürgermeister Schreckskötter und der Herr Landeskulturrat Puntigam dabeistehen". Theatralisch riss sie die Augen auf und hob ihren Blick an die mit schweren Balken gestützte Decke. „Ich mag Sie, wissen Sie, und mir war immer sehr unwohl, dass ich so unehrlich zu Ihnen sein musste. Aber er saß mir im Nacken, das kann ich zu meiner Entschuldigung anführen. Wäre ich ohne Ergebnisse heimgekommen, hätte er mir die Hölle auf Erden bereitet. Er kann grausam sein, wenn er getrunken hat."

Antonia nickte.

„Da wusste ich: Es ist genug." Sie putzte sich wieder die vom Weinen gerötete Nase.

„Man sagt mir diese kathartische Wirkung auf Menschen nach. Ich hoffe, Sie wissen, was Sie tun."

„Es wird ganz entsetzlich werden. Ich bin mir dessen bewusst. Ich weiß ja, wie er mit Leuten umspringt, die sich gegen ihn stellen.", flüsterte die Hohenfels-Stranelli. „Ich traue mich gar nicht mehr nachhause. Am besten fahre ich zu meiner Mutter. Sie wird es zwar nicht verstehen, weil sie den Hubertus so schätzt, aber heim gehe ich ganz sicher nicht."

„Sie könnten hier in der Burg nächtigen", schlug Antonia vor. „Wahrscheinlich haben Sie alle Schlüssel. Sie scheinen hier ja so zuhause zu sein, wie ich es eigentlich werden wollte."

„Um Gottes willen, nein!", rief die Hohenfels-Stranelli. „Die Schlüssel hat mein Mann vom Reinisch

Rupert bekommen, der sie für die Diözese in Verwahrung genommen hat, bis die Burg verkauft ist."

„Und warum durfte ich die Burg nicht haben?", fragte Antonia. „Ich nehme an, wenn es da eine Verbindung vom Reinisch zu Ihrem Mann gibt, was diese Schlüsselsache ja wohl beweist, wird Ihr Mann auch daran beteiligt sein, dass mir die Burg verweigert wurde."

Die Hohenfels-Stranelli schlug die Hände vor das Gesicht und nickte. „Es tut mir so leid." „Was tut Ihnen leid?", wollte Antonia wissen.

„Der Hubsi hat ... Als wir vor ein paar Jahren das neue Haus in St. Peter gebaut haben, da wollte sich der Hubsi mit mit der Errichtung von dem Saustall in der Gemeinde einführen und halt dafür sorgen, dass ein bisserl ein Geld gemacht wird. Er hat das Ganze eingefädelt und mit dem Bürgermeister die Firma gegründet, das heißt, er war ja nur im Stillen, im Hintergrund dabei, hat das Geld gegeben und dann kamen Sie und haben diesen Hexenkreis gezogen damals in der Aprilnacht, und wie dann kurz darauf die Firma in Konkurs gegangen ist, da hat der Hubsi das ganze Geld verloren, das er da hineingesteckt hat."

„Ich fasse es nicht." Antonia riss die Augen auf. „Und nun meint er, ich hätte etwas damit zu tun, dass seine Firma in Konkurs gegangen ist?"

Die Hohenfels-Stranelli nickte. „Der Hubsi glaubt an so etwas. Es waren viele Millionen, die er damals verloren hat. Und da hat er Rache geschworen."

„Aber das ist doch nun schon einige Jahre her! Warum dann erst jetzt, als ich die Burg kaufen wollte?"

„Sie wären ihm zu groß und zu mächtig geworden, hat er gesagt. Solange Sie da oben auf Ihrem Hügel hocken und Bücher schreiben, die ja eh kein Mensch bei uns liest, hätte er wenig zum Ansetzen, hat er gesagt. Aber jetzt mit der Burg, das wollte er auf jeden Fall verhindern. Und dann war es eine super Gelegenheit für ihn, um sie zu ruinieren."

„Mich zu ruinieren", wiederholte Antonia atemlos und sackte leicht in sich zusammen. „Ich kann es nicht glauben."

„Doch, es ist wahr. Es tut mir so leid. Sie sind so eine ...", die Hohenfels-Stranelli suchte nach Worten, „... Nette."

„Nette", wiederholte Antonia. „Ja, gewiss. Ich bin eine Nette. Da bin ich aber froh, denn das hat mir ja scheinbar das Leben gerettet, dass ich so eine Nette bin."

„Ich hätte das nicht mehr durchgehalten. Ich kann nicht mehr. Ich ertrage es nicht mehr. Einmal muss Schluss sein mit diesem Wahnsinn."

„Wie hat er es denn angestellt, dass er den Reinisch dazu gebracht hat, mich zu mobben? Und den Mindner, der ist doch von der Arbeiterbank."

Die Hohenfels-Stranelli holte tief Luft. „Er hat da so ein System. Die meisten schützt er, und die bekommen alle von ihm sehr viel. Und dafür müssen die ihm hin und wieder einen Gefallen tun."

„Bekommen sehr viel?", fragte Antonia konsterniert. „Was denn? Geld?"

„Auch. Aber eigentlich eher Sachleistungen. Er hat ein Notensystem. Die einen bekommen regelmäßig zu den Feiertagen ein Fleisch und einen Wein. Andere nimmt er mit nach Graz, dann gehen sie in den Puff. Die noch Wichtigeren nimmt er mit nach Wien in die Oper und anschließend in den Puff. Und die ganz wichtigen Leute, für die organisiert er Orgien in Budapest mit allem Drum und Dran oder fliegt mit ihnen nach Mailand in die Oper und anschließend ..."

„... in den Puff", ergänzte Antonia.

wurde. Aber ich kam vom Regen in die Traufe. Und jetzt ist es genug." Sie ballte die Hände zu Fäusten. „Ich wage es. Ich wage den Aufstand. Sie können auf mich zählen."

„Sie wissen, dass das Ihr ganzes Leben verändern wird?", fragte Antonia.

Barbara Hohenfels-Stranelli nickte. „Ich weiß es", sagte sie beinahe unhörbar. „Ich weiß es und habe fürchterliches Herzklopfen, das können Sie mir glauben. Aber wissen Sie, ich musste über Jahrzehnte mit so vielen Menschen ein falsches Spiel spielen, weil der Hubsi es von mir verlangte. Schlimmer als das kann es nicht mehr werden."

„Schlimmer geht nimmer?", lächelte Antonia.

„Schlimmer geht nimmer!", lachte Barbara Hohenfels-Stranelli unter Tränen. „Bitte verzeihen Sie mir."

„Geben Sie mir ein wenig Zeit. Es ist alles so unerwartet. Die Seele kommt den Ereignissen nicht mehr nach. Wissen Sie, mein Sully, mein Herzenshund, ist bei dem Anschlag mit dem Motorrad umgekommen. Nicht einmal das habe ich bisher verarbeiten können."

„Ich fürchte, das kann ich nie wieder gutmachen."

„Ich fürchte auch. Aber jetzt haben wir Dringenderes zu tun, als zu trauern. Die Trauer kommt später. Zuerst müssen wir Sie in Sicherheit bringen und dann muss ich den Herrn Pammer benachrichtigen. Wir werden Ihrem Mann das Handwerk legen. Danach habe ich noch etwas anderes zu tun. Es gilt einen Mörder und Dieb zu finden. Und jetzt bringen Sie mich bitte zu meinem Auto zurück."

*

Der Herr Pammer war im Grunde mit sich und der Welt zufrieden. Er hatte einen Fall aufgeklärt, den überhaupt keiner als Fall zur Kenntnis genommen hatte. Dass der Todesbiker bald gefasst werden würde, stand für ihn außer Zweifel. Lois hatte konstruktiv mit seinem Erzfeind, dem Hütter Joschi, zusammengearbeitet. Er war sich sicher, bald in den Polizeidienst zurückkehren zu können. Ob Franz Reinisch verurteilt werden würde, lag nicht in seiner Hand. Er jedenfalls hatte seine Sache gut gemacht. Gut, da war dieses dumme kleine Detail mit dem Notizbuch, und er hatte beschlossen, Antonia dieses Detail lieber zu verschweigen. Aber sonst, alles in allem, war es doch ein guter Tag gewesen. Das Smartphone meldete ihm einen Anruf von Antonia. „Ich grüße Sie", sagte er gut gelaunt. „Hab schon überlegt überlegt, wie ich Sie erreichen werde. Es gibt viel zu berichten. Außerdem weiß ich nicht, wie ich von hier fortkomme ohne Sie. Oder vielmehr, ohne Ihr Auto."

„Bei mir gibt es auch viel zu erzählen", sagte Antonia. „Am besten komme ich Sie holen."

Lois stellte sich vor das gläserne Bankgebäude und wartete. Ein gut aussehender Mann in schöner Garderobe, der anscheinend einen Riesen-Abend hinter sich hatte. Er schaute zu, wie Peter Puntigam sich von seinem Fahrer abholen ließ und dabei hektisch telefonierte. Er sah den undurchsichtigen Herrn Hohenfels mit ausdruckslosem Gesicht mit dem Herrn Mindner, der um seinen Vortrag herumgekommen war, beim Würstelstand stehen. Offenbar gab es für das Geschäftemachen keine Sperrstunde. Er sah, wie der Rupert Reinisch aufgeregt dazu stieß und wild gestikulierend auf die beiden einredete. Nur Sepp Schreckskötter war nirgendwo zu sehen. Es schien Lois, als hätte Schreckskötters Abgang etwas Fluchtartiges, Überstürztes gehabt, während die andern versucht hatten, sich so unauffällig wie möglich aus der Chefetage des Bankgebäudes zu verzupfen, nachdem Lois lautstark und triumphierend seinen Fang gemeldet hatte. Na ja, Fang, dachte er. Dummerweise habe ich den Neffen vom Reinisch ja nicht gefangen, sondern nur entlarvt. Fangen tun ihn jetzt hoffentlich die anderen. Der kommt bestimmt nicht weit.

Tatsächlich war der Neffe des Fehringer Bürgermeisters nicht weit weg. In seinem roten Ferrari sauste Franz Reinisch, den alle Bumsti nannten, mit seinem nach hinten gegelten Haar und offensichtlich ohne Angst oder Reue an Lois vorbei und bog dann stadtauswärts ab. Ohne Zweifel war Bumstis Fuhrpark wesentlich größer als jener von Lois.

Lois starrte ihm ungläubig nach und schnappte nach Luft. Er sah sich nach Kollegen um, die er allerdings nirgendwo entdecken konnte. Rasch griff er zu seinem Smartphone und versuchte, den Hütter Joschi zu erreichen. Der war noch im Bankgebäude und meldete sich mit schnarrender Stimme.

„Du Joschi", sagte Lois, „hast du eine Fahndung nach dem Bumsti Reinisch rausgegeben?"

„Eh klar", erwiderte der Hütter Joschi. „Der Bumsti? Die Fahndung ist draußen."

„Aber der Bumsti ist grad in seinem feuerroten Ferrari gemütlich an mir vorbeigefahren!", rief Lois aufgeregt. „Was tun die Kollegen eigentlich? Mitfeiern?"

„Könnt's ihnen nicht verdenken. Keine Ahnung, wer wo steckt zurzeit. Ich habe zu tun hier oben."

„Ist gut", antwortete Lois enttäuscht und legte auf. Was rege ich mich eigentlich auf, dachte er. Der Bumsti bleibt eh nicht lang eingebuchtet. Es ist ja auch die Frage, wer eigentlich dahintersteckt. Der Bumsti hat nicht von sich aus versucht, die Antonia umzubringen. Dazu hat er gar kein Motiv, und sein Oberstübchen ist auch nicht ausreichend ausgestattet für so eine Tat. Wer könnte also dahinterstecken?

„Jetzt kommen Sie schon Lois! Steigen Sie ein, ich stehe hier im absoluten Halteverbot. Zum Schluss kommt noch die Polizei und verpasst mir einen Strafzettel."

Lois drehte sich um und entdeckte das ehemalige Taxi. „Gott sei Dank, da sind Sie ja endlich", sagte er erleichtert und stieg ein. „Sie glauben nicht, wen ich eben gesehen habe.

Antonia lächelte. „Und Sie glauben nicht, was ich eben gehört habe."

„Wer zuerst?", fragte Lois.

„Sie", antwortete Antonia. „Meine Geschichte ist eine lange Geschichte. Eine sehr lange Geschichte."

„Gut, dann ich", begann Lois. „Der Franz Reinisch, also der Bumsti, ist in seinem roten Ferrari abgehauen."

„Na super. Ich weiß gar nicht, wie so ein Ferrari ausschaut. Aber sind die nicht immer rot?"

„Ja eh", gab Lois zu. „Aber weil es ein dermaßen rotes Rot ist, muss man es immer dazusagen."

„Verstehe", lachte Antonia.

„Das einzige, das ich nicht verstehe ist, welches Motiv der Bumsti gehabt haben könnte, so etwas zu tun." „Oh, da kann ich Ihnen die Antwort liefern", sagte Antonia. Und dann erzählte sie ihm auf der Fahrt zurück zur Burg die lange, sehr lange Geschichte, die ihr Barbara Hohenfels-Stranelli gestanden hatte.

„Unfassbar", sagte Lois, nachdem Antonia mit dem Erzählen fertig war. „Und wo ist die Hohenfels jetzt?"

„In der Burg. Sie hat sich in einem Raum unter dem Dach versteckt."

„Steht sie zu ihrer Aussage?", fragte Lois. Antonia nickte, jedoch völlig sicher war sie sich nicht. „Glaub schon."

„So ein gottverdammtes Schwein", fluchte Lois. „Hat die halbe Region in Geiselhaft genommen. Der saubere Herr Graf."

„Da ist er ja nicht der Einzige, wenn ich an die Herren aus der Politik denke. Und der Adel ist längst abgeschafft. Sie können ihn einfach nur Herr Hohenfels nennen."

„Der ist kein Herr", schnaubte Lois.

„Eh nicht", bestätigte Antonia. „Wenn wir den – wie heißt er noch?"

„Bumsti."

„Wenn wir den Bumsti Reinisch fassen, haben wir eine Chance, dass wir ihn drankriegen, den Herrn Hohenfels. Dazu die Aussage von der Hohenfels. Und die Region kann aufatmen."

„Da bin ich mir nicht sicher. Wie Sie schon sagten: Er ist nicht der Einzige. Die wachsen doch nach wie die Schwammerl im Wald", entgegnete Lois.

„Ich frage mich, wie wir das ändern können, ohne dass der braune Sumpf vom rechten Rand das ganze Land überschwemmt", sagte Antonia.

„Ich könnte mir vorstellen, dass das Volk eines Tages keine Lust mehr hat auf dieses Lumpenpack", antwortete Lois. „Dann lassen wir die einfach stehen und tun nicht mehr mit."

„Das ist denen doch nur recht", widersprach Antonia. „Für die sind wir doch nur Bauern auf dem Schachbrett des Lebens, die sie hin und her schieben, völlig überflüssig, allenfalls Störfaktoren, Konsumenten, Wahlvieh. Global Players, wenn ich das schon höre! Wie man sieht, ist Sprache durchaus entlarvend. Sie spielen und wir sind der Ball, den sie treten. Aber es gibt Hoffnung. Denn wie wir sehen konnten, am Ende stolpern sie über ihre Frauen. Der Hohenfels hat sich seine Frau als nützliche Idiotin gehalten. Aber dann hat sie plötzlich nicht mehr mitspielen wollen."

Der Mond ging auf über Burg Bertholdstein. Lois und Antonia stiegen aus und betraten die Burg.

„Ich habe sie oben unter dem Dach versteckt. Dort gibt es einen Raum, den kennt niemand, nur die Hohenfels und ich. Und natürlich die Nonnen. Aber die sind ja nicht mehr da."

„Gut, dann heißt es Treppen steigen", sagte Lois. „Wir wollen die Hohenfels nicht warten lassen. Am Ende überlegt sie es sich wieder und glaubt, ihren Mann beschützen zu müssen."

An diesem Abend erzählte Barbara Hohenfels-Stranelli ihre Geschichte zum zweiten Mal. Und Antonia hoffte, dass das Ende ihres Alptraums erreicht wurde. Lois blieb skeptisch.

*

Antonia fühlte sich leer. Sie war erwacht, nachdem die Morgensonne über dem Gleichenberger Kogel aufgegangen war. Und sie vermisste ihren Sully schmerzlich wie beinahe immer in den frühen Morgenstunden. Es gehörte zu ihren Vorstellungen von Geborgenheit und Frieden, wenn sie beim Erwachen seinen Hundekörper auf ihren Füßen spürte. Es war ihr seit seinem Tod noch nicht gelungen, zu einem sicheren emotionalen Tagesbeginn zu finden. Wo immer du auch bist, mein Sully. Wir haben deinen Mörder gefunden. Und mit ein wenig Glück wird er seine Strafe bekommen, dachte sie und zog die Decke über ihren Kopf. In diesem künstlichen Dunkel entspannte sie sich langsam. Sie setzte sich auf und schaute zum Fenster hinaus. Der Himmel war wolkenlos. Wieder einmal konnte die Südoststeiermark einen sonnenfrohen Tag erwarten.

Der Griff zum Notizblock neben ihrem Bett konnte beinahe schon als reflexartig bezeichnet werden. Ihr halbes Leben lang sammelte sie auf diese Weise Träume, Gedankenblitze und Ideen, die in der Zeit zwischen Traum und Wachen entstanden und die ansonsten fast alle verloren gingen, wenn nicht sofort Stift und Block parat lägen. Mit gespitztem Bleistift hielt sie in Stichworten das Geständnis von Barbara Hohenfels-Stranelli fest. Man kann ja nie wissen, dachte sie in den Morgen trödelnd.

Doch dann trieb sie ihre Sehnsucht nach einem starken Kaffee aus dem Bett. Mit nackten Füßen und zerzausten Haaren eilte sie die Stiegen hinunter in die Küche.

Auch wenn sie den schmerzlichen Verlust von Sully beiseite ließ, war der Tagesbeginn nicht unbedingt ihre schönste Zeit. In den Morgenstunden wurde ihr immer am deutlichsten bewusst, wie einsam sie war. Das Frühstück schien ihr von allen Mahlzeiten diejenige zu sein, die eines menschlichen Gegenübers bedurfte, um wirklich genossen zu werden. Ob die Hohenfels je glücklich war in ihrer Ehe?, fragte sie sich insgeheim. Wie lebt es sich mit so einem Machtmenschen? Wie viel von seinen Machenschaften hat sie gewusst und vor allem, seit wann? Hat sie nachts schlafen können? Wenn ich ihre Erzählungen höre, dann war ihr Leben eine Kette von Herabsetzungen und Missachtungen. Warum ist sie bei ihm geblieben? Sie hatte doch das Geld. Sie hätte jederzeit gehen können. Warum harren Frauen bei ihren lieblosen Männern aus? Aus Angst vor Einsamkeit? Hat sie mit ihm gestritten über seine Erpressungen? Hat sie mit ihm gerungen um Anständigkeit und Ehrlichkeit? Zumindest bei mir, in meinem Fall, hat sie mitgetan bei seinem schmutzigen Spiel. Ob es in den anderen Fällen auch so war? Die Schmiergeldliste ist lang. Kaum jemand aus Politik und Wirtschaft, der darauf nicht zu finden ist. Klar, jetzt schämt sie sich. Hat sie sich früher nicht geschämt? Dass der Hohenfels sich geschämt hat, kann ich mir kaum vorstellen. Aber sie? Gäbe es nicht so etwas wie ein Gewissen in ihr, hätte sie ihn nicht verraten. Das muss man ihr zugute halten, dachte sie. Warum decken Ehefrauen die Missetaten ihrer Ehemänner? Aus Scham darüber mit so einem Drecksack verheiratet zu sein? Warum hat sie jetzt auf einmal den Pakt mit dem Teufel aufgelöst? Männer, gebt Obacht, dachte sie grinsend. Eure Ehefrauen wissen alles über euch. Ihr seid ziemlich leichtsinnig, so schlecht mit den Frauen umzugehen. Wenn auf einmal alle Ehefrauen ihre Ehemänner mit ihren Missetaten auffliegen lassen, DAS wäre eine echte Revolution. Ihr Frauen wisst ja gar nicht, welche Macht ihr habt. Ihr wisst es nicht und nutzt es nicht. „Schade eigentlich", sagte sie laut und schüttelte lächelnd den Kopf. Mit beiden Händen hielt sie das Häferl mit dem dampfend heißen Kaffee. Sie war auf der einen Seite froh darüber, dass die Hohenfels den Mut gefunden hatte, ihren Gatten zu verraten und konnte es auf der anderen Seite immer noch nicht glauben, dass es diese Hatz, diese hinterhältig, intrigante Hatz auf ihre Person wahrhaftig gegeben hatte. Bei allem Realismus, den sich Antonia in ihrem Leben zwangsläufig aneignen musste, bei allem Sarkasmus, mit dem sie sich über manchen Schmerz hinweggerettet hatte, gab es in ihr doch eine große Sehnsucht nach einer guten, einer heilen Welt, in der das Böse durch Freundlichkeit und Einsicht überzeugt werden konnte und am Ende allen das Herz geöffnet wurde; ein in Wahrheit unerschütterlicher Glaube an das Gute, das nur eine Chance braucht, um wirken zu können. Aber sie wusste, dass es auch das Böse gab; dass die toten Herzen tot blieben und manche Menschen kalt und lieblos vor allem ihr zerstörerisches Werk vollendeten, weil sie weder anders konnten noch wollten. Und sie wusste, dass sowohl Hubertus Hohenfels als auch der Mörder von Georg Navratil zu denen mit den toten Herzen gehörten. Was tut man mit solchen Menschen?, fragte sie sich. Wir sperren sie ein. Aber Resozialisierung? Das ist keine Lösung. Sie sind ja nicht Entgleiste oder sonst wie vom Wege Abgekommene. Sie sind wie sie sind. Gewissenlos und kalt. Unbelehrbar. Und so bleiben sie auch, ob man sie bestraft oder nicht. Unsere Regeln bedeuten ihnen nichts. Sie setzen sich durch und was oder wer sich ihnen in den Weg stellt, wird beiseite geräumt. Dummerweise finden wir sie überall, wo es um Macht geht. Und im Erreichen dieser Positionen und ihres Erhaltens sind sie uns anderen völlig überlegen, weil sie keine Skrupel kennen. In Wahrheit haben wir ihnen nichts entgegen zu setzen.

Ihr Handy läutete und riss sie aus ihren Überlegungen. Es war Lois, der wissen wollte, ob sie schon die Morgenzeitungen gelesen hatte. Sie hatte nicht. „Dann komme ich mit Semmeln und Zeitungen", sagte er.

Antonia deckte den Frühstückstisch für zwei Menschen und einen Yorkshireterrier und ging ins Bad.

„Ich kann es kaum glauben", sagte sie eine halbe Stunde später, während Lois herzhaft in eine Semmel biss und Franz Josef seine bereits wieder leere Futterschüssel zum fünften Mal ausleckte.

Peter Puntigam, Landessozialrat tritt überraschend zurück. Sie hatte diese Schlagzeile jetzt mindestens schon zwanzigmal gelesen.

„‚Aus persönlichen Gründen' steht hier."

„Ich hab's gelesen", sagte Lois mit vollem Mund. „Ihre Marillenmarmelade. Einfach köstlich."

„Nur zu, bedienen Sie sich", murmelte Antonia abwesend. „Er soll einen Hörsturz erlitten haben. Da bin ich aber neugierig, was der nicht mehr hören konnte."

„Voodoo?", fragte Lois.

„Psychologie", antwortete Antonia. „Hinter jeder Erkrankung steckt eine seelische Befindlichkeit. Und manchmal erzählt die Symbolik einer Erkrankung, worum es sich vielleicht auf seelischem Gebiet handelt."

„Und Sie meinen, dass der von irgendwas genug hatte, und nicht mehr hören wollte."

„Genau so", erwiderte Antonia. „Hoffen wir, dass der alte Spruch ‚Wer nicht hören will muss fühlen' in seinem Fall nicht gilt, was?" Sie lachte laut. „Sonst wird er am Ende noch richtig krank. Als kleine Prüfung, die ihm auferlegt wurde."

„Das ist doch Unsinn", monierte Lois. „Wenn das wahr wäre, dann müsste ich längst erblindet sein, denn ich kann so manches nicht mehr sehen, zum Beispiel den Sauer Anton."

„So simpel ist es natürlich auch wieder nicht", widersprach Antonia. „Was ist denn mit dem Anton Sauer? Hat er wieder was zum Matschkern gehabt?"

„Matschkern ist überhaupt kein Ausdruck für das, was der Sauer mir heute Morgen zugemutet hat. Ich habe gerade die Semmeln beim Prisching geholt, da läuft er mir über den Weg mit seinem schicken neuen Motoraddress. Hab noch immer nicht herausbekommen, ob der nun ein Motorradl fährt oder nur so einen lächerlichen Ersatz. Jedenfalls spricht er mich drauf an, was denn gestern Abend in Fehring auf dem Fest los gewesen ist. Er meinte, ‚Wo die Azurra auftaucht, gibt's immer Probleme'."

„Ich würde eher sagen, wenn ich auftauche, kommen die Probleme ans Tageslicht, die so mancher gern im Dunkeln belassen hätte", entgegnete Antonia. „Lassen Sie doch den Sauer. Der heißt ja nicht ohne Grund so. Ist halt ein mieselsüchtiger, frustrierter Möchtegern."

„Nur, was möchte er gern? Das ist doch die Frage. Am liebsten möchte er Bürgermeister sein. Aber das möchten die Bierbaumer nicht. Jedenfalls wählen sie ihn nicht, sagte Lois. „Er hat gemeint, ich soll doch meinen schlechten Umgang endlich aufgeben, sonst geht es mir noch so wie der Renate mit ihrem Gasthof. Er hat das ja schon einmal gesagt, aber diesmal klang es wie eine echte und unverhohlene Drohung."

„Du meine Güte, Lois", lachte Antonia. „Dann überlegen Sie es sich gut, ob Sie Ihre Existenz aufs Spiel setzen wollen, indem Sie weiterhin so schlechten Umgang pflegen."

„Das Traurige ist, dass der solche Drohungen wahr macht. In meinem Fall wird seine Drohung allerdings nicht fruchten, denn wie will er einen Außenseiter damit bestrafen, dass er ihn zum Außenseiter macht. Aber das ist schon dreist, meine ich."

„Allerdings", räumte Antonia ein. „Der Druck, den Mächtige oder vermeintlich Mächtige auf andere ausüben, beruht auf Angst. Es steckt einfach nur Angst dahinter. Unsere Angst ist es, die sie ermuntert, uns klein zu machen. Ein Klassiker."

„Mir kann er keine Angst machen", sagte Lois und nahm sich die dritte Semmel. „Mir nicht. Ich habe nichts zu verlieren. Höchstens meinen Franz Josef."

„Eben. Jeder hat irgendetwas, an dem er hängt. Irgendjemanden, den er liebt. Und dort setzen sie an. Bei unserer Angst vor Verlust. Der Sauer Anton ist eine Lachnummer, jedenfalls für Sie. Aber der Hohenfels ist es für mich nicht."

„Stimmt schon. Aber den haben wir zur Strecke gebracht. Immerhin."

„Nein Lois", widersprach Antonia. „Den hat seine Frau zur Strecke gebracht. Man kann es ihr nicht hoch genug anrechnen, dass sie den Mut gefunden hat, den Mund aufzutun. Wie groß muss ihre Qual gewesen sein, dass sein Auftritt gestern Abend ausgereicht hat, das Fass zum Überlaufen zu bringen." Sie schüttelte nachdenklich den Kopf.

„Ich hole sie gleich nach dem Frühstück ab und bringe sie zu Gerald, dass sie ihre Aussage machen kann. Und dann müssen wir überlegen, wo und wie wir sie in Sicherheit bringen. Sie kann ihrem Mann nicht gegenübertreten. Wer weiß, ob sie dann nicht wieder einknickt. Ich könnte mir allerdings vorstellen, dass die Kollegen von der Kripo in Graz sie in einer sicheren Wohnung unterbringen, bis ihr Mann verhaftet wird."

„Was allerdings erst dann erfolgen kann, wenn ihm nachgewiesen werden kann, dass er den Bumsti angestiftet hat, mich zu überfahren. Die geschmierte Liste ist nicht strafbar, solange keiner der Betroffenen ihn anzeigt oder wir ihm Bestechung von Amtspersonen nachweisen können. Und wenn wir Pech haben, dann endet auch seine Anstiftung zum Mord mit einem kleinen Freispruch unter Freunden."

„Bleibt noch der Puntigam mit seinem Schreckskötter-Deal. Das ist doch Amtsmissbrauch, was die mit der Provinziale gedreht haben", sagte Lois.

„Für mich bestand das Verbrechen vor allem in diesem grottenschlechten Programm, das diese Dilettanten abgeliefert haben", brummte Antonia.

„Davon verstehe ich nichts."

„Das ist ja das Schöne an Ihnen", erwiderte Antonia. „Dass Sie es wissen und sich dran halten, dass sie nichts davon verstehen. Das kann man sowohl von Puntigam als auch vom Schreckskötter nicht behaupten. Selbst der arme Navratil war eine komplette Flasche, ein Vollkoffer, ein unfähiger Dilettant."

Lois grinste geschmeichelt, aber er war sich nicht ganz sicher, ob es nun ein echtes Kompliment war oder nicht. Antonia schob die Zeitung hin und her. Sie durchblätterte sie, ohne wirklich hineinzuschauen und dann rollte sie sie zusammen und schlug damit leicht auf den Tisch.

„Warum ist der Puntigam zurückgetreten?", fragte sie sich und Lois und den gesamten Kosmos. „Wir haben ihn gestern Abend gesehen und es gab nicht das leiseste Anzeichen dafür. Wusste er da schon, dass er zurücktritt?"

„Kann ich mir nicht vorstellen", antwortete Lois. „Der war wie immer. Außer, dass er ein Glas Wasser in der Hand gehalten hat statt seinem obligatorischen Rotwein."

„Das Glas Wasser in seiner Hand beweist, dass er Moral hat. Ich werte das als Reaktion auf die Rotweinnacht im Pflegeheim. Oder zumindest muss er irgendwann Moral gehabt haben, bevor er seine Seele an den Teufel Hohenfels verkaufte. Wobei: Der wird nicht der einzige Teufel sein, der ihm seine Seele abgeluchst hat", sagte Antonia. „Dass Sie ihn unter Alkoholeinfluss in die Falle gelockt haben, hat ihm offenbar zu denken gegeben. Und sei es auch nur, dass er sich mit einem Glas Wasser bewaffnet hat, um den Schein zu wahren, zeugt doch davon, dass er in dieser Hinsicht sensibel ist. Zu den Teufeln selber gehört er also nicht. Denn die lassen solche Dinge völlig unbeeindruckt. Und wenn das so ist, dann kann er sich allein schon durch unser Einwirken so weit geschreckt haben, dass er wusste, sein Spiel ist zu Ende."

„Träumen Sie weiter", widersprach Lois. „Soweit geht die Moral bei keinem Politiker. Da gibt keiner so leicht seine Existenz auf. Schon gar nicht wegen der Moral!"

Antonia schaute ihn verdutzt an. „Zu romantische Deutung? Naja, vielleicht", räumte sie ein.

„Vor allem reichlich selbstbewusst", sagte Lois.

„Wer kann, der kann", grinste Antonia. „Gut, also warum? Was könnte ihn bewogen haben? Im einen Augenblick noch als fröhlicher Gast auf einem Fest, auch wenn es ein Pflichttermin war, und im nächsten Moment Rücktritt. Zack. Bumm. Aus. Und wieso bringt die Zeitung es schon heute Morgen. Das schaut eher danach aus, dass es länger vorbereitet war."

„Oder so schrecklich, dass schnell gehandelt werden musste", war Lois' Gegenvorschlag.

„Wahrscheinlich haben Sie recht", antwortete Antonia. „Er hat also mitbekommen, dass der Bumsti aufgeflogen ist. Das hat aber eigentlich nichts mit ihm zu tun. Denn der Bumsti und sein Onkel Rupert standen in den erpresserischen Diensten des Herrn Hubsi Hohenfels, dessen Hauptfeind ich war, und nicht der Navratil. Aber es könnte eine psychologische Wirkung auf den Puntigam gehabt haben. Dass er quasi von der Schwingung ‚hier kommen die Leichen aus den Kellern herauf' berührt wurde und Angst bekommen hat, dass sein Deal mit Schreckskötter auffliegen könnte." Sie schüttelte jedoch den Kopf. „Unwahrscheinlich. Das hätte der doch ausgesessen wie alles andere zuvor, das er sich in seiner politischen Karriere erlaubt hat. Was zum Kuckuck könnte es gewesen sein?"

„Es sind immer die naheliegenden Dinge. Vielleicht denken Sie zu sehr ums Eck", schlug Lois vor.

Antonia nickte und grübelte weiter. „Gut, schauen wir auf das Naheliegende. Das Naheliegende ist, dass jeder so lang mit seinem Tun fortfährt, so lange es funktioniert. Erst bei bedrohlichem Widerstand hört man eventuell damit auf. Was gibt es also Naheliegendes, was den Puntigam bewogen haben könnte, seine politische Karriere an den Nagel zu hängen? Mit seinem Tun nicht weiter fortzufahren, obwohl er als Politiker auf den Münchhausen-Effekt zählen kann?"

„Kann uns das nicht eigentlich wurscht sein?", fragte Lois. „Und was bitte ist der Münchhausen-Effekt?"

„Lois, das Verhalten vom Puntigam kann uns nicht wurscht sein. Es ist von großer Bedeutung, denn es ist ganz und gar ungewöhnlich, wenn nicht geradezu außergewöhnlich. Der gibt seine Pfründe auf! Das macht man doch nicht einfach so. Und immerhin steht er mitten drin in dem Drama um den Tod vom Navratil. Ganz zu schweigen von den verschwundenen Millionen. Und der Münchhausen-Effekt", setzte Antonia fort, „ist der, den jeder Anfänger in der Politik sehr schnell lernen muss, wenn er weiterkommen will. Er besteht in Tarnung, Trickserei und Täuschung."

„Ach das", lachte Lois. „Wusste gar nicht, dass das einen Namen hat."

Sie schwiegen. Draußen schritt der Tag voran. Drinnen hatte es sich Franz Josef auf Antonias Knien gemütlich gemacht. Die alte Pendeluhr tickte laut.

„Aber das ist es doch!", entfuhr es Antonia.

„Was?", fragte Lois.

„Na, der Münchhausen-Effekt! Es ist nur eine Täuschung!"

„Wie, der tritt gar nicht zurück?"

„Doch, doch, der schon", sagte Antonia ganz aufgeregt. „Der Puntigam ist doch gar nicht so wichtig. Da gibt es noch ganz andere, die viel mächtiger sind als der. Und die täuschen mit Puntigams Rücktritt."

„Nämlich?", fragte Lois.

„Na, auf wen stoßen wir denn immer, wenn wir uns den Puntigam genauer anschauen? Na?" „Schreckskötter", antwortete Lois. „Ich hab's ja immer gesagt." Er hielt kurz inne. „Blödsinn. Ein kleiner Provinzbürgermeister. Der ist doch viel geringer als der Puntigam. Ich meine in der Hierarchie steht der doch unter ihm. Der Puntigam, ein Landespolitiker. Und dann der Schreckskötter, nein also wirklich nicht. Der soll den Puntigam gezwungen haben, zurückzutreten? Das kann ich mir nicht vorstellen. Ganz abgesehen davon, dass ich nicht verstehe, warum der Rücktritt vom Puntigam eine Täuschung sein soll."

„Die Frage ist doch", hob Antonia an, „die Frage ist doch, wer hat denn bei diesem Millionendeal die Initiative ergriffen?"

„Ich verstehe noch immer nicht." Lois war verwirrt.

„Na, da wird der Puntigam wohl nicht gesessen sein und sich gefragt haben, wem er die drei Millionen durch einen Amtsmissbrauch zukommen lassen kann."

„Sondern?", fragte Lois.

„Nun, da wird der Puntigam gewesen sein, der sich eingebildet hat, dass er eine grandiose Idee hatte mit dem Kulturfestival, das im Zwei-Jahres-Wechsel durch die Regionen wandert und Kultur bis in die Provinz bringt. Provinziale nennt er es und das war ganz sicher nicht sarkastisch gemeint. Und von dem Moment an, wo die Nachricht hinaus in die Gemeinden ging, war der Teufel Habgier wieder erwacht. Es waren die Gemeinden, die Städte, die Regionen, die diese drei Millionen in greifbarer Nähe sahen und sie haben wollten. Haben, haben, haben."

„Das ist logisch", sagte Lois. „Ehrlich gesagt, habe ich das noch nie so gesehen, dass der Puntigam nur den Anfang gemacht hat. Dass man es so herum sehen muss, hm, interessant." „Ehrlich gesagt, denkt auch nie jemand von uns normal Sterblichen über solche Dinge nach." „Richtig. Wir Bürger lassen die einfach machen und kümmern uns nicht weiter darum. Niemand von uns schaut denen auf die Finger. Wie denn auch? Außer bei der Wahl alle paar Jahre haben wir doch gar kein Instrument, um uns zu wehren."

„Im alten Kreta bei den Minoern gab es eine Gepflogenheit, die den heutigen Politikern supergut täte", grinste Antonia.

„Wer sind die Minoer?", wollte Lois wissen.

„Die Minoer entwickelten die erste Kultur in Europa", erklärte Antonia. „Sie trieben Handel mit dem pharaonischen Ägypten und waren berühmt für ihre Balsamöle, die die Ägypter für ihre Mumien benötigten. Ein Seefahrervolk, fröhlich und mächtig."

„Fröhlich und mächtig? Geht das überhaupt?" Lois war skeptisch.

„Wenn man den Bildern glaubt, die sie hinterlassen haben, hatten sie es ausgesprochen fein, komfortabel und lustig. Sie haben viel gefeiert. Regiert wurden sie von einem Kollegium, das aus neun Frauen bestand, die so etwas wie Priesterinnen waren und von dem Minos, ein Titel, der einer Art König verliehen wurde. Dieser regierte immer nur hundert Monate. Neunundneunzig Monate war er in Amt und Würden und den hundertsten Monat musste er in einer dunklen Höhle verbringen. Ohne Nahrung und nur mit Wasser. Wenn er nach diesem Monat wieder zum Vorschein kam, war er entweder tot oder wahnsinnig oder wirklich geläutert. Als Geläuterter durfte er weitere hundert Monate regieren."

„Superidee", lachte Lois. „Wenn das heute bei uns eingeführt würde, wäre ich auf der Stelle bereit, bei jeder politischen Wahl ein Kreuzerl zu machen."

Nun lachten beide, und Franz Josef fiel mit fröhlichem Gebell ein. Er hatte stets eine große Schwäche für Party. Und wenn alle laut lachten, dann war seiner Auffassung nach Party.

„Also, es ist für mich völlig klar, in dieser Provinziale-Sache mit dem Millionendeal muss der Schreckskötter die treibende Kraft gewesen sein. Die Frage ist, in welcher Funktion ist er bei seinem Parteifreund Puntigam vorstellig geworden. Als Bittsteller? Als Fordernder, der ein Angebot machte, das Puntigam nach guter alter Mafiamanier nicht ablehnen konnte?"

„Der Schreckskötter ein Bittsteller? Nach den Erfahrungen, die ich mit ihm gemacht habe, kann ich ihn mir den nicht in einer so untergeordneten Rolle vorstellen", gab Lois zu bedenken.

„Vielleicht sind sie auch einfach nur gute alte Freunde, die sich das bei einem guten Achterl ausgeschnapst haben", überlegte Antonia. „Aber unwahrscheinlich ist das schon. Gute alte Freunde und Politik, das verträgt sich nicht. Die Herrschaften benutzen einander. Das ist bereits das Maximum an Freundschaft, das die kennen. Außerdem trinkt der Schreckskötter nicht, soweit ich weiß. Ein Achterl mit dem ist wahrscheinlich ungefähr so gemütlich wie eine kleine Schmuserei mit einer Viper." Sie begann den Frühstückstisch abzuräumen.

„Können Sie sich vorstellen, dass der Schreckskötter einen guten alten Freund hat? Auch nur einen einzigen?", grinste Lois.

Antonia schüttelte den Kopf. „Ich neige eher zu der Annahme, dass der Schreckskötter irgendetwas in der Hand gehabt hat, das den Puntigam dazu gebracht hat, ihm aus derselben zu fressen."

„Wenn ich mich daran erinnere, wie der Puntigam über den Schreckskötter gesprochen hat, dann war darin viel Bewunderung zu finden. Bewunderung für einen wilden Hund, der sich was traut", sagte Lois.

„Der traut sich ja auch was."

„Der hat halt eine Schneid", ergänzte Lois.

„Oder beste Verbindungen bis ganz nach oben."

„Wo ist ganz oben? Und wer befindet sich dort?"

„Gute Frage", lachte Antonia. „Der braune Sumpf denkt, falls er überhaupt denken kann, es sind die Juden, die die Weltherrschaft an sich reißen wollen."

„Und was denkt ein vernünftiger Mensch?", wollte Lois wissen.

„Ein vernünftiger Mensch denkt, dass dieses ‚da oben' so etwas wie die Schalen einer Zwiebel ist. Das kann man schichtweise abschälen, aber am Ende wird man keinen Kern finden, sondern gar nichts. Es ist eine Machtschraube. An deren Ende finden wir – ich weiß es nicht – vielleicht Psychopathen unter sich? Aber es gibt wohl kein Ende und kein ganz da oben'. Auch die Politiker sind nur Marionetten des Geldes. Und das Geld? Mal haben es die und mal die anderen. Und wer die oder die anderen sind? Ich weiß es nicht. Auf jeden Fall die ohne Gewissen. Die Welt wird regiert von denen, die die Waffen haben und verkaufen." Antonia streichelte Franz Josef, der in der Zwischenzeit wieder eingeschlafen war und im Traum fiepte.

„Nun wird unser Schreckskötter ja kein Waffendealer sein", gab Lois zu bedenken.

„Wohl kaum", bestätigte Antonia. „Aber er ist skrupellos. Nur, Macht ist es wahrscheinlich nicht, die ihn interessiert, sonst wäre er nicht mehr ein kleiner Bürgermeister in einer kleinen Provinzstadt, sondern schon Landeshauptmann oder gar Kanzler. Bei ihm geht es um etwas anderes. Es reicht ihm, weltberühmt in Feldbach zu sein. Wenn wir herausgefunden haben, was ihn umtreibt, dann haben wir auch die Lösung des

Rätsels um Navratils Tod. Und damit auch die Lösung des Rätsels um die verschwundenen Millionen."

„Amen", sagte Lois.

„So sei es", lachte Antonia. „Die Frage ist nur, wie wir das herausbekommen."

„Wir könnten ihm eine Falle stellen", schlug Lois vor.

„Eine Falle? Dann müssten wir wissen, was sein Lockstoff ist. Und genau das wissen wir nicht. Vielleicht sind es Frauen oder Alkohol oder andere Drogen oder Geld oder Ruhm. Der Hohenfels könnte es wissen. Er hatte den Schreckskötter doch auf seiner Liste. Er könnte uns zu Schreckskötters Geheimnis führen."

„Aber an den kommen wir nicht heran. Der wird kaum mit uns sprechen wollen. Ich stelle mir nur vor, wie wir ihn daheim besuchen oder in seiner Zelle in Karlau."

„Einmal ganz davon abgesehen, dass es nicht ganz leicht wäre, ihn um Auskunft zu bitten. Er würde sich ja selbst ans Messer liefern, wenn er mit uns spricht."

„Aber auf jeden Fall führt uns der Schreckskötter zum Mörder. Zumindest, wenn ich Ihren Ausführungen folge", sagte Lois.

„Ja, davon bin ich überzeugt. Der Puntigam hat uns zum Schreckskötter geführt. Und der Schreckskötter ist die Verbindung zum Mörder."

„Nur, dass jeder direkte Kontakt giftig ist."

„Dann sollten wir es wohl darauf beruhen lassen und uns um dringendere Angelegenheiten kümmern", sagte Antonia. „Zum Beispiel um Barbara Hohenfels-Stranelli. Die wartet in der Burg darauf, dass wir sie abholen."

*

Barbara Hohenfels-Stranelli sah von ihrem Fenster im Burgdach aus Antonia und ihren großen zweibeinigen und kleinen vierbeinigen Begleiter den Weg zum Burgtor heraufkommen. Erleichtert verließ sie ihr Versteck und lief die Stiegen im neuen, von den Nonnen angebauten, Stiegenhaus hinunter. Sie trat genau in dem Augenblick aus der Türe in den Innenhof, als Lois und Antonia ihn durch das Burgtor betraten. Winkend bedeutete sie ihnen, über den Säulengang zum Musikzimmer zu kommen und machte sich von der anderen Seite auf den Weg.

„Ich bin so froh, Sie zu sehen", sagte sie, nachdem sie vor der Türe des Musikzimmers zusammengetroffen waren. „Es war schon ziemlich einsam und unheimlich in der Nacht."

„Verzeihen Sie, meine Liebe", antwortete Antonia, „aber die Ereignisse überschlagen sich."

„Wir bringen Sie gleich an einen sicheren Ort", versicherte Lois. „Ich will Sie nur vorher noch zu den Kollegen bringen, damit Sie Ihre Aussage machen können."

Sie betraten den Raum, den die Nonnen als ihr Musikzimmer bezeichnet hatten. In der Ecke stand eine Harfe als einziger Zeuge dieser ehemaligen Funktion. Ein paar altersschwache Biedermeiersessel boten ihnen die Möglichkeit, das Gespräch bequem fortzusetzen. Die hohen Tannen, die um die Burg standen dämpften das Licht bis zur Dämmrigkeit.

„Es wird nicht ganz leicht sein für Sie, wenn Sie Ihren Mann angezeigt haben", sagte Lois zu der müde aussehenden Barbara Hohenfels-Stranelli. Sie zuckte gleichgültig mit den Schultern.

„Dazu wird es nicht kommen, meine Liebe", sagte eine Stimme von der Türe her. Alle drei fuhren herum. Franz Josef bellte wie ein renitenter Countertenor.

Hubertus Hohenfels stand mit ausdruckslosem Gesicht in der geöffneten Türe. Kalte Augen schauten durch die randlose Brille. Er eilte auf seine Frau zu und versuchte, sie zu umarmen, sie wich jedoch vor ihm zurück. Franz Josef schien geradezu zu explodieren. Für ihn trug der Feind eine randlose Brille.

„Gott sei Dank habe ich dich gefunden, Barbara, meine Barbara!", rief Hohenfels durch das infernalische Gebell hindurch. „Ich habe es mir gleich gedacht, dass du entführt wurdest, nachdem du nicht heimgekommen bist. Meine Arme. Wie musst du gelitten haben."

„Hubsi", hauchte die Hohenfels entsetzt mit bleichem Gesicht.

„Barbara, mein Engel", sagte Hubsi.

„Oh je", sagte Antonia. „Wie sind Sie denn hierhergekommen?"

Hohenfels beachtete sie nicht.

Franz Josef bellte noch immer.

„Franz Josef!", brüllte Lois. „Aus! Aus jetzt! Braver Hund." Er versuchte, den Yorkshireterrier zu greifen. Der ließ sich aber in der Erfüllung seiner Aufgabe als Schutzhund nicht beeinträchtigen und wich geschickt aus, um ungehindert weiterzubellen. „Zifix!", fluchte Lois. „Da komm her! Sofort! Zifix!"

„Stellen sie dieses blöde Viech ab!", schrie Hohenfels mit schneidender Stimme im unangenehmen Falsett. „Sonst drehe ich ihm den Kragen um."

Lois war sich sicher, dass Hohenfels sich nicht scheuen würde, seinen Liebling anzugreifen. „Jetzt komm zum Papa", versuchte er, Franz Josef zu sich zu locken. Nur allzu gern hätte er Hohenfels gedroht, es ihm in einem solchen Fall mit gleicher Münze heimzuzahlen. Er hielt sich jedoch zurück. Deeskalation war Lois nach fünfzehn Jahren Polizeidienst bereits in Fleisch und Blut übergegangen.

„Ich weiß, Sie haben dich unter Druck gesetzt." Hohenfels versuchte zum zweiten Mal, seine Frau ungeschickt zu umarmen. Antonia hatte allerdings den Eindruck, dass diese Umarmung eher einer Gefangennahme glich als der Kontaktaufnahme eines liebenden Gatten. „Aber sie werden dafür ins Gefängnis wandern, das verspreche ich dir."

„Das werden Sie bereuen", zischte er zu Antonia gewandt.

„Ich bin sicher, dass ich es bereuen werde", erwiderte Antonia. „Sie sind ein mächtiger Mann und ich, wie ich mittlerweile weiß, bin offenbar aus lächerlichen Gründen Ihre Todfeindin. Und ich bin sicher, dass, im Gegensatz zu mir, Sie niemals bereuen werden, was Sie getan haben, weil Sie gar nicht wissen, was das ist und wie man das macht."

„Wer mir im Weg steht, wird weggeräumt", verkündete Hohenfels verächtlich. „Wissen Sie eigentlich, dass ich Millionen durch Sie blöden Trampel verloren habe? Glauben Sie etwa, dass ich mir das gefallen lasse?"

Antonia nickte. „Ist mir klar." Sie bemühte sich, ihren Anflug an Panik zu unterdrücken und überlegte hektisch, wie sie alle vier heil aus der Situation wieder herauskommen könnten.

„Du kommst jetzt mit mir. Die Herrschaften werden uns nicht aufhalten können. Endlich bist du in Sicherheit." Hohenfels griff seine Gattin am Arm und wollte sie mit sich ziehen, doch die entwand sich seinem Griff.

„Du hast mich noch nie ,mein Engel' genannt", sagte sie. In ihrem Gesicht spiegelte sich Zweifel. Aber auch Hoffnung auf das Wunder der Wandlung in einen am

Ende doch liebevollen Ehemann. Ihre Augen suchten seinen Blick, in dem sie offenbar die Wärme zu finden hoffte, die seinen Worten das Gütesiegel der Wahrheit verliehen.

„Ich weiß, ich hätte mich mehr um dich kümmern sollen. Aber das holen wir jetzt alles nach." Hohenfels lächelte und griff wieder nach ihrem Arm. Antonias Mut sank. Jetzt wird sie einknicken und mit ihm gehen, dachte sie. Sieht sie nicht seine kalten Augen? Immer dasselbe alte Spiel. Der Herr Gatte heuchelt Besserung und schon fallen sie wieder darauf herein, die seelisch ausgehungerten Gattinnen. Wenn sie mit ihm geht, haben wir keine Zeugin mehr. Im Gegenteil. Er wird mich wieder verfolgen und versuchen, mein Leben zu zerstören.

Lois hatte den tobenden Franz Josef mittlerweile erwischt und unter seine Jacke gesteckt. Der Yorkie wollte aber auch unter diesen Umständen seinen Aufgaben nachkommen und sendete einige heftige Knurrer aus.

„Barbara, überlegen Sie gut!", rief Antonia. „Warum sollte er sich ausgerechnet jetzt bessern! Er will doch nur, dass sie nicht gegen ihn aussagen."

„Eine Frau sollte zu ihrem Mann halten und nicht zu irgendwelchen dahergelaufenen Hexen", zischte Hohenfels sie an. Barbara schien hin und her gerissen. Unsicher schaute sie von ihrem Mann zu Antonia und von Antonia zu Lois.

„Komm, mein Engel, wir gehen jetzt. Alles wird gut", sagte Hohenfels. Seine Frau suchte wieder seinen Blick.

„Barbara, fallen Sie nicht auf ihn herein!", warnte Antonia. „Verlangen Sie einen Beweis. Gibt es irgendetwas, das Sie immer wollten, er aber nicht? Verlangen Sie es jetzt!"

„Oh mein Gott", flüsterte die Hohenfels-Stranelli. „Wenn ich unter Druck gesetzt werde, kann ich nicht mehr klar denken. Was soll ich nur tun, Hubsi?"

„Du kommst jetzt mit, verdammte ..." Er hielt inne.

„Verdammte was?", fragte Antonia nach. „Sie wollten Sie doch eben beschimpfen."

Barbara Hohenfels-Stranelli wich zurück. „Ich gehe nirgendwo mit dir hin."

„Natürlich tust du das!", befahl er ihr.

„Hubsi, hast du schon wieder in der Früh getrunken? Ich rieche deine Fahne." Die Hohenfels-Stranelli wurde panisch.

„Halt die Goschn, Depperte." Hubsi ging offenbar endgültig zum alltäglichen ehelichen Umgangston über.

Lois stand schweigend da und beobachtete die Szene. Antonia suchte seinen Blick und deutete ihm, dass er die Türe blockieren solle.

„Du kommst mit und dann rufe ich die Polizei, um diese beiden Entführer dingfest zu machen." Hohenfels war wild entschlossen, der Sache ein Ende zu bereiten.

„Die Polizei bin ich", sagte Lois.

„Sie sind suspendiert", entgegnete Hohenfels. „Sie sind erledigt. Sie werden nie mehr die Polizei sein, das verspreche ich Ihnen."

„Das bestimmen andere als Sie", erwiderte Lois kämpferisch.

Hohenfels grinste zynisch.

„Woher wissen Sie das mit Lois' Suspendierung?", hakte Antonia nach.

„Das geht dich nichts an, Hex'", fuhr Hohenfels Antonia an.

„Also von Schreckskötter persönlich", sagte die Hex' zufrieden.

Hohenfels antwortete nicht.

„Sagen Sie, Herr Hohenfels", Antonia bemühte sich um einen harmlosen Ton in ihrer Stimme, „der Herr Schreckskötter steht doch an prominenter Stelle auf Ihrer Liste. Wie gut kennen Sie ihn eigentlich?"

„Geht dich auch nichts an, Hex"", zischte Hohenfels und zerrte wieder an seiner widerstrebenden Frau herum.

„Er kennt den Schreckskötter sehr gut", antwortete die Hohenfels-Stranelli an seiner Stelle. „Und er hat zwar nichts mit dem Kulturfestival zu tun, aber er weiß eine ganze Menge. Wie er ja immer alle Schweinereien von allen weiß. Er hat da so seine Verbindungen, mein Hubsi."

„Ich bringe dich um, wenn du auch nur noch eine Silbe sagst", presste Hohenfels hinter zusammengebissenen Zähnen hervor.

„Ganz ruhig, Herr Hohenfels", sagte Lois. „Ihre Frau hält zu Ihnen, ich bin ganz sicher. Nur ruhig, ganz ruhig." Er hatte sich vor der Türe aufgebaut. Hohenfels konnte mit einem Blick feststellen, dass er keine Chance hatte, an Lois vorbeizukommen. Schon gar nicht mit seiner widerborstigen Frau im Schlepptau. Lois taxierte ihn daraufhin ab, ob er eventuell eine Waffe hatte und war beruhigt, als er bemerkte, dass der kriminelle Graf offensichtlich unbewaffnet war. Anscheinend hatte er nicht mit nennenswertem Widerstand bei der Gattinrückholaktion gerechnet.

Für Lois war klar, dass er Hohenfels auf jeden Fall daran hindern würde, mit seiner Gattin zu verschwinden. Es wäre jetzt nahe liegend gewesen, über Handy seine Kollegen zu alarmieren. Aber er hoffte, Hohenfels dazu zu bringen, Hinweise darüber auszuspucken, wer den Intendanten ermordet haben könnte und vor allem auch warum.

„Sie glauben gar nicht, wie froh die Frau Azurra und ich sind, dass wir Sie hier treffen", sagte er plötzlich und genoss die Verblüffung auf Hohenfels' Gesicht. „Wir wären sonst zu Ihnen gekommen, denn wir haben da so einige Fragen."

„Sind die so blöd oder tun die nur so?", fragte Hohenfels seine Frau.

„Wir tun nur so, Herr Hohenfels", antwortete Antonia. „Es macht uns eine unendliche Freude, dass Sie uns dermaßen unterschätzen."

Hohenfels schwieg verdrossen und begann zu begreifen, dass er nicht mehr derjenige war, der die Regeln dieses Spiels bestimmte.

„Sie haben jetzt zwei Möglichkeiten." Lois erklärte Hohenfels die Optionen. „Entweder ich rufe sofort die Kollegen, die innerhalb von zehn Minuten hier sein werden. Zehn Minuten lang halte ich Sie mit Sicherheit auf. Wenn es sein muss unter Einsatz von Franz Josef. Oder aber Sie stehen uns hier Rede und Antwort und wir überlegen anschließend, wie wir uns arrangieren können, ich meine, wie wir friedlich wieder auseinander gehen. Allerdings bleibt Ihre Frau bei uns."

Antonia schaute ihn fragend an. Er schüttelte unmerklich den Kopf.

„Wie Sie meinen", knurrte Hohenfels. Sein Gesichtsausdruck war undurchsichtig. „Schießen Sie los."

„Besser nicht", antwortete Lois. „Haha. Wir wollen doch jedes Blutvergießen vermeiden. Ich frage Sie noch einmal: Was wissen Sie über Schreckskötters Verbindungen zum Mörder von Navratil? Kennen Sie vielleicht den Mörder?"

„Machen Sie sich nicht lächerlich", sagte Hohenfels. „Ich kenne keine Mörder".

„Außer dem Bumsti", stellte Lois fest.

„Wen?", fragte Hohenfels.

„Der Franz Reinisch", erklärte Lois, „der Neffe vom Reinisch Rupert. Sie kennen sie doch, den Onkel und den Neffen. Der Neffe heißt eigentlich Franz. Aber hier kennt ihn jeder nur als Bumsti. Denen Sie den Auftrag gegeben haben, die Frau Azurra fertigzumachen. Nur dass der Bumsti Reinisch eben nur den Hund von der Frau Azurra und die arme Frau Neumeister erwischt hat. Ist halt nicht das hellste Licht am Leuchter des Herrn, der Bumsti, auch wenn er stets superschick daherkommt."

In Hohenfels undurchdringlicher Miene zuckte es. „Ich kenne keinen Bumsti oder Franz Reinisch", sagte er.

„Eh nicht. Das habe ich auch nicht anders erwartet. Aber damit werden sich die Kollegen von der Kripo befassen. Die werden Ihnen das schon beweisen. Und der Bumsti selber wird sicher aussagen, denn der wird alles tun, wenn er die eigene Haut retten kann und dann wandern auch Sie nach Karlau."

„Sicher nicht." Hohenfels ballte die Hände zu Fäusten. „Sie wissen ja nicht, was Sie da reden." Er lächelte verächtlich.

„Herr Hohenfels", sagte Antonia, „wir wissen, dass Sie nichts mit dem Mord an dem Intendanten Navratil zu tun haben. Und an den verschwundenen drei Millionen waren Sie auch mit Sicherheit nicht Schuld. Aber wir nehmen an, dass, sagen wir Ihr Schützling, Schreckskötter etwas damit zu tun hat. Und wir würden gern herausfinden, was und warum. Sie sind ein Mann, der alle Schwächen seiner Protegés kennt und wahrscheinlich auch noch sorgfältig dokumentiert. Vielleicht könnten Sie uns da eventuell behilflich sein?" Antonia holte tief Luft und hoffte, dass sie den richtigen Ton getroffen hatte.

„Warum sollte ich das tun?", fragte Hohenfels.

„Na, wie schon gesagt. Wenn wir auch etwas davon haben, dass wir die Polizei nicht rufen, dann könnten wir vielleicht anschließend als Freunde auseinandergehen."

„Ich brauche keine Freunde", erwiderte Hohenfels. „ich bin stolz darauf, nicht einen einzigen Freund zu haben."

„Hubsi." In der Stimme von Hohenfels' Frau lag etwas Bittendes.

„Also gut." Hohenfels gab sich geschlagen. „Unter der Bedingung, dass ich meine Frau mit mir nehmen darf."

„Aber immer", sagte Lois.

„Spinnt ihr!", rief die Hohenfels-Stranelli. „Er wird mich umbringen."

„Halt die Pappn, Depperte", zischte Hohenfels.

„Hilfe!", schrie die Hohenfels-Stranelli.

„Ganz ruhig", sagte Lois. „Frau Hohenfels. Hysterie bringt jetzt gar nichts."

„Eher Voodoo", ergänzte Antonia. Sie wandte sich an Barbara Hohenfels-Stranelli. „Ich bin sicher, alles wird gut", sagte sie und zwinkerte ihr leicht zu. „Erst einmal reden wir. Und dann sehen wir weiter."

Lois setzte nun Franz Josef wieder auf den Boden, der sich ebenfalls wieder beruhigt zu haben schien. Mit leisem Knurren bewies er jedoch, dass er ein instinktsicherer Hund war. „Franz Josef, Platz!", befahl Lois.

„Lächerlich", sagte Hohenfels. „Das ist ein Witz und kein Hund. Sie geben ihm Kommandos, als ob er ein echter Hund wäre. Lächerlich das Ganze."

„Abwarten", sagte Lois. „Wünschen Sie sich nicht, in eine Situation zu kommen, in der Franz Josef angreift."

Hohenfels schnaubte verächtlich.

„Was ist nun?", insistierte Antonia. „Welche Schwäche hat der Schreckskötter?"

Hohenfels zögerte. „Ich weiß wirklich nicht ..."

„Herr Hohenfels, wir können die Sache hier sofort abbrechen." Lois sprach nun in seinem amtlichen Ton. „Ich rufe die Kollegen, und fertig ist alles."

Hohenfels schloss die Augen. Antonia sah es ihm an, welche Schmach es ihm bedeutete, seine kostbaren Geheimnisse zu offenbaren. „Schreckskötter fährt gern Ski", sagte er.

„Was?", fragte Lois nach. „Machen Sie sich lustig über uns? Ich warne Sie."

„Im Schnee." Hohenfels Stimme klang jetzt bedeutungsvoll.

„Was?", fragte Lois. „Jetzt reicht es aber!"

„Mein Gott, Lois!", rief Antonia. „Er sagt, dass der Schreckskötter kokst."

„Was? Ach so. Echt? Der Schreckskötter? So, na ja. Tut das nicht mindestens die Hälfte der Politiker während die andere Hälfte säuft?"

„Und die dritte Hälfte tut beides", lachte Antonia. „Das ist alles? Blöd. Damit können wir ihm keine Falle stellen. Ich wüsste gar nicht, woher man so ein Zeugs bekommt. Kann ihn ja nicht zu einer Koksparty einladen."

„Nein, das ist noch nicht alles" setzte Hohenfels fort. „Der Schreckskötter ist krank. Er ist süchtig. Aber nicht nach Kokain."

„Sondern?", wollte Lois wissen.

„Schreckskötter spielt", sagte Hohenfels leise.

„Ach wie niedlich", sagte Lois. „Schreckskötter spielt. Was denn? ‚Mensch ärger dich nicht'? Oder mit seinem Teddybär?"

„Deshalb!", rief Antonia. „Wir haben ihn doch gesehen, wie er in dieses Wettcafé gegangen ist. Und wir haben uns noch gewundert, warum ein Bürgermeister in ein Wettcafé geht. Na zum Spielen!" Sie schlug sich mit der Hand gegen die Stirn. „Das erklärt so manches. Der spielt!"

„Bitte diskret zu behandeln", sagte Hohenfels. „Seinen Koks schnupft er nur, wenn er unterwegs ist."

„Seien Sie versichert", sagte Antonia, „im Zusammenhang mit Herrn Schreckskötter tun wir alles nur diskret. Und selbstverständlich wird niemand erfahren, dass wir es von Ihnen wissen."

Franz Josef knurrte noch immer leise. „Du hast völlig recht, Franz Josef." Lois tätschelte den Kopf des Hundes.

„Jetzt, wo Sie haben, was Sie wollen, lassen Sie uns gehen", forderte Hohenfels sie auf.

„Wir?", fragte die Hohenfels-Stranelli. „Wir gehen nirgendwo hin. Wenn, dann höchstens du."

Lois räusperte sich. „Es ist mir wirklich unangenehm, Herr Hohenfels, aber ich muss Ihnen ein Geständnis machen."

„Geständnis? Was für ein Geständnis?", wollte Hohenfels wissen.

„Ich habe Sie belogen", sagte Lois. „Ich hoffe nicht, dass Sie mich nun auf Ihre Liste setzen. Ich kann Ihnen ja auch gar nicht nützlich sein." Er lachte.

„Wovon reden Sie?"

„Ich lasse Sie gar nicht gehen. Weder mit noch ohne Ihre Frau." Lois grinste. „Aber selbst, wenn ich Sie gehen lassen würde, nützt Ihnen das auch nichts. Denn ich habe meinen Chef mit meinem Smartphone angerufen. Kurzwahl, verstehen Sie. Der hat hoffentlich die ganze Zeit mitgehört."

Er griff in seine Jackentasche und hielt sich sein Smartphone ans Ohr. „Gerald? Hörst du mich? Bist du dran? Gott sei Dank, du bist dran. Gerald, hast du alles mitgehört? Sei froh, dass du nur sein Knurren unter der Jacke gehört hast. Vorher hat er gebellt, da hättest du auch einen Hörsturz bekommen wie der Puntigam." Lois strahlte. „Ja, der ist zurückgetreten. Wegen Hörsturz. Wenn ich es dir doch sage. Wir haben es heute in der Zeitung gelesen. Wer? Der Hohenfels? Der ist noch da. Super. In vier Minuten? Wir warten."

„Er wollte mich entführen!", schrie die Hohenfels-Stranelli.

Lois nickte. „Er hat schon aufgelegt. Die Kollegen sind gleich da und nehmen alles auf", beruhigte er sie und steckte das Handy wieder in seine Tasche.

„Schlauer Lois", lobte Antonia.

Lois strahlte. „Ja, wir Burschen am Land sind gar nicht so blöd wie mancher meint."

In der Ferne war ein Martinshorn zu hören.

*

„Hätten Sie das gedacht?" Antonia räkelte sich mit Franz Josef vor dem Kaminfeuer um die Wette.

„Was?", wollte Lois wissen.

„Dass wir den Hohenfels schnappen."

„Eigentlich schon." Lois war sich ganz sicher. „Die schwerere Nuss, die es zu knacken gibt, heißt Mörder vom Navratil." Er saß in Antonias Lieblingsfeauteuil und las Zeitung.

„Was geschieht jetzt mit dem Hohenfels?"

Lois hob die Schultern, während er umblätterte. „Er wird für eine Weile in Untersuchungshaft sitzen, dann wird ihm der Prozess gemacht werden. Da kommt genügend zusammen. Von Geschäftsschädigung, über Bestechung und weiter Anstiftung zum Mord, was Sie betrifft, und versuchter Entführung. Wer weiß, was da außerdem noch ausgegraben wird. Wird so manche Leiche im Keller haben, der feine Herr Graf."

„Und was ist mit den anderen? Mit Mindner, Groß-schädl und Co., alle, die sich an meiner Existenz-vernichtung beteiligt haben?"

„Die werden auch schon bessere Zeiten erlebt haben als die, die jetzt vor ihnen liegen. Es kommt jetzt ganz auf Ihre Aussage an und natürlich auf die von der Hohenfels. Da könnten Köpfe rollen."

„Ich wäre gern dabei, wenn die den peinlichen Fragen der Polizei ausgesetzt werden". Antonias Stirn-falte zwischen den Augenbrauen zog sich zusammen.

„Im Prozess oder vielleicht sogar in den Prozessen werden Sie Gelegenheit genug haben, sich die Bande anzuschauen, wenn abgerechnet wird."

„Es wird mir eine Genugtuung sein" Antonia lächelte.

„Vielleicht können wir das eines Tages auch in Bezug auf den Mörder vom Navratil sagen." Lois schien die Hoffnung nicht aufzugeben.

„Ich befürchte, den Mörder vom Navratil finden wir beide nie. Dazu fehlen uns die Mittel." Antonia machte den Eindruck, als bedauerte sie das sehr.

„Ach, weil wir kein Labor und keine Gerichtsmedizin zur Verfügung haben?"

„Unter anderem. Aber eigentlich, weil ich nicht weiß, wie wir an den Schreckskötter herankommen können, ohne dass uns der totbeißt. Und meiner Ansicht nach führt der Weg zum Mörder über den Schreckskötter." Antonia setzte Franz Josef neben sich, griff nach ihrem Sektglas und nahm einen Schluck. Dann lehnte sie sich wieder nach hinten und Franz Josef eroberte sich seinen Platz auf ihrem Bauch zurück.

„Sie wissen ja, gebranntes Kind scheut das Feuer", sagte Lois ein wenig abwesend. „Ich möchte jetzt daran arbeiten, wieder in den Polizeidienst zurückzu-kehren. Da will ich mir nicht weiter schaden."

„Ist das Ihr Ernst?" Antonia setzte sich auf.

„Nein", lachte Lois. „Ich wollte nur testen, ob Sie es ernst meinen mit Ihrem Fatalismus."

„Witzbold", brummte Antonia.

„Also los", forderte Lois sie auf. „Sie wissen doch immer, wie es weitergeht. Wie geht es nun weiter, um Navratils Mörder zu finden?"

Antonia streckte sich. „Ich glaube, wir waren immer viel zu zaghaft. Wir hatten immer zu viel Angst. Wir brauchen einen mutigen Weg."

„Wenn die Mama nicht schon so vergesslich geworden wäre, dann hätte Sie Ihnen aber bald klargemacht, dass wir schon viel zu mutig waren."

Antonia lächelte. „Ihre Mama ist wohl keine der ganz mutigen?"

„Nein. Sie ist immer eher eine stille."

„Eines Tages werde ich sie besuchen. Ich möchte sie kennenlernen."

„Ach die Mama ist nur noch ein Schatten ihrer Selbst", bedauerte Lois. „Sie hätten sie sehen oder erleben sollen, als wir kleine Buben waren. Mein Bruder und ich, wir waren keine leichten Kaliber, sag ich Ihnen. Aber sie hat uns großgekriegt. Und fragen Sie nicht wie. Der Papa ist ja im Krieg geblieben. Die Mama hat das ganz allein gemeistert."

„Ich weiß. Frauen sind das starke Geschlecht." Antonia tätschelte ihm die Hand. „Und wenn Sie mir das jetzt zutrauen, dass wir auch den Intendanten-Mörder finden, dann wollen wir loslegen."

„Und womit?" Lois war neugierig.

„Keine Ahnung", lachte Antonia.

„Na super", sagte Lois.

„Vielleicht hilft ein wenig Voodoo."

„Super. Echt super", sagte Lois. Er pfiff nach Franz Josef. „Komm kleiner Mann, wir schauen ob uns ein Waldschrat ein wenig Voodoo-Unterricht gibt."

Mit einem fröhlichen Franz Josef machte er sich auf den Weg durch den Wald.

*

Antonia faltete die Zeitungen zusammen, die Lois liegengelassen hatte. Dann räumte sie das Geschirr zusammen und trug es in die Küche. Resigniert starrte sie auf Teller und Häferl, die sich bereits in der Abwasch stapelten und nahm sich vor, die Zeit zu nutzen, um rasch die Küche aufzuräumen und zu putzen.

Es ist ja wahr, dachte sie, während sie das Geschirr in den Spüler räumte. Wir nähern uns der Wahrscheinlichkeit der Wahrheit immer auf dem Weg des geringsten Widerstandes. Das ist unser Fehler. Wir haben alle Angst vor dem Schreckskötter. Alle. Halt. Nicht alle. Einer hat keine Angst und das ist der Hohenfels.

Konsterniert richtete sie sich auf. Dass ich darauf bisher nicht gekommen bin! Natürlich!

Ich brauche den Hohenfels, wenn ich den Schreckskötter erreichen will. Und wie erreiche ich den Hohenfels? Über seinen Anwalt. Wenn ich nur wüsste, wer das ist. Stopp! Das wird doch die Barbara wissen! Sie schloss die Tür des Geschirrspülers, griff nach ihrem Handy und wählte die Nummer der Hohenfels-Stranelli, die sich nach kurzem Läuten meldete.

„Barbara? Grüße Sie. Ich bin's, Antonia Azurra. Danke, danke, recht gut. Und Ihnen? Das ist gut. Klingt ganz wunderbar. Ich freue mich. Sagen Sie, ich habe da eine Frage. Welcher Anwalt vertritt eigentlich Ihren Mann? Nein, nein, nichts Besonderes. Hat nichts mit Ihrem Fall zu tun. Es ist nur – ich hoffe, dass Ihr Mann mir die Verbindung zum Schreckskötter machen kann. Ich muss den Mann dringend sprechen. Und er wird mich kaum empfangen. Bitte? Ja, sicher, das weiß ich natürlich. Auch der Anwalt wird nicht mit mir sprechen. Ja, ich weiß, nicht mit mir sprechen darf. Aber ich muss den Schreckskötter erreichen. Habe sonst keinen Anhaltspunkt, um weiterzumachen. Es geht um den toten Intendanten. Sie wissen. Ich weiß." Sie lauschte den längeren Ausführungen der Hohenfels-Stranelli mit wachsender Ungeduld. „Ja schade. Sie haben natürlich recht. Ja. Vielen Dank."

Enttäuscht legte sie auf. Das ist also kein Weg. Wäre auch zu unvernünftig. Verdammt, was machen wir nun? Ihre Enttäuschung wich einer Ärgerlichkeit, die ihr den Nacken verspannte und zu leichten Kopfschmerzen führte. Sie drehte den Kopf von links nach rechts und vor und zurück in der Hoffnung, die Verspannung wieder zu lösen. Wenn wir ihn erwischen, während er durch sein Amt geschützt ist, wird es uns eh nichts nützen. Wir müssen ihn in seiner Schwäche antreffen. Dann redet er eher und sagt uns, wer den Navratil umgebracht hat.

„Ich hab's!", rief sie ganz laut. „Ich hab's! Der ist doch ein Spieler. Wir müssen ihn beim Spielen erwischen!"

„Den Schreckskötter?" Lois war vom Spaziergang zurückgekehrt und putzte Franz Josef im Vorzimmer die Waldpfoten mit einem alten Handtuch ab.

„Jaa, Lois! Wir müssen den Schreckskötter beim Spielen erwischen, dann wird er ein schlechtes Gewissen haben und ist leichter zu knacken. Leichter jedenfalls als er den Jackpot knackt."

„Oh je."

„Was oh je?"

„Sie meinen ernsthaft, wir sollen uns durch alle Wettcafés kämpfen? Wenn der spielsüchtig ist, dann spielt der ja nicht nur in Feldbach. Wissen Sie, wie viele Wettcafés allein in der Steiermark existieren? Und wahrscheinlich spielt der sowieso in Casinos und nicht nur das, ich bin mir sicher, dass es so etwas wie illegale Casinos gibt, da kommen wir zwei sowieso nicht heran." Lois war mittlerweile wieder ins Wohnzimmer gekommen.

„Wirklich sehr aufbauend", knurrte Antonia. „Aber Sie haben ja recht. Das schaffen wir nie."

„Vielleicht ist es ja jetzt an der Zeit, dass die Polizei zum Zuge kommt. Die haben in Graz eine SOKO gebildet. Überlassen wir doch denen das Feld, wenn wir partout nichts mehr ausrichten können."

„Lois, Sie wollen mich schon wieder testen, gell?"

„Ich weiß nicht", sagte Lois.

„Wir könnten ja noch einmal beim Puntigam nachhaken", schlug Antonia vor.

„Haben Sie seine Privatnummer? Oder die von dem Sanatorium, in dem er sich wahrscheinlich zurzeit befindet?"

„Nein", murmelte Antonia enttäuscht.

In das darauffolgende Schweigen läutete Antonias Handy, das ihr Franz Josef gut erzogen apportierte.

„Heyhey, sehen Sie, was ich sehe? Der Franz Josef! Was der kann!"

Antonia meldete sich lachend. „Hallo?"

„Hallo Antonia, ich bin es schon wieder, Barbara. Ich hoffe, ich bin nicht lästig, aber ich habe mir Gedanken gemacht."

„Gedanken? Worüber?", wollte Antonia wissen.

„Sie sagten doch, dass der Weg zu Navratils Mörder nur über Schreckskötter führt und dass Sie nicht wissen, wie Sie an ihn herankommen können, weil er Sie nicht an sich heranlässt."

„Genau", bestätigte Antonia und freute sich über Lois fragendes Gesicht.

„Eben. Und ich glaube, ich kenne eine gute Möglichkeit, schnell und unproblematisch mit Schreckskötter zu sprechen."

„Da bin ich aber gespannt."

„Ich kenne die Josie doch recht gut, seine Frau. Wir kennen uns vom selben Service-Club. Und da habe ich mir gedacht, die fragst du einfach ganz direkt und das habe ich dann getan."

„Was haben Sie?!" Antonias Stimme überschlug sich beinahe.

„Ja, wissen Sie. Wenn ich aus einer Horrorbeziehung aussteigen kann, dann kann die Josie doch auf jeden Fall etwas für ihr Rückgrat tun."

„Ihr was?"

„Na, ihr Rückgrat, oder dass sie sich morgens ohne ein schlechtes Gefühl im Spiegel anschauen kann", erklärte die Hohenfels-Stranelli.

Antonia schwieg und lauschte in den Hörer. Sie war sprachlos.

„Das war nicht ganz leicht. Sie hat große Angst vor ihrem Mann. Aber ich konnte sie dann doch überzeugen. Vielleicht kann ich auf diese Weise etwas wieder gutmachen."

„Barbara, Sie erstaunen mich immer wieder. Und was hat Frau Schreckskötter geantwortet?" Antonia konnte ihre Ungeduld kaum verbergen. Ihr Herz klopfte und ihr wurde heiß. Lois hätte viel darum gegeben, dass Antonia ihr Handy auf laut geschaltet hätte. Antonia gestikulierte aufgeregt in seine Richtung. Er hätte platzen können vor Neugierde, während Antonia mit ihrem freien Arm in der Luft herumruderte.

„Sie hat Ja gesagt, stellen Sie sich vor. Am Ende hat sie Ja gesagt. Hat mir in aller Offenheit gesagt, dass sie mich und meinen Schritt sehr bewundert. Sie müssen sofort kommen. Jetzt ist die Gelegenheit, schnell, bevor die Josie es sich anders überlegt. Der

Schreckskötter kommt nämlich in zirka zwei Stunden heim."

Antonia zog die Luft scharf ein. „Sie meinen jetzt? Also jetzt ganz genau jetzt?" Sie war nun völlig aus dem Häuschen

„Ja, jetzt, schnell!" Die Stimme der Hohenfels-Stranelli nahm einen beinahe schrillen Klang an.

„Wir kommen! In ungefähr einer dreiviertel Stunde sind wir da. Wir kommen!" Antonia schaltete das Handy aus und sprang auf. „Lois, Lois, schnell, wir fahren zum Schreckskötter heim, jetzt gleich, kommen Sie, kommen Sie!" Sie war ganz atemlos und rannte in ihr Schlafzimmer, um sich umzuziehen.

„Zum Schreckskötter nachhause? Ohne mich!", rief Lois ihr hinterher. „Bin doch nicht blöd, denselben Fehler zweimal zu machen" sagte er dann zu sich selbst. „Völlige Schnapsidee. Also wirklich."

*

„Das ist der helle Wahnsinn!" Lois war froh, die Hände am Steuer halten zu müssen. Er war, gelinde gesagt, in Panik.

„Keine Sorge, Lois. Ich habe alles im Griff. Hoffe ich jedenfalls." Antonia war in ihrem Element. Endlich hatte sie eine Möglichkeit, aktiv zu werden. „Links! Wir müssen nach links. Lois! Was ist los mit Ihnen. Wir wollen doch nach Feldbach."

Lois riss den Wagen noch rechtzeitig herum und bog Richtung Feldbach ab.

„Bin halt nervös." Lois wünschte sich inständig, dass Frau Schreckskötter Ihnen nicht öffnen würde oder dass Schreckskötter in irgendeiner Spiel-Spelunke versackt sein würde. Er sah seine Rückkehr in den Polizeidienst kläglich dahinschwinden.

„Wir brauchen jetzt eine Strategie", dozierte Antonia in dem Versuch, gelassen zu bleiben.

„Hm."

„Was machen wir, wenn er uns rauswirft?

„Hm." Lois Blick hatte jetzt etwas Gehetztes. Er schwitzte.

„Lois? Alles in Ordnung?"

„Nein, nix ist in Ordnung. Das ist eine Schnapsidee. Ich habe eine Todesangst."

„Soll ich besser allein hineingehen?" fragte Antonia „Das ist vielleicht geschickter, dann fühlt er sich nicht gleich so überrumpelt und wir können behaupten, dass es sich um einen Frauentreff handelt, weil nur die Schreckskötter, die Hohenfels und ich da sind."

„Blödsinn. Ich lasse Sie doch nicht allein ins Messer laufen", protestierte Lois. „Es wird furchtbar. Wir werden leiden. Er wird uns töten. Aber ich gehe natürlich mit."

„Danke." Antonia war erleichtert. Sie hatte aufgehört nachzudenken. Antonia hatte Witterung aufgenommen und war auf der Jagd. Lois nicht. Er fühlte sich eher wie ein Schaf auf dem Wege zur Schlachtbank. Franz Josef saß auf Antonias Knien und genoss das Leben. Autofahren gehörte für ihn zu den schönen Seiten des Hundelebens.

Als sie in die stille Wohnstraße einbogen, in der Schreckskötters Bungalow lag, hatte Lois sich in sein Schicksal ergeben. Jetzt war Einsatz. Der erfahrene Dorfpolizist, der er war, schränkte seinen Geist ein und konzentrierte sich auf den Tunnelblick. Nachdenken war jetzt nur noch hinderlich. Es galt durchzukommen, um jeden Preis. Der nächste Schritt war der Parkplatz.

„Keine Sorge, wir finden einen. Ich habe ihn beim Universum bestellt." Antonia tätschelte seinen Arm. „Das funktioniert immer. Glauben Sie es mir!"

Lois stöhnte.

Schnell warf er einen Blick zur Seite und prüfte, ob sie wirklich noch Teilnehmerin derselben Wirklichkeit war wie er selbst.

„Jetzt haben Sie sich nicht so. Es funktioniert. Nur Ruhe. Sie dürfen es nicht durch Ihre Zweifel vermasseln." Antonia grinste.

„Ach, und wenn wir keinen finden, bin ich dann schuld durch meine Zweifel?"

Antonia lachte. „So ist es."

Vor Schreckskötters Bungalow prangte einsam und unübersehbar ein freier Parkplatz in der von Autos zugeparkten Gasse.

„Na? Habe ich es nicht gesagt? Vertrauen Sie mir. Ich kann zaubern", trumpfte Antonia auf.

„Langsam glaube ich es auch", brummte Lois und parkte ein.

„Jetzt wird mir doch etwas mulmig", sagte Antonia.

„Sag ich doch. Es wird unser Untergang. Er wird uns in der Luft zerreißen. Oder Schlimmeres", unkte Lois.

„Trotzdem. Läuten Sie", forderte Antonia ihn auf.

„Und wenn er schon daheim ist und uns gleich öffnet?"

„Läuten Sie!", befahl Antonia.

Lois drückte auf die Klingel neben der Türe. Josie Schreckskötter öffnete.

„Grüß Gott", sagte Lois und dann schwieg er.

„Bitte kommen Sie doch herein", lud Josie die beiden ein.

„Ach, da sind Sie ja." Barbara Hohenfels-Stranelli erschien hinter Josie Schreckskötter im Eingang.

„Warum erinnert mich das an Desperate Housewifes?", murmelte Antonia.

„An was?" Lois verstand nicht.

„Vergessen Sie's." Antonia setzte ein offizielles Lächeln auf. „Liebe Frau Hohenfels-Stranelli, liebe Frau Schreckskötter, vielen herzlichen Dank für diese großzügige Möglichkeit, den Herrn Bürgermeister ganz informell treffen zu können." Sie schüttelte Josie Schreckskötters ausgestreckte Hand und trat ein. Lois blieb Antonia knapp auf den Fersen. Sie betraten Sepp Schreckskötters persönliches Reich.

Die Bürgermeistersgattin hatte Tee vorbereitet, den sie in zartem Porzellan servierte. Barbara Hohenfels-Stranelli goss sich aus einer eleganten, silbernen Taschenflasche einen Schnaps hinein. Marille – wie durch den unverkennbaren Duft unschwer zu erraten war. „Für die Nerven." Sie lächelte ein wenig schuldbewusst.

Antonia und Lois saßen angespannt auf ihren Sesseln und versuchten, einen lockeren und entspannten Eindruck zu machen. Josie Schreckskötter schaute auf ihre Armbanduhr. „Jetzt kann er jeden Augenblick eintreffen", sagte sie mit zarter Stimme. Sie war eine durchschnittliche Erscheinung, teuer gekleidet, dezent geschminkt. Ganz die Politikersgattin. Nach ihrer Bemerkung legte sich Schweigen über den Wohnraum, der das übliche Prestige-Interieur einer Mittelstandsfamilie enthielt. Ledergarnitur in Beige, schwere Fauteuils, Flachbildfernseher, Bücherwand, gefliester Boden, ein paar Teppiche, ein offener Kamin. Beklommenes Schweigen, erwartungsvolles Schweigen, neugieriges Schweigen. Die Hohenfels-Stranelli nahm noch einen Schluck vom mit Tee verdünnten Marillenschnaps. Josie Schreckskötter knetete ihre

Hände. Lois standen Schweißperlen auf der Stirn und Antonia hatte die Augen geschlossen.

„Hoffentlich hatte er heute einen guten Tag", flüsterte Josie Schreckskötter. Antonia riss die Augen auf und suchte Lois Blick, der ebenso erschrocken schaute. Die Zeit war ein Fluss aus Kaugummi.

Nach einer halben Stunde hörten sie, dass die Haustür aufgesperrt wurde und jemand das Haus betrat.

Josie Schreckskötter erwachte aus ihrer erwartungsvollen Starre und stand mit routiniertem Lächeln wie ein aufgezogenes Püppchen auf. „Kommen Sie", sagte sie. „Wir sollten jetzt einen entspannten Eindruck machen. Schließlich sind wir hier zu einer kleinen anregenden Plauderstunde zusammengetroffen, nicht wahr?"

„Ganz recht. Also, wie geht es Ihnen, Antonia?", nahm die Hohenfels-Stranelli den Faden auf. Sie stärkte sich noch einmal mit Marillenschnaps-Tee.

„Oh, danke bestens", flötete Antonia.

„Was ist denn hier los?" Sepp Schreckskötter stand in der Türe und schaute auf die seltsame Runde in seinem Wohnzimmer.

„Sepp, darf ich dir die Frau Azurra und ihren tapferen Beschützer Lois Pammer vorstellen?" Josie nahm das übliche Ritual des Vorstellens in Angriff. Schreckskötter blickte argwöhnisch von einem zum anderen. Er war sich nicht im Klaren darüber, was gespielt wurde. Antonia sah ihm an, wie er innerlich nach einer geeigneten Taktik suchte. Immerhin, er geht nicht gleich an die Decke, dachte sie und fuhr ihrerseits im Spiel fort. „Sehr geehrter Herr Bürgermeister. Ich freue mich sehr, Sie kennenzulernen. Ihre Frau war so freundlich, uns zu einem kleinen Plausch zu empfangen. Ich hoffe, wir stören Sie nicht mit unserem kleinen Überfall."

Schreckskötter schwieg, weiterhin alle taxierend. Auch Lois hatte sich für Zurückhaltung entschieden.

„Stell dir vor, Seppi, plötzlich stand die Barbara vor der Tür mit den beiden im Schlepptau. Da konnte ich doch nicht Nein sagen." Josie Schreckskötter war eine Mischung aus Devotion und Trotz.

„Nein, nein, passt schon", sagte Schreckskötter mit seinem Öffentlichkeitsgrinsen. „Ich muss eh gleich wieder gehen."

„Ach lieber, lieber Herr Schreckskötter, tun Sie uns das nicht an." Barbara Hohenfels-Stranelli strahlte ihn an. „Jetzt, wo wir Sie endlich bei uns haben, müssen Sie uns Gesellschaft leisten. Sie sind immer so amüsant. Der Herr Pammer ist nur allzu fad, gell?" Sie schaute in die Runde.

Der Herr Pammer war mittlerweile aufgestanden und hatte sich unauffällig Richtung Wohnungstür begeben. Dass die Hohenfels ihn als fad bezeichnete, schien ihm egal zu sein. Er griff lieber für den Notfall auf seine eigenen Methoden zurück. Immerhin hatte das bei Hubert Hohenfels bestens funktioniert. Dass sein Schicksal als Ex-Polizist besiegelt war, war ihm klar. Da kam es nun auf eine weitere Dienstüberschreitung auch nicht mehr an.

„Nun komm schon Liebling." Josie Schreckskötter schob ihren Mann in einen Fauteuil. „Jetzt nimm einen Schluck Tee und entspann dich. Es ist so selten, dass wir einmal Gäste haben. Da lass es uns doch genießen." Man merkte ihrer Stimme an, dass sie Angst hatte. Sie schenkte ihm Tee ein und drückte ihm die Tasse in die Hand.

„Ich mache Sie darauf aufmerksam, dass ich an meinem Handy einen Notfallknopf habe. Sollten Sie also auf dumme Gedanken kommen, so lassen Sie es lieber gleich bleiben." Schreckskötter traute der Situation nicht.

„Aber Seppi! Die Barbara ist doch meine Freundin. Und die Frau Azurra kommt jetzt bald auch in unseren Service-Club. Du kannst ganz beruhigt sein. Ich würde doch niemals etwas Dummes machen. Du kennst mich doch." Josie Schreckskötter fuhr ihr komplettes Ehemann-Beruhigungs-Programm auf.

„Ich möchte die Gelegenheit ergreifen und Sie um Hilfe bitten, Herr Bürgermeister." Antonia übernahm das Gespräch. Prüfend beobachtete sie Schreckskötters Mienenspiel. Sein Gesicht war ausdruckslos, aber angespannt.

„Dafür hätten Sie sich einen Termin bei meiner Sekretärin geben lassen sollen. Es gibt Amtsstunden."

„Aber Seppi! Manches bespricht sich doch leichter in einer lockeren und zwanglosen Atmosphäre." Josie Schreckskötter gab nicht auf.

„Sie sind meine einzige Hoffnung, den Mörder von Georg Navratil zu finden", hob Antonia an.

„Was interessiert Sie der Navratil eigentlich so?", fragte Schreckskötter.

„Tja, wie soll ich sagen. Es ist so eine Art unstillbares Bedürfnis nach Gerechtigkeit", erklärte Antonia. „Anderen mag es übertrieben erscheinen, aber ich bin nun mal so. Andere mögen denken, dass es mich gar nichts angeht. Und wir haben ja schließlich auch unsere Polizei, nicht wahr? Die kümmert sich darum, und das sind ja auch Fachleute. Aber trotzdem, ich muss mich selber um den Mord an Georg Navratil kümmern. Wir haben den Toten ja auch seinerzeit gefunden." Sie atmete tief aus.

„Ich kann Ihnen da nicht weiterhelfen. Ich weiß nix. Hab den Navratil ja kaum gekannt", wehrte Schreckskötter ab. „Er war der Intendant des Kulturfestivals. Mehr weiß ich nicht."

„Was war er denn für ein Mensch, der Navratil?", wollte Lois von der Tür aus wissen. Nachdem sich die

Situation beruhigt zu haben schien, hatte er wieder Mut gefasst.

Schreckskötter drehte sich zu ihm um und musterte ihn. Lois Nackenhaare sträubten sich. Für einen Moment schien es, als wollte Schreckskötter sie doch hinauswerfen, aber dann schien er es sich anders überlegt zu haben.

„Keine Ahnung. Wie gesagt, ich kannte ihn kaum", mauerte er.

„Sind Sie gut mit ihm ausgekommen?", fragte Antonia.

„Was soll das, wird das hier ein Verhör?", wehrte Schreckskötter weiter ab.

„Verzeihen Sie, natürlich nicht", entschuldigte sich Antonia. „Es ist nur so, dass ich glaube, dass die Spur über Sie zum Täter führt und nun suche ich nach einem Anhaltspunkt. Hat es niemanden in Ihrem Umfeld während der Provinziale gegeben, der als Täter in Frage käme?"

„Doch, doch, natürlich. Jede Menge. Diese Künstler sind ja alle ein wenig ein labiles Völkchen, gell?" Schreckskötter lachte meckernd. „Aber wer da jetzt genau in Frage käme, also da bin ich überfragt."

Es wurde Antonia klar, dass sie bei ihm nicht weiterkam. Er dachte gar nicht daran, behilflich zu sein. „Was sagen Sie eigentlich zum Rücktritt Ihres Parteifreundes Puntigam?"

Schreckskötter schwieg und musterte sie genau. „Wie kommen Sie jetzt darauf?", fragte er lauernd.

„Wir hatten vor Kurzem ein interessantes Gespräch mit dem Herrn Landesrat. Er scheint Sie ja sehr zu bewundern. Er hat erzählt, wie geschickt Sie die Sache mit der Provinziale eingefädelt haben."

„Der Puntigam erzählt viel, wenn der Tag lang ist. Das liegt am Rotwein."

„Ja, das ist uns auch aufgefallen."

„Geben Sie sich keine Mühe. Ich weiß nichts. Und wenn ich etwas weiß, dann sind das Interna, die ich ganz gewiss Ihnen nicht auf die Nase binde", sagte Schreckskötter arrogant.

„Wie haben Sie es eigentlich geschafft, den braven Puntigam dazu zu bringen, sich über alle Vorschriften und demokratischen Regeln hinwegzusetzen und Ihnen die Provinziale zuzuschanzen?", bohrte Antonia unverdrossen weiter.

„Hat er das gesagt?"

Antonia nickte.

„Wie gesagt, der Rotwein", wiegelte Schreckskötter ab.

„Wir haben mit ihm über Auswege aus dem Falschen und Vorgetäuschten gesprochen. Der Herr Pammer und ich machen uns nämlich Sorgen. Sorgen um unsere Gesellschaft. Dass unsere Gesellschaft kaputtgeht, daran habt ihr Politiker einen großen Anteil durch euer moralisches Vakuum, das ihr erzeugt. Und wenn die Gesellschaft kaputt ist, geht auch der Mensch kaputt. Die res publica amissa, das vernachlässigte Gemeinwesen, wird am Ende untergehen. Ich nehme aber an, dass der Rücktritt des Herrn Puntigam nicht so sehr mit unserer Sorge zusammenhängt. Sein Herz haben wir wohl nicht erreicht. Es wird andere Gründe gegeben haben, weshalb er zurückgetreten ist. Und es könnte sein, dass Sie mit diesen Gründen in Verbindung zu bringen sind."

„Bravo" Schreckskötter klatschte verächtlich Beifall. „Das haben Sie aber schön gesagt. Es würde mich sehr wundern, wenn der Herr Landesrat Sie nicht über die Wirklichkeit in der Politik aufgeklärt hat. Und was das vernachlässigte Gemeinwesen angeht: Meine Stadt ist bestens aufgestellt. Wir sind weniger verschuldet, als andere. Was wollen Sie also?"

„Die Wahrheit",antwortete Lois.

„Die Wahrheit?" Plötzlich kam Schreckskötter in Fahrt. „Die Wahrheit? Die Wahrheit ist, dass der werte Herr Puntigam schon lang weggehört hat! Seine Zeit in der Politik war doch eh abgelaufen. Wollte mich dazu bringen, dass ich die Sache auf mich nehme. Auf mich! Dass ich nicht lache! Mich! Aber mitgefangen, mitgehangen, sag ich da nur. Es war endlich Ruhe eingekehrt in der Sache. Nach dem Tod vom Navratil war doch endlich Ruh! Aber nein, da musste der Puntigam noch einmal davon anfangen. Hat Angst bekommen. Er ist wieder in die Kirche gegangen, hat er gesagt, und dass alles, was man macht, eines Tages abgerechnet wird. Wir haben doch gar nichts gemacht."

„Nur ein wenig das Recht gebeugt. Nur ein wenig Freunderlwirtschaft." Nun wurde Antonia auch zynisch. „Und wie haben Sie ihn dazu gebracht zurückzutreten?"

„Ich habe ihn gar nicht dazu gebracht."

„Ach, er ist ganz allein auf die Idee gekommen?", hakte Lois nach.

„Nein. Ich habe mit dem Kanzler telefoniert. Der schuldet mir noch was. Und er ist ein alter Freund vom Puntigam. Sie kennen sich aus alten Zeiten, als beide noch Jungpolitiker waren. Der hat es ihm nahegelegt."

„Was war das Druckmittel? Einfach so auf Anraten eines Freundes tritt doch keiner zurück."

Schreckskötter lächelte. „War er nicht auf der Hohenfels-Liste? Na also. Was es genau war, verrate ich Ihnen nicht. Fragen Sie den Hohenfels."

Antonia winkte ab. „So genau will ich das gar nicht wissen. Vielleicht bringt die Gerichtsverhandlung einiges ans Tageslicht. Sie sind ein mächtiger Mann, Herr Bürgermeister. Geben sogar dem Kanzler Anweisungen."

Schreckskötter blickte sie aus eiskalten Augen an. Augen wie aus Glas. Wenn man ihm in die Augen schaut, dann sieht man, da ist niemand daheim. Als wenn er keine seelischen Regungen kennt, dachte Antonia. Sie grübelte darüber nach, wie sie Schreckskötter Informationen entlocken könnte, die sie vielleicht auf die Spur des Mörders bringen würde, denn dass er diese hat, davon war sie überzeugt.

„Man kennt sich halt", antwortete er.

Antonia nickte nachdenklich.

„Ja, wenn es weiter nichts gibt. Meine Gattin und ich haben heute noch einen Termin. Sie entschuldigen uns." Schreckskötter stand auf. Antonia geriet in Panik. Hilfesuchend sah sie sich zu Lois um.

„Herr Bürgermeister, darf ich Sie fragen, ob Sie mit Ihrer Spielsucht in Behandlung sind?" fragte Lois, offenbar entschlossen, aufs Ganze zu gehen.

Schreckskötter erstarrte.

„Ich weiß, wir berühren da ein Tabuthema", nahm Antonia den Faden wieder auf. „Aber schauen Sie: die ganze Stadt, ach was heißt, der ganze Bezirk weiß es doch. Spätestens beim Prozess gegen Hohenfels wird es öffentlich zur Sprache kommen. Sie sind spielsüchtig, Herr Bürgermeister. Ein unhaltbarer Zustand."

„Wagen Sie es nicht, mich als spielsüchtig zu bezeichnen", schnarrte Schreckskötter drohend.

„Seppi, die Herrschaften haben doch aber nicht unrecht. Ich habe dir immer wieder gesagt, du sollst dich behandeln lassen. So etwas kann man doch heilen. Da muss man sich nicht schämen. Das ist doch ganz menschlich." Josie Schreckskötter sah ihre Chance auf Rettung ihres Gatten gekommen.

„Du verdammte blöde Kuh", brüllte Schreckskötter seine Frau an. „Halt doch endlich die Pappn! Ich prügle dich durch Sonne und Mond, wenn du es wagst, dich gegen mich zu stellen. Du wirst es bereuen, du blöde, alte ..."

„Langsam." Lois war nun in seinem Element. „Ganz ruhig, Herr Bürgermeister. Alles wird gut."

„Gusch, du depperter Bauernsurm!" brüllte Schreckskötter. „Pass auf, was du sagst, sonst geht es dir wie dem Navratil. Der hat auch geglaubt, der kann einem Schreckskötter ins Handwerk pfuschen." Er lachte schrill.

Lois und Antonia wechselten einen Blick.

„Ja schaut nur, ihr verdammten Schnüffler!" Schreckskötters Stimme behielt den schrillen Ton bei.

„Haben Sie den Navratil getötet?", fragte Antonia tonlos.

„Und wenn? Verdient hat er es, der dumme Schurli." Schreckskötter zog eine Pistole aus der Brusttasche und zielte auf Antonia. „Und jetzt lasst mich gehen, ihr Trottel. Ihr verdammten, verdammten Trottel. Einen Schreckskötter haltet ihr nicht auf."

„Lassen Sie ihn gehen, Lois", flüsterte Antonia. Lois gab mit langsamen Bewegungen die Wohnzimmertüre frei. Schreckskötter riss die Türe auf, rannte durch das große Vorzimmer und verließ das Haus. Sie hörten, wie draußen ein Wagen gestartet wurde.

„Wo will er denn jetzt hin?", fragte Lois.

„Seppi", weinte Josie Schreckskötter.

Barbara schenkte sich zitternd Marillenschnaps nach.

„Der Schreckskötter selber war's", murmelte Antonia. „Na bumm."

„Gott sei Dank nicht bumm." Lois setzte sich neben Antonia und tätschelte ihr die Hand. „Alles in Ordnung?"

„Ich weiß es nicht. Der ist wie ein heimatlos streunender Köter, der dem Leben die Bissen abjagt. Einfach unberechenbar."

Aus der Ferne waren Sirenen zu hören. Verblüfft schaute Antonia Lois an. „Hören Sie das? Haben Sie die Kollegen mit Ihrem Smartphone gerufen?"

Lois schüttelte den Kopf. „Nein. Ich habe nicht einmal das Gespräch mitgeschnitten. Hab's ganz vergessen in der Aufregung."

„Vielleicht irgendwo ein Unfall", vermutete Antonia. Sie stand auf und streckte sich. „Wir müssen nach Franz Josef schauen. Barbara, ist bei Ihnen alles in Ordnung?"

Barbara Hohenfels-Stranelli nickte. „Ich stehe noch immer unter Schock. Aber es geht schon. Sie legte den Arm um die schluchzende Josie Schreckskötter. „So war es bei mir auch vor ein paar Tagen. Weinen Sie nur, Sie Arme. Er ist es nicht wert. Ich flehe Sie an: lassen Sie sich nicht so von Ihrem Mann behandeln. Das ist unter Ihrer Würde."

Josie Schreckskötter rang um Fassung. „Mein Mann, ein Mörder? Ich kann es nicht glauben", stieß sie unter Tränen hervor.

Lois stand wieder an der Tür und wand sich vor Verlegenheit. Weinende Frauen – das war nichts für ihn. Viel lieber wäre er dem kriminellen Bürgermeister auf den Fersen geblieben, um ihn zu stellen.

Josie Schreckskötters Handy läutete. Sie hielt es ans Ohr und meldete sich. Dann wurde sie totenbleich. Die Tränen schossen ihr aus den Augen. „Der Seppi", flüsterte sie tonlos. „Er ist soeben vom Kirchturm gesprungen. Er ist tot."

Aus dem Handy waren die Sirenen überdeutlich zu hören."

*

Die Sonne ging unter über der Koralpe. Antonia und Lois blickten versonnen in die Abendstimmung, während Franz Josef auf der Wiese nach Mäusen grub.

„Und er hat tatsächlich die ganzen drei Millionen verspielt?" Antonia mochte es nicht glauben. Sie nahm genießerisch einen Schluck Sekt und schob Lois eine Schüssel mit Marillen hinüber.

„Allesamt in Casinokanälen versickert", bestätigte Lois. „Ich habe es von meinem Chef. Der hat es von einem Kollegen, der bei der SOKO ist." Er hielt eine Flasche Bier in der Hand und betrachtete das Etikett, als ob Schreckskötters Ende darauf abgedruckt wäre.

„Ihr Chef? Ist er wieder Ihr Chef?", fragte Antonia interessiert.

„Da gibt es noch ein Verfahren. Das muss ich noch durchstehen. Aber man hat schon angedeutet, dass es mir zugute gehalten wird, zur Aufklärung im Mordfall Navratil beigetragen zu haben. Wenn ich mich jetzt ruhig verhalte und nicht wieder aus der Reihe tanze, dann bin ich bald wieder im Polizeidienst."

„Gratuliere" Antonia freute sich für Lois. „Und Franz Josef? Wollen Sie den wieder mit auf das Polizeirevier nehmen?"

Lois wiegte den Kopf. „Das wird ein Problem werden. Ich möchte in Zukunft ja nicht mehr dumm auffallen. Und mit einem Yorkshireterrier zum Dienst antreten, das wird man mir wohl auf Dauer nicht durchgehen lassen."

„Wie wäre es, wenn ich Franz Josefs Tagesmutter werde?"

„Das würden Sie tun?" Lois war die Erleichterung anzumerken.

„Es wäre mir eine Freude!" Antonia strahlte.

„Na dann!"

„Na dann!"

Glossar

Es wird scho glei dumpa: „es wird schon gleich dunkel" Titel eines (Weihnachts)lieds. Es stammt etwa von 1900 und ist fast schon eine heimliche Hymne der Südoststeirer.

A- Führerschein: Motorradführerschein
angerennt/an'grennt: verrückt
ausgeschnapst: etwas vereinbart haben
aussertourlich: außerhalb des gewohnten, normalen Ablaufs
bissl/bisserl: bisschen
Brimborium: unnützer Aufwand, Überflüssiges
b'suff: Bezeichnung für jemanden, der oft betrunken – besoffen, b'soffen – ist
Budel: Verkaufstisch
deppert: blöd, dumm
einig'schmeckte: abwertende Bezeichung für Zugezogene
es sich richten: sich arrangieren
fesch: hübsch
futschikato: weg, verschwunden
gesteckt: hier im Sinne von heimlich mitgeteilt
gefladert/fladern: stehlen
Goschn: derber Ausdruck für Mund
Grosskopferte: hier gesellschaftlich hochgestellte, einflussreiche Personen
g'sindl: Menschen, die als asozial verachtet werden.
Gusch: Halt den Mund!
Haberer: Freund
Häferl: (große) Tasse
Häfn: Gefängnis
hapern: nicht klappen
Hetz: Spaß, Gaudi

HUNZI: Hund
JESSAS: Jesus
KARNIEFELN: schikanieren
MARIE: Geld
MARILLEN: Aprikosen
MATSCHKERN: nörgeln, raunzen
MEI: hier im Sinne von „Herrjeh"
MIESELSÜCHTIG: schlecht gelaunt
PAPPN: derber Ausdruck für Mund
PUDELHAUBE: dicke Wollhaube
TRAFIK: Tabakladen
SACKERL: kleines Säckchen
SÄMLING: steirische Weißweinsorte
SCHERM: Scherbe. Den Scherm aufhaben – das Nachsehen haben
SCHIACH: hässlich
SCHLAPFEN: Pantoffel
SCHURLI: umgangssprachlich für Georg
SCHWEINSKARREE: Rippenstück vom Schwein
SECHSERTRAGERL: Bier im Sechserpack
SEKKIEREN: belästigen, quälen, hänseln
SEMMEL: Brötchen
SPRITZER: Weinschorle
STECKENDÜNN: Stecken – dünner Ast. Steckendünn sein, dünn wie ein Ast sein
STEIRERJANKER: Jacke im Trachtenstil
STELZE: Eisbein, Schweinshaxe
SURM: dummer Mensch, Einfaltspinsel
TRUMM: ein großes Stück
VERZUPFEN: sich davonschleichen, verschwinden
WAPPLER: derbe Bezeichnung für eine unnütze, eher ungeschickte Person
WURSCHTL: tollpatschiger, ungeschickter Mensch
ZIFIX: Verflixt
ZUSCHUSTERN: aus den letzten Reserven etwas beitragen, hier im Sinne von zukommen lassen

Edition Schlangenberg
Bierbaum 130
8093 Bierbaum am Auersbach
Österreich
www.editionschlangenberg.at